Bar Pinto.

TRAITÉ
DE LA
CIRCULATION
ET DU
CRÉDIT.

Contenant une *Analyse raisonnée des Fonds d'Angleterre*, & de ce qu'on appelle Commerce ou
Jeu d'Actions; un Examen critique de plusieurs
Traités sur les Impôts, les Finances, l'Agriculture, la Population, le Commerce &c. précédé de l'Extrait, d'un Ouvrage intitulé *Bilan
général & raisonné de l'Angleterre depuis 1600
jusqu'en 1761*; & suivi d'une *Lettre sur la Jalousie du Commerce*, où l'on prouve que l'intérêt des Puissances commerçantes ne se croi-
se point, &c. avec un Tableau de ce qu'on
appelle *Commerce*, ou plutôt *Jeu d'Actions*,
en Hollande.

Par l'Auteur de l'ESSAI SUR LE LUXE, *& de la*
LETTRE SUR LE JEU DES CARTES, *qu'on
a ajoutés à la fin.*

———————————

A AMSTERDAM,
Chez MARC MICHEL REY.
MDCCLXXI.

LETTRE

DE L'EDITEUR

AU LIBRAIRE.

La Haïe 1. Janvier 1771.

Voici, Monsieur, le Manufcrit dont je vous ai parlé. Il nous feroit également impoſſible, à moi d'offrir à mon ancien ami une plus belle Etrenne, à vous de commencer une nouvelle année typographique fous de meilleurs auſpices.

L'eſtimable Auteur n'eſt pas dans le cas de ceux à qui la prudence doit dicter de fe tenir derriere le rideau juſqu'à ce que la Piece ait pris. Il ne fe cache point crainte d'être connu; puiſqu'il ne peut manquer de l'être d'abord par ce qu'il y a de plus diſtingué dans les Cours de l'Europe. Cependant il exige que fon nom ne figure point à la tête de fon Livre: c'eſt que le moindre foupçon d'oſtentation allarme les ames ingénues, juſque de la part de celles qui font fuſceptibles de cette petite vanité.

Cela m'engage à vous apprendre, comment je fuis parvenu à ces papiers pour pouvoir en être l'éditeur. Je m'entretenois il y a quelque tems fur la matiere dont il s'agit ici, avec une perſonne dont l'amitié & la confiance me font auſſi précieuſes qu'elles m'honorent; & je me plaignois de n'avoir pu parvenir encore à me former des idées nettes fur ce fujet. ,, J'ai lu,

* 2

,, lui dis-je, *ce que des Philosophes ont écrit*
,, *là-dessus; mais je crains que leur imagina-*
,, *tion, toute de feu, n'ait commencé par bâtir*
,, *des systêmes en l'air, dont les fondemens ne*
,, *soient pas dans la nature; c'est ainsi que le*
,, *Rhéteur, qui, discourant sur l'art militaire,*
,, *fit hausser les épaules à Annibal, charma le*
,, *reste de l'auditoire. Dans d'autres Ecrits,*
,, *moins ornés, moins polis, moins séduisants,*
,, *le préjugé, l'intérêt particulier, l'esprit de par-*
,, *ti, se montrant à découvert, m'y rendent*
,, *tout suspect. Ce que je n'ai point vu encore,*
,, *ce que je voudrois voir, ce sont les enseigne-*
,, *mens d'un homme impartial, consommé sur la*
,, *matiere dont il s'agit, aussi expert dans la*
,, *pratique, que sage & profond dans la théo-*
,, *rie; c'est le résultat d'une longue expérience,*
,, *sur laquelle seule peut se former le vrai sys-*
,, *têrme.*"

L'ami à qui je tins ce propos, me fit en-
tendre qu'il y auroit moyen de me satisfaire; &
quelques jours après il eut la bonté de me prê-
ter ces papiers avec la permission de leur Au-
teur. Je lus; je fus frappé: je regrettai de
ne pouvoir répéter assez souvent à mon gré une
lecture qui m'apprenoit des vérités nouvelles &
importantes: j'eusse voulu avoir copie de ces
Ecrits: je sus que d'autres partageoient mes
desirs à cet égard; mais qu'il seroit difficile de
faire consentir l'Auteur, envain sollicité depuis
plusieurs années, à donner l'essor à son ouvrage.
Il avoit écrit pour lui seul; & s'il communiqua
ses idées, ce ne fut que parce qu'elles avoient été

jugées utiles dans une circonſtance des plus graves. On a donc fait valoir auprès de lui le puiſſant motif de l'utilité publique; on l'a convaincu, comme l'étoient ceux qui l'avoient lu, qu'il dépendoit de lui de faire un grand bien non ſeulement à l'Europe entiere, menacée d'une guerre, par les principes humains & ſalutaires qu'il inculque, mais auſſi à chaque Etat de l'Europe en particulier, par ſes idées auſſi neuves que bien développées ſur un objet qui leur eſt de la derniere importance. En effet, ſes notions peuvent toucher les conducteurs des nations irritées les unes contre les autres, en les convainquant, que leurs vrais intérêts ne ſe croiſent point, comme on paroît le croire; que le Commerce, dont toutes veulent ſe mêler aujourd'hui ne peut ſe faire bien par aucune, ſi ce n'eſt dans la plus profonde paix; que la jalouſie le mine, que la guerre le détruit; ſes maximes ſincérement adoptées, & conſtamment ſuivies, peuvent contribuer à raffermir le crédit dans les Etats où il vacille; en Angleterre, où le crédit public n'a jamais ſouffert d'atteinte, elles raſſureront les vrais patriotes ſur l'eſpece d'épouvantail qu'on leur fait de la dette nationale; les Anglois, toujours attentifs à leurs grands intérêts, verront avec plaiſir relever quelques abus aiſés à corriger, & indiquer divers moyens excellents, non pour éteindre entiérement la Dette publique (ce qui, comme on le démontre, produiroit un grand mal), mais pour l'éloigner d'un Maximum dangereux, en la réduiſant à un terme moyen qui rende toujours l'Etat opulent & respectable, les Manufactures floriffantes, le sujet content & defireux de laiffer après lui une nombreuse postérité.

A toutes ces raisons l'Auteur s'est rendu. Le motif de faire du bien aux hommes a été si puiffant sur un efprit tel que le sien, que non seulement il n'écoute plus la crainte (j'ose le dire) mal fondée d'être taxé de vaine gloire s'il publioit son travail, mais qu'il souhaite même de le voir paroître au plutôt. Pour cet effet il m'a abandonné son manuscrit. Il ne me reste donc qu'à vous prier, Monsieur, de remplir par une prompte exécution les vues nobles de l'Auteur, l'attente de plusieurs personnes respectables & la mienne: car je suis homme aussi. Quoiqu'il y ait des copies de la plupart de ces pieces dans les Cabinets de divers grands personnages en France & en Angleterre, cela ne doit pas vous faire la moindre peine; au contraire. Ces Copies font des morceaux épars, imparfaits & défectueux à certains égards; & leurs illuftres poffeffeurs les ont jufqu'ici foigneufement gardés fous la clef, pour leur ufage particulier. Ce que je vous envoie, fait un tout réuni, lié, retouché, rectifié, digéré affidument depuis huit années confécutives, fort augmenté, comme vous allez voir de vos propres yeux par le nombre de corrections, de notes, & d'additions effentielles, dont vous trouverez ces cahiers chargés.

Je ne m'étendrai point fur le ftile fage,

aimable, riant, qui regne ici. Lifez ; imprimez : fi jamais Livre a pu fe paffer d'être prôné, c'eft celui-ci.

J'embraffe avec joie l'occafion de vous témoigner publiquement mon eftime & mon amitié,

Monfieur,

Votre très humble & très
obéiffant ferviteur

C. G. F. DUMAS.

PRÉFACE.

LA premiere partie de cet Essai fut écrite en France en 1761. C'est pourquoi l'on est entré dans le détail de plusieurs particularités qu'on ignoroit dans ce pays-là au sujet des fonds d'Angleterre. On en a tiré beaucoup de copies à Paris; des Seigneurs Anglois, qui s'y sont trouvés après la paix, m'ont fait cet honneur. Il y a donc apparence que cet écrit sera un jour imprimé, & il seroit à craindre qu'il le fût d'une façon tronquée, d'autant plus que cet Essai n'ayant pas été fait dans l'intention d'être publié, on n'avoit pas d'abord donné aux preuves des nouvelles assertions qu'on y avance, l'extension & le degré de clarté qu'elles sembloient exiger. J'ai même vu depuis peu dans des papiers Anglois, que mes idées commençoient à percer dans la Nation Angloise: ce qui n'est pas étonnant, y ayant eu depuis trois ans tant de copies manuscrites de la premiere partie de cet Essai. Des Anglois très instruits m'avoient dit à Paris, que mon systême, quant à la Dette Nationale, étoit tout-à-fait nouveau.

J'APPRENS qu'on vient de publier d'après mes principes une brochure (*) où l'on

_____

(*) *An Essay on the Constitution of England.*
L'AUTEUR attribue à l'opposition que Guillaume III. rencontra dans le Parlement au sujet des Subsides, le degré de gloire, inconnu aux siecles précédens, auquel la Nation est parvenue; il explique cette assertion en faisant sentir, qu'avant le Regne du Roi Guillaume on ne connoissoit pas d'autre mé-

foutient, que l'oppofition que le Roi Guillaume rencontra dans le Parlement d'Angleterre pour les Subfides, a été la caufe de
l'opulence de ce Royaume, parce que les
contrariétés de la Nation obligerent le Mo-

thode de lever les fubfides néceffaires pour les dépenfes de
l'année, qu'en mettant des taxes & des impofitions équiva-
lentes, qui étoient très fortes, comme il arrive néceffairement
en tems de guerre. Ces impôts tomboient trop directement
fur le peuple en général, fans qu'aucune partie de ce peuple gagnât à cette perte publique ; fi bien qu'on ne
craignoit rien tant qu'une guerre au dehors. Mais alors on
imagina, dit-il, une heureufe méthode de fecourir la Couronne fans charger le peuple, & cela par le moyen de contribu-
tions volontaires de ceux qui étoient avides de fournir leur
argent moyennant 7 ou 8 pour $\frac{0}{0}$ d'intérêt, pendant que le
bon peuple Anglois fe tenoit tranquille, étant bien aife de n'a-
voir d'autres taxes à fournir, que celles qui étoient uniquement
néceffaires pour payer l'intérêt annuel des fommes avancées. Cette
méthode fut d'abord effayée avec crainte, tant du côté du
prêteur, que de celui de l'emprunteur. Les bons & falutaires
effets de cette méthode ne furent pas fentis durant le Regne
du Roi Guillaume, dont la vie fut toujours agitée par différentes factions. Mais nous pouvons datter de la découverte de
ce projet le grand changement dans la conftitution, qui porta
la Grande Bretagne à ce degré de puiffance où elle eft arrivée
depuis. Dès ce moment s'eft développé l'habileté des Anglois pour foutenir la guerre au dehors, d'abord dans des dif-
putes non profitables au fujet de ce qu'on appelloit l'équilibre
de l'Europe, mais depuis dans des conquêtes utiles pour fon
propre compte, dans toutes les parties du globe. Dès ce
moment la conftitution d'Angleterre a été animée d'un efprit
pareil à celui qui régnoit dans l'ancienne Rome, où les guerres au
dehors ne manquoient jamais d'arrêter le cours des brouilleries
& des féditions domeftiques. La guerre, ajoute-t-il, devint
avantageufe en Angleterre prefqu'à toutes fortes de gens. Le
pauvre la defire, parce qu'une plus grande demande des fervices augmente le prix du fervice. Le riche la defire, parce
que plus la demande d'argent eft forte, plus grand eft l'avantage qu'en retirent ceux qui en ont. Ce qui a donné une grande aifance aux mefures du Gouvernement, attendu que cette
approbation univerfelle lui donne une puiffance illimitée. Il
obferve encore, que le crédit eft augmenté à proportion de
l'accroiffement de la dette. Il y a beaucoup de vrai dans ces
raifonnemens ; mais ils pourroient égarer les efprits vifs dans la
déduction des conféquences. Je les ai préfentés d'une façon
plus modérée dans mon Traité fur la Dette Nationale.

narque d'introduire en Angleterre les emprunts à l'inftar de la Hollande ; ce qui a enrichi le Royaume. J'ai reconnu à ce trait l'adoption dé mes principes. J'ai parcouru cette brochure, mais j'ai vu que l'Auteur ne prouvoit pas, comme moi, ce fyftême. Il en allegue d'autres raifons, ainfi qu'on verra dans la note ci-jointe. Tout le monde a lu à Paris en 1761 mon écrit fur cette matiere. On m'y fit appercevoir alors quelques obfcurités, qui échappent aifément à ceux qui, pleins de leur fujet, croient clair ce que le lecteur ne trouve pas également lumineux. J'ai tâché d'y remédier, & je me flatte d'avoir porté jufqu'à la démonftration les principes qui en font la bafe. Les vérités qui en réfultent ne font pas des vérités ftériles & de pure fpéculation ; elles intéreffent également le Public & les principales Puiffances de l'Europe.

J'ose affurer que pendant mon féjour à Paris, j'ai fait revenir bien des gens des préjugés qu'ils avoient au fujet du crédit de l'Angleterre. On la croyoit fans reffource malgré fes fuccès; on fe flattoit de moment à autre d'une Banqueroute Nationale qui bouleverferoit le Royaume. J'ai fait voir que c'étoit une illufion.

Les Anglois en général connoiffent peu les reffources immenfes de la France, & les François ignorent tout-à-fait celles de l'Angleterre. Ces deux Nations font faites pour s'eftimer, & vivre en paix, & malheureufement elles fe brouillent fouvent pour du prétendus intérêts , qui peut-être ne font au fond que des mal-entendus.

La jaloufie du commerce, la rivalité de la Puiffance , rend les Nations ennemies , comme des particuliers qui, courant la mê- me carriere , deviennent par cette concur- rence rivaux & ennemis. Si l'on pouvoit parvenir à perfuader aux Monarques, que le vrai intérêt des Puiffances commerçantes ne fe croife pas , comme je tâche de le prouver dans la lettre qu'on trouvera à la fin de cet écrit, la paix pourroit être plus ftable, & le genre humain plus heureux.

Je préviens le Lecteur, que mon Syftême fur le crédit & la circulation demande à être lu pofément & plus d'une fois; la ma- tiere eft abftraite, & il échappe toujours à la premiere lecture des chofes effentielles à l'intelligence du fyftême. Souvent on trou- ve à la fuite & à la fin d'un difcours les preuves qui fortifient & éclairciffent les pre- mieres affertions. Quelquefois il n'eft pas poffible de fentir la vérité des dernieres pro- pofitions, fi l'on n'a pas bien conçu les an- técédentes.

On a obfervé plus d'une fois, qu'il eft plus difficile de bien écouter que de bien parler; au moins il eft fûr qu'il y a encore plus de gens qui parlent bien, qu'il n'y en a qui écoutent bien; on entend avec diftrac- tion, avec prévention, plus occupé d'ordi- naire de ce qu'on veut répondre, qu'attentif à ce qu'un autre dit. La plupart des lecteurs font dans le même cas. Les diftractions en lifant font fouvent inévitables, mais auffi on peut les réparer plus aifément par une feconde ou troifieme lecture, principalement des articles effentiels qui ne font pas longs & qui contiennent des vérités importantes.

L'impatience & la vivacité font encore que le lecteur fe prévient d'abord contre une propofition nouvelle, par la foule d'objections qui fe préfentent à fon efprit, & qu'il perd le flegme & le fang froid néceffaire pour fuivre fon Auteur & examiner les folutions qu'il en donne. On voudroit trouver dans une page ce qui fait la matiere d'un livre entier.

Ceux que ces objets n'intéreffent pas, n'ont que faire de lire cet écrit; ce n'eft pas pour eux qu'il eft fait. Ceux qui y prennent un vrai intérêt feront bien-aifes de le lire plus d'une fois, & je les prie de le faire avec attention. J. Jâques Roufleau dit quelque part, qu'il n'a pas l'art d'être clair pour ceux qui ne veulent pas être attentifs. Si ce peintre de nos idées tient ce langage, on doit à plus forte raifon de l'indulgence à un écrivain fans prétention, qui traite cependant d'une façon nouvelle des vérités importantes. Quant au ftyle, je ne me fuis attaché qu'aux chofes, & nullement aux mots.

J'ai eu des préjugés invétérés à détruire:

Je parois souvent attaquer des vérités dont je conviens moi-même, mais dont l'application vicieuse conduit à des erreurs dangereuses: en paroissant souvent répéter ce que d'autres ont dit, je dis des choses très différentes. Abstractivement la vérité est indivisible, simple & inaltérable; il n'y a pas de vérité plus grande l'une que l'autre. Mais les rapports infinis que les vérités ont entre elles ne sont pas si faciles à distinguer; & je crois que c'est-là la principale source de nos erreurs, chacun croyant s'appuyer sur des vérités dont il est parti.

On excusera aussi des répétitions souvent nécessaires, toujours utiles, qui retracent des vérités fondamentales, & leur donnent un nouveau degré de clarté. Ce sont moins des répétitions, que des résultats qu'il est bon de rappeller de tems en tems. D'ailleurs il y a des idées qu'il faut, pour ainsi dire, tailler en facettes pour les bien concevoir. Si je prends quelquefois un style un peu figuré, c'est au moins sans l'affecter; j'ai dû saisir les moindres occasions d'embellir une matiere naturellement seche & peu fertile en agrémens. Les figures qui n'ont rien de trop recherché, sont des fleurs qu'on est bien aise de trouver sur un sol aride.

J'ai mis en notes les choses qui auroient rendu le texte trop diffus, & embarassé les transitions.

Les moyens que j'indique dans la seconde

partie pour confolider le fonds d'amortiffement (*Sinkingfond*) en Angleterre ; & en
créer un auxiliaire & permanent, qui faffe
des extinctions & en tems de guerre & en
tems de paix, ne font que des idées vagues
dont je fais fentir la néceffité, la poffibilité
& l'utilité. C'eft à la Nation Angloife à les
employer ; fi elle le juge à propos, dans la
forme la plus convenable à fa cónftitution.
Ce n'eft pas que je craigne le ridicule qu'on
a répandu fur les faifeurs de projets. Ce préjugé injufte eft encore plus ridicule. D'un projet dépend fouvent le falut d'un Etat; on ne
doit pas méprifer les médecins parce qu'il y a
un grand nombre de charlatans. Quand Co-
lomb foupçonna l'exiftence du nouveau monde, dit M. de Voltaire, on lui foutint
que la chofe étoit impoffible, on prit Co-
lomb pour un vifionnaire ; quand il en eut
fait la découverte, on dit que ce nouveau
monde étoit connu longtemps auparavant.
Le mépris où font tombés les projets, pourroit empêcher bien des gens d'en produire
de bons; mais ce n'eft pas mon cas. J'indique des moyens connus & pratiqués ailleurs. Au furplus je ne fais qu'indiquer les
matériaux, c'eft à d'autres à en conftruire
un édifice durable.

—— *Fungar vice cotis, acutum*
Reddere quae ferrum valet, exfors ipfa fecandi.

JE me flatte qu'on trouvera dans les réfutations que je fais de la Théorie de l'Impôt par M. le Marquis de Mirabeau & du Bilan d'Angleterre, les élémens d'un code complet de Finances. J'invite les esprits plus méthodiques & plus profonds, à en développer tous les principes, à les mettres dans un plus grand jour & dans un meilleur ordre. Je prie l'Auteur de la Théorie de l'Impôt, ouvrage qui contient d'ailleurs d'excellentes choses, de me pardonner la liberté que j'ai prise de critiquer son Système. J'admire son esprit, j'aime & respecte ses sentimens, parce qu'ils sont ceux d'un honnête homme : mais son Système sur les impôts me paroît contraire au but qu'il se propose. J'ai joui une seule fois de l'aménité de sa conservation à Paris chez Mylord Hertford, Ambassadeur d'Angleterre. J'en fus enchanté; une longue indisposition m'a empêché de chercher, comme je me le proposois, à cultiver sa connoissance, & à en profiter pendant le reste du temps que j'ai été à Paris. Je le crois trop philosophe pour se fâcher contre moi, de ce que je ne suis pas entièrement de son avis. Je dis la même chose à l'Auteur du Bilan d'Angleterre. M. Hume, que je réfute aussi quelquefois, m'en a sçu gré, & m'a donné plus d'une marque d'affection & d'amitié, dont je me ferai toujours gloire de lui témoigner ma reconnoissance; nous ne cherchons tous que le bien public, nous avons le même but. Il ne s'agit pas de faire assaut d'esprit;

j'aurois perdu le mien, fi je croyois pouvoir entrer en lice avec ces Meffieurs fur toute autre autre matiere que celle dont il s'agit. Ils ont fur moi toutes fortes d'avantages; mais j'ai celui d'avoir été à même, par ma propre expérience, & par une étude particuliere, d'approfondir de toute façon la matiere que je traite. Si j'avois les graces de leur ftyle, & les autres avantages qu'ils ont fur moi, ce Traité auroit un degré de perfection qui lui manque, & qu'il pourra acquérir un jour entre les mains d'une perfonne plus habile. Voilà tout ce que j'ai à dire pour moi ; mon ouvrage dira le refte.

EXTRAIT CRITIQUE

D'UN OUVRAGE INTITULÉ:

Bilan général & raifonné de l'Angleterre depuis 1600 jufqu'à la fin de 1761.

L'Auteur du (1) Bilan général & raifonné de l'Angleterre a voulu prouver, que tout le commerce & les richeffes de l'Angleterre étoient compris dans la fomme de 385 millions Tournois, qui font le produit net de 35 millions d'acres, à 11 livres par acre, & que tout fon commerce eft englobé dans ce produit territorial. On trouvera la réfutation de cette affertion dans la troifieme partie de cet Ouvrage. Il foutient encore férieufement, que l'Ecoffe, l'Irlande, les Ifles, les Colonies, & tout le commerce, n'ont rien ajouté à cette fomme ; qu'au contraire, depuis la Révolution ou le Regne du Roi Guillaume, l'Angleterre a fouffert des diminutions annuelles fur tous ces articles. Il ajoute que c'eft des nouveaux emprunts qu'elle paie les intérêts des anciens & les autres dépenfes faites au dehors, & que l'étranger a fourni un tiers (2) de ces

---

(1) Comme il eft fréquemment parlé de ce Livre dans le Traité qui fuit, on a cru devoir en donner préalablement ici le précis.

(2) Je fai de fcience certaine, d'après tous les Banquiers de Londres, que l'Etranger n'a pas au-delà d'un huitieme dans la dette nationale.

A

emprunts. Quant au paradoxe inouï, &
j'ose dire insoutenable, que l'Angleterre,
loin de gagner, a perdu dans son commerce par l'union de l'Ecosse, parce que ce Royaume est pauvre, & l'Angleterre riche,
& que ce n'est pas, dit-il, la France qui
peut gagner vis-à-vis la Savoie ; c'est un
vrai jeu de mots. Cette époque est sans contredit celle de la grandeur de l'Angleterre,
comme la prise de la Rochelle est l'époque
de la grandeur de la France.

Il suffit, pour réfuter l'Auteur, de se servir de ses propres armes. Après avoir
avancé que le revenu de l'Angleterre n'a
pas augmenté, il dit que le seul avantage
de l'Angleterre, par son commerce avec l'É-
cosse, est 1°. d'en tirer des hommes qui lui
fournissent leur industrie & leur travail à
meilleur marché que ne font ses propres habitans; d'où il résulte encore pour elle moins
de dépense. Je m'arrête ici. Je demande
s'il est possible d'imaginer un avantage plus
grand, plus essentiel, & qui influe plus immédiatement sur le commerce. Comment
un homme d'esprit peut-il voir ce principe, sans en sentir les conséquences?

2°. Il avoue que le second avantage est,
d'en tirer des hommes qui servent à l'Angleterre à remplacer ceux qu'elle perd continuellement par son luxe, par son commerce, par sa navigation & par ses guerres;
elle est moins sujette à se dépeupler : ce
sont ses propres termes. On ne sauroit en

vérité mettre dans un jour plus lumineux
l'avantage immenfe de la réunion de l'E-
coffe, que l'Auteur s'attache à déprimer
dans le corps de fon ouvrage. Je dois cependant ajouter que les Écoffois fe plaignent, que l'Angleterre depuis leur réunion
jouït & profite des dépenfes que les membres du Parlement faifoient ci-devant à E-
dimbourg, quand le Parlement s'y tenoit ;
cela eft inconteftable. Edimbourg eft moins
riche, mais il eft prouvé, d'un autre côté,
que le refte de l'Ecoffe eft moins pauvre
qu'avant cette réunion; *vis unita major.*

POUR ce qui eft de l'Irlande, l'Auteur
fait un tableau curieux pour mettre au jour
la profpérité de cette Ifle, qui devenue plus
cultivatrice, en eft naturellement devenue
plus manufactrice des matieres de fon propre crû; ainfi, continue-t-il, elle ne tire
plus de l'Angleterre qu'une petite quantité
de draps fins, quelques papiers, quelques
charbons de terre, quelques quincailleries,
& quelques marchandifes qui ne font ni du
crû, ni des manufactures de l'Angleterre,
telles que celles des Ifles & des Indes.

VOILA' encore un tableau qui eft fidele,
mais qui affurément n'annonce pas la ruïne
du Royaume de la Grande Bretagne; ce qui
eft la thefe de l'Auteur. On riroit d'un
homme qui voudroit prouver que la France
fe ruïne, parce que certaines provinces profitent beaucoup du luxe, & de la confommation qui fe fait dans celle où refide la

Cour ; il faut avouer que c'eſt une méthode nouvelle de raiſonner. Mais l'Auteur ajoute dans une note, que les loix fiſcales de l'Angleterre, pour empêcher la contrebande, ont aliéné l'eſprit des Irlandois, & que cela aura un jour des ſuites fatales. Comme je ne me mêle pas de commenter des prophéties, il ne m'appartient pas de les réfuter.

Le troiſieme point, qui regarde les Colonies, eſt plus problématique. J'ai toujours ſoupçonné qu'un commerce intérieur, provenant d'une population proportionnée à l'étendue du ſol, réſultant de l'induſtrie & de l'aiſance des habitans, eſt plus naturel, plus avantageux, que celui des Colonies éloignées qui emportent beaucoup de monde. La tolérance & la Religion Proteſtante mitigent, il eſt vrai, ce dommage chez les Anglois; la naturaliſation en ſeroit un remede plus efficace; mais, ſans entrer dans cette diſcuſſion, il eſt ſûr que notre luxe & nos objets de fantaiſie, ont rendu les Colonies néceſſaires; & c'eſt dans ce point de vue qu'on doit examiner la queſtion. Il en revient auſſi pluſieurs riches colons en Angleterre, après avoir fait leur fortune en Amérique. Les Colonies ſont le plus grand ſoutien des manufactures Angloiſes.

L'Auteur ne peut nier que le tabac ne ſoit un article qui enrichit l'Angleterre; mais il ajoute, que ſi l'Europe pouvoit ſe paſſer du tabac Anglois, la Virginie, & le Maryland ſeroient ruïnés de fond en comble. Avec de pareilles fuppofitions on peut prouver tout ce qu'on veut ; tout commerce eft précaire ; mais ce n'eft pas chez les Anglois qu'il paroit l'être le plus.

Il convient auffi que la morue eft un article confidérable pour les Anglois. Cependant il prétend, que les denrées & marchandifes que l'Angleterre achette pour les Colonies, ont une auffi haute valeur que celles qu'elle en retire pour vendre à l'étranger. Je crois d'abord que cette affertion eft non feulement hafardée, mais fauffe ; & quand elle feroit vraie, elle ne prouveroit rien : car les manufactures & les denrées du produit de l'Angleterre, font le réfultat du travail & de l'induftrie ; & tout le retour des colonies qu'on exporte à l'étranger, eft un gain net. Sans compter le fret, les profits que font ceux par les mains de qui tout cela paffe, & l'entretien de la marine fi effentielle à ce Royaume. Voilà une vérité bien fimple, qui a échappé à l'Auteur du Bilan.

Il prétend encore que le commerce de l'Inde ruïne l'Angleterre, comme il a ruïné les Romains. On trouvera la folution de ce problême dans le corps de cet ouvrage. Il avance en outre, que cette compagnie a introduit dans toute la nation le luxe ftupide du thé, & d'autres pareilles inutilités exotiques, difpendieufes, & pernicieufes ; il ajoute encore une autre caufe plus plaufible du luxe exceffif des Anglois : '' c'eft

„ que depuis la Révolution, le Parlement
„ s'affemblant annuellement, les femmes
„ fous la Reine Anne commencerent à fui-
„ vre leurs maris dans la Capitale, à fe pro-
„ duire fréquemment en public, & confé-
„ quemment à changer les mœurs, qui ne
„ fe changent pas, dit-il, en Efpagne, par-
„ ce que l'ufage n'y permet pas encore aux
„ femmes de fe répandre & de s'afficher
„ dans le monde." Voilà ce qui a contribué le plus à rendre, felon lui, peu-à-
peu la Nation moins œconome qu'elle n'a-
voit été fous le Roi Guillaume.

CES réflexions font auffi judicieufes qu'in-
génieufes & fenfées; mais elles ne portent
pas fur toutes les caufes du luxe. L'augmentation des richeffes enfante toujours le luxe;
mais l'auteur n'a garde de convenir de cette
caufe, qui détruit fon fyftême, & eft pourtant la principale. Au refte la Nation Angloife pourroit profiter des obfervations de
cet Auteur: il a raifon de regarder le luxe
d'oftentation, de vanité, de parure & de
frivolité, comme l'ennemi deftructeur du
luxe néceffaire & folide.

L'OBSERVATION de l'Auteur au fujet du
défavantage du change, qu'il prétend que
l'Angleterre a vis-à-vis de prefque toutes
les places commerçantes de l'Europe, prouve trop. On en trouvera la folution dans
le corps de cet ouvrage. Depuis la paix
l'obfervation du change eft contre le fyftême de l'Auteur.

L'AUTEUR du Bilan regarde le fameux acte de la Navigation comme un monopole que la Nation a élevé contre elle-même. Il me paroît inconcevable qu'une Nation auffi fage fe trompe depuis plus d'un fiecle fur un point fi important. Obfervez que cet Acte eft l'ouvrage non d'un Miniftre ou d'un Miniftere, mais de la Chambre Haute, furtout de la Chambre des Communes, formée de l'élite des Négocians.

L'ÉPOQUE de l'avénement du Roi Guillaume au Trône d'Angleterre, que l'Auteur du Bilan affirme être celle de la décadence du Royaume, paroît, par l'hiftoire & par les faits, précifément celle de fa grandeur, de fa force & de fon opulence. Les apparences peuvent être trompeufes ; mais il faut avouer qu'elles nous cachent donc bien des chofes que l'Auteur du Bilan a feul le bonheur d'appercevoir.

SES déclamations contre ceux qu'il appelle gens à porte-feuille, font fans fondement, comme on le verra dans le corps de ce Traité. Les agioteurs font fouvent de fourdes pratiques très-illicites : mais quel commerce n'eft pas fujet à des friponneries ? Heureux s'il n'y en avoit que dans celui des fonds ! Le monopole pour renchérir les vivres, & certaines autres pratiques dans le commerce, ne font pas moins condamnables.

QUANT à la Dette Nationale, qu'il regarde comme la ruïne de la Nation, on a

prouvé & démontré le contraire dans ce
Traité. Il exagere en difant que l'étranger
en a un tiers. J'ai vu des gens très intelligens, qui m'ont affuré le contraire ; j'ofe af-
firmer d'après mes propres obfervations, que
cela ne va pas à beaucoup plus d'un feptie-
me, dont il faut défalquer, ou mettre dans
l'autre côté de la balance, l'argent que les
Anglois ont auffi placé dans les fonds étrangers, comme en France, où ils ont beaucoup de papiers Royaux, & jouïffent d'un
intérêt prefque double ; ils en ont en billets
de la Steur, Danzik, Sardaigne, Siléfie.
Quand on ne juge d'un tableau que par un
feul trait, quand on ne voit qu'un côté de
la médaille, on fe trompe groffiérement.

Le grand but de l'Auteur dans des calculs,
ou fautifs ou mal expliqués, c'eft de prouver
1°. que la dépenfe générale de l'Angleterre,
(il s'agit de la Nation & non pas du Gouvernement) eft depuis quarante ans plus forte
que la recette ; que les achats augmentent &
que les ventes diminuent ; 2°. Que le commerce de l'Angleterre ne fe fait qu'en diminution de fon revenu : tous paradoxes contraires à l'afpect politique & vifible de l'état
de l'Angleterre. Il a fuivi des Auteurs Anglois ; mais l'expérience & le temps ont démontré la fauffeté de ces principes & de ces
calculs.

Notre ingénieux Auteur, pour pallier
la foibleffe de fon fyftême, & en fauver en
partie le paradoxe, établit, que l'exporta-

tion du grain eſt ce qui ſoutient encore l'é-
tat délabré de l'Angleterre, qu'il nous re-
préſente comme le coloſſe de Nabucodono-
ſor, dont les pieds étoient d'argile. J'ai
écrit un an avant lui, que c'étoit une mine
d'or que cette exportation; mais je ſuis bien
éloigné de croire avec lui, qu'il ne dépend
que de la France de fermer aux Anglois cette ſource de richeſſes. Un Pays où la Religion ne s'oppoſe pas à la propagation, où
la liberté, la tolérance & le commerce fa-
voriſent la population, aura toujours pour
l'agriculture un avantage indeſtructible.

Je dirai ici par parentheſe une choſe qui
me paroît très vraie. C'eſt qu'il y a pour
l'Angleterre, & pour la France, un état de
proſpérité ſupérieur à celui qui leur procure-
roit une grande exportation de grains : ce
ſeroit celui de parvenir à mettre tout leur ſol
en valeur, & que la conſommation ſe fît par
les ſujets mêmes de ces deux Royaumes ; ce
qui ſeroit la marque d'une grande population, qui eſt la premiere manufacture, & la
plus importante. D'ailleurs la France ne peut
mettre tout ſon ſol en valeur, qu'à la faveur
du tems, & d'une longue paix : avec cela il
faut encore, avant que de rien exporter, augmenter conſidérablement la conſommation intérieure, en augmentant le nombre des la-
boureurs & cultivateurs de toute eſpece. Un
laboureur, un artiſan, un gentilhomme François, mange plus de pain que quatre Anglois;
ceux-ci deux fois plus de viande : or la con-

fommation intérieure , utile & profitable au
Royaume de France , fera que l'exportation
ne pourra , au moins de longtems , être en
proportion auffi forte que celle que les Anglois font en état de faire.

La culture des grains n'eſt pas la ſeule qu'il
importe à la France de protéger ; les vignobles, les prés, les bois entrent dans ſon
objet comme Etat agricole , & ces objets
ne ſe cultivent pas aux dépens de la profpérité des Anglois. La mineure partie des
grains que l'Angleterre exporte, eſt deſtinée
pour la France; il n'eſt pas facile de détourner le cours d'une branche de commerce.
La France a de ſon propre crû les fruits &
les denrées que l'Angleterre prend du Portugal & de l'Italie en troc pour ſes grains;
ces pays ont donc un intérêt réciproque de
préférer l'Angleterre pour ſe pourvoir de
grains. Ce Royaume, quoiqu'avec moins
d'étendue, doit encore être plus abondant
en grain que la France , parce qu'avec un
bon ſol toute ſa grande culture eſt en grain,
au lieu qu'en France cela n'en fait qu'une
partie. Les vignobles & les bois occupent
un grand terrain.

Je doute auſſi que pour le grand labou-
rage, le terrain en France ſurpaſſe celui de
la grande Bretagne. L'Auteur prétend donc
ſans fondement, qu'il eſt au pouvoir de la
France d'ôter dans un inſtant à l'Angleterre
cette riche exportation de ſes grains ,, qu'el-
,, le ne tient, dit-il, que de ſa pure libé-

„ ralité, & qui depuis cent ans fait fa prin-
„ cipale richeffe & fa principale force ;
„ qu'en la lui enlevant la France s'enrichi-
„ roit de plus en plus , & réduiroit l'An-
„ gleterre à fa médiocrité naturelle , en re-
„ prenant fur elle cette fupériorité qui lui
„ eft due dans l'ordre de la nature."

QUE l'Auteur fache 1°. que ce n'eft pas
là l'affaire d'un inftant; on fent cette vérité. Il n'eft pas fi facile que la France,
dans la conftitution de fon Gouvernement,
avec tant de célibataires , tant de luxe ,
trouve auffi promptement des cultivateurs
pour mettre tout fon fol en valeur ; c'eft
l'affaire du temps & d'une adminiftration
laborieufe. 2°. Qu'il fache encore, que la
population eft proportionnellement plus
grande en Angleterre , ainfi que les caufes
qui lui procurent le débouché de fes grains,
tant en Europe qu'en Amérique ; 3°. que
ces deux Puiffances peuvent réciproquement
augmenter leur culture , leur population ,
& leurs forces, fans s'entrenuire , & que le
vrai intérêt des Puiffances agricoles & commerçantes ne fe croife pas tant qu'il fe l'i-
magine : ce qu'on verra plus en détail à la
fin de cet ouvrage dans une lettre fur cet
objet. Rendons les Puiffances amies & non
rivales ; enfeignons leur à s'aimer autant par
intérêt , que par humanité ; ne leur faifons
pas envifager leur propre bien dans la ruïne
& la deftruction de leurs voifins. Le premier
eft auffi facile, auffi jufte, auffi utile, auffi

humain, auffi raifonnable, que l'autre eft difficile & injufte.

A ces réflexions j'en ajouterai une qui me paroît importante. Thomas Morus dans le 1er. livre de fon Utopie, & le Chancelier Bacon dans fon hiftoire de Henri VII, difent qu'il eft dangereux de mettre les terres labourables en pâturage. Refte à favoir s'il ne doit pas y avoir une proportion entre ces deux objets, s'il n'eft pas auffi dangereux de mettre trop de pâturages en terres labourables, & fi l'Angleterre ne pourroit pas tomber dans cet inconvénient en encourageant trop l'exportation par des primes. La France a un triple objet à ménager, les vignes, les pâturages & les terres labourables ; l'équilibre de ces trois objets eft plus compliqué, & très important. L'harmonie politique eft plus difficile qu'on ne penfe ; & cet objet n'eft pas fi facile qu'il le paroît dans le Bilan. Ces réflexions au fujet de l'exportation des grains me paroiffent dignes de l'attention des deux Nations.

RÉFLEXIONS

SUR

Les Caractéristiques de l'état politique du Royaume de la Grande Bretagne, & autres Ouvrages Anglois sur le même sujet.

On vient de voir le précis du Bilan général de l'Angleterre. J'ajouterai à cette occasion, que tous les Anglois lettrés que j'ai consultés à Paris sur mon Essai, m'ont assuré que j'étois le premier qui eût soutenu que la Dette Nationale avoit enrichi la Nation Angloise. Mais on vient dans ce moment de me prêter un ouvrage curieux intitulé : *Characteristics of the present State of great Britain*, où j'ai trouvé légérement effleuré quelques points de ce Traité, & même quelque chose qui paroît avoir trait à mon systême sur les fonds. J'y ai vu avec plaisir, que le Dr. Berkeley, Evêque de Cloyne, avoit soupçonné les vérités nouvelles que j'y développe au sujet de la Dette Nationale. Ce Prélat s'est contenté de faire sentir cette vérité en l'exposant en forme de question, sans se mettre en devoir de démontrer l'affirmative. Voici ce qu'on trouve dans un de ses Ouvrages nommé le *Questionneur* :

„ Si le crédit des fonds publics n'est pas
„ une mine d'or pour l'Angleterre, & si

„ l'on ne doit pas redouter toute démarche
„ qui pourroit le diminuer?

„ Si le crédit n'eſt pas le principal avan-
„ tage qu'a l'Angleterre ſur la France, &
„ je puis ajouter ſur tous les pays de l'Eu-
„ rope?

„ Si par-là le public n'eſt pas devenu
„ poſſeſſeur des richeſſes des étrangers auſſi
„ bien que de celles des ſujets, & ſi l'An-
„ gleterre n'eſt pas en quelque maniere la
„ tréſoriere de la Chrétienté?"

Ce que ce Prélat dit au ſujet de la banque d'Amſterdam, n'a pas la même ſolidité.
Il croit que cette banque eſt une mine d'or
pour Amſterdam. Les étrangers penſent
que c'eſt un des *arcana imperii.* Ils ſe trompent: tout l'argent ſe trouve effectivement
& en eſpeces dans la banque; la ſomme
n'eſt pas, je crois, auſſi forte qu'on ſe l'i-
magine; ce n'eſt pas le lieu d'examiner ſi
l'argent qui y eſt renfermé n'eſt pas auſſi
inutile à la circulation, que lorſqu'il étoit
enfouï dans les mines. Je ſuis perſuadé
qu'on pourroit, ſans altérer le crédit, ni vio-
ler la bonne foi, le faire circuler à l'avantage du commerce.

Je reviens aux Caractériſtiques de l'état
général de la Grande Bretagne, ouvrage excellent, où l'Auteur combat d'une façon
victorieuſe ce prétendu dépériſſement de
l'Angleterre.

Le caractere d'une Nation opulente, dit-
il, doit-être viſible; ſi les ſymptômes ſont

décidés en fa faveur, on doit conclure que
la Nation eft plus riche. Quels font ces
fymptômes? D'abord quand le fol produit
une plus ample moiffon. L'Auteur du Bilan convient que l'Angleterre eft dans ce
cas. Les terres font, dit-il, mieux cultivées qu'avant la Révolution. Le nombre
des habitans eft affurément augmenté depuis
l'union. Les beftiaux font plus nombreux
& mieux pâturés. Les maifons, tant à Londres qu'en Province, & en Ecoffe même,
font plus magnifiques & mieux meublées.
Le peuple eft mieux habillé, mieux nourri,
& furtout en Ecoffe; les magazins & les
boutiques à Londres font comme à Paris des
tréfors immenfes de richeffes; les tables plus
abondantes & plus élégantes; le prix des
terres a augmenté, l'intérêt de l'argent a
diminué. L'Auteur des Caractériftiques dit
que la même chofe arrive en Ecoffe, où il
y a de nouvelles manufactures. On y apperçoit une amélioration générale dans tous
ces articles. Le tableau que l'Auteur du
Bilan trace de l'Irlande préfente la même
proportion. Où eft donc l'état détérioré de
la Grande Bretagne ou de l'Angleterre, confidéré collectivement?

DES écrivains Anglois, emportés par la
paffion, ont outré encore cette prétendue
décadence. Voici comme s'exprime un de
ces triftes déclamateurs. Si le Roi Guillaume, dit-il, eût conquis la France, & qu'il
en eût donné tous les biens meubles pour in-

demnifer le peuple Anglois, tout cela, quelque riche qu'il fût, n'auroit pas encore été fuffifant pour payer toutes nos dépenfes; ni la France, après une fi grande dévaftation, n'auroit pas été fi mal que l'Angleterre. Ce vifionnaire n'avoit dans fa tête que la Dette Nationale, qu'il croyoit perdue pour la Nation. D'un autre côté M. Andrew Hoeke dans fon Effai publié en 1750 en réplique à cette affertion extravagante fur la pauvreté de l'Angleterre, foutient que tous les fonds de l'Angleterre, y compris l'argent monnoyé, les terres de chaque individu, & toute la valeur du pays, fe font accrus, pendant les foixante ans qui ont fuivi la révolution, de cent millions Sterlings de plus que pendant les foixante ans qui l'ont précédée. L'an 1628 ce fonds étoit de 333 millions, l'an 1688 il étoit de 616 millions, & l'an 1748 il montoit à 1000 millions. Je ne garantis pas ce calcul, ni aucun autre arithmetico-métaphifico-politique; mais, par aproximation, je fuis perfuadé qu'il eft plus vrai, plus jufte & plus d'accord avec les apparences fenfibles, que le tableau qui nous repréfente l'Angleterre fous un afpect contraire à ce que l'œil, l'expérience & les faits conftans nous prouvent.

L'ANGLETERRE nous offre partout des fignes vifibles d'un accroiffement de richeffes. Quand l'intérêt de l'argent eft réduit chez une Nation, & quand cette Nation a une plus grande quantité de grains, de beftiaux,

tiaux, de toutes fortes de denrées, qu'autrefois, & que le prix cependant augmente
au lieu de diminuer, il faut abfolument
qu'il y ait plus d'acheteurs, foit pour fa propre confommation, foit pour l'exportation
à l'étranger; dans l'un & l'autre cas, la
Nation doit être plus riche. Voilà pour le
général; cela n'empêche pas que ceux qui
n'ont point augmenté le numéraire de leurs
fonds pécuniaires, ne foient moins riches
qu'ils n'étoient.

J'ai été bien-aife de trouver encore dans
les Caractériftiques une réflexion que j'avois
fouvent faite en lifant le Bilan. S'il étoit
vrai, dit cet Auteur, que nous perdons par
le commerce chez l'étranger, nous devrions
graduellement perdre tout notre or & notre
argent. Selon les principes de tous ces écrivains, & les calculs de nos négocians, continue-t-il, qui ont fonné le tocfin fur cette
matiere depuis le commencement du fiecle,
il y a longtems que nous n'aurions plus un
Schelling dans le pays; la balance du commerce étant toujours, felon eux, à notre
défavantage. Mais la grande quantité d'argent & de vaiffelle que nous voyons, eft
une preuve infaillible qu'il y a erreur dans
cette fpéculation; & qu'à tout prendre l'Angleterre gagne encore dans fon commerce
avec l'étranger. Voilà ce que cet Auteur
dit contre les rêves des Srs. Mathieu De-
ker, Davenant, & autres. Il eft fûr, ajoute-t-il, que c'eft un vafte Océan où l'on fe

B

perd, & que de pareilles suppositions portent sur des principes trompeurs.

ON trouvera dans ce Traité la solution
de cette prétendue rareté des especes, qui
font une matiere fluctuante, qui tantôt augmente, tantôt diminue, par des causes étrangeres à l'augmentation, ou à la décadence
du commerce lucratif chez l'étranger. L'Auteur Anglois que j'ai cité donne encore d'autres solutions plausibles, & démontre que la
décadence de quelques branches ne prouve
pas toujours une décadence totale.

IL prouve, ainsi que moi, que l'établissement des banques sous les auspices du crédit, augmente continuellement les especes
courantes, en répandant des billets qui circulent comme l'argent; plus cette circulation est grande, plus l'industrie & le commerce augmenteront. Il répond aussi aux
deux objections de M. Hume : l'une, que
les papiers monnoyés empêchent l'acquisition d'une plus grande quantité d'or & d'argent; l'autre qu'ils haussent le prix du travail, & par conséquent nuisent au commerce étranger. M. Hume croit que cette nouvelle invention des papiers circulans ferme
l'entrée aux métaux. On peut ajouter aux
raisons de l'Auteur des Caractéristiques, que
l'expérience fait voir que c'est le moyen de
les faire entrer & sortir à propos. En 1763
il y eut un si grand discrédit à la bourse
d'Amsterdam, que les Négocians les plus riches n'avoient pas le moyen de se prévaloir

fur aucune place, pour faire face à leurs affaires; la vente de leurs fonds en Angleterre
leur fut d'un grand fecours. Ce moyen fut
trouvé le plus prompt & le plus facile pour
avoir de fortes fommes en efpeces. Car le
provenu de ces annuïtés fut envoyé en or
& en argent. La bourfe d'Angleterre vend
pareillement fouvent pour de grandes fommes d'annuïtés aux Hollandois.

Il eft vrai que l'objection de M. Hume
tombe fur les banques de crédit plus que fur
les fonds publics, puifqu'il fuppofe que, fans
les billets de banque, on auroit tiré la fomme des billets circulants en argent de tous les
Etats du monde. Il met en fait qu'il y a
douze millions Sterling en papiers qui circulent fur la place à Londres. Si vous ôtez,
dit-il, ces douze millions en papiers, l'argent dans cet Etat eft au-deffous du niveau
relativement à fes voifins, & doit fur le
champ attirer l'argent de tous jufqu'à ce
qu'il en foit rempli & foulé, pour-ainfi-dire,
& qu'il n'en puiffe pas contenir davantage.

Cette fuppofition pourroit à peine être
poffible fur un objet de douze millions;
mais je ne crois pas que M. Hume veuille
l'étendre à la fomme de la Dette Nationale.
On fent bien qu'il eft abfolument impoffible
que les Anglois, qui ont prêté à différentes
époques, depuis un fiecle, 100 millions Sterlings au Gouvernement, les euffent en efpeces fans ces emprunts. L'énoncé feul de
cette propofition en découvrira l'abfurdité,

Il n'y a pas tant d'argent en Europe; ainſi l'objection de M. Hume ne tombe donc pas directement ſur les fonds publics. On trouvera dans l'Auteur des Caractériſtiques, la ſolution par rapport au papier circulant par des banques de crédit. L'Autre objection de M. Hume eſt ,, qu'en multipliant les ,, eſpeces courantes on augmente le prix ,, des travaux & des denrées ; par conſé- ,, quent nous mettons, dit-il, des Nations ,, plus pauvres, chez qui le travail & les ,, denrées ſont à plus bas prix, en état de ,, travailler à meilleur marché que nous, & ,, de vendre à plus bas prix dans le marché ,, étranger. C'eſt même là une conſéquence ,, néceſſaire d'un grand commerce, de quel- ,, que maniere qu'on le faſſe ; & c'eſt une ,, ſuite inſéparable d'une grande abondance ,, d'or & d'argent. C'eſt pourquoi le com- ,, merce circule néceſſairement, & les Na- ,, tions plus pauvres doivent l'enlever peu- ,, à-peu aux plus riches. Cependant c'eſt ,, une conſolation, dit-on, de perdre notre ,, commerce par l'abondance & les richeſſes. ,, Mais il eſt inſenſé de le perdre par une ,, opulence imaginaire, & d'accroître artifi- ,, ciellement les déſavantages naturels de ,, l'abondance."

L'Auteur des Caractériſtiques trouve cette objection contre le crédit du papier ſpécieuſe. Elle ne peut avoir lieu par rapport à la Dette Nationale ; je la réfute plus amplement & d'une façon nouvelle dans mon Effai; c'eft au lecteur à en juger. Je fais voir, que c'eft en augmentant l'induftrie & la confommation que le prix du travail augmente, & que les fonds publics ont favorifé toutes les branches du commerce & de l'induftrie. Il ne faut pas perdre de vue, que l'objection de M. Hume a moins de force fur les fonds publics que fur le papier de banque ou de crédit, quoique ces deux objets aient beaucoup d'analogie enfemble; car il fera toujours également vrai, que le papier de banque, ainfi que les fonds, eft un effet du crédit, qu'il augmente la circulation, & que le commerce s'étend avec le crédit: c'eft fon élément; il n'eft pas poffible qu'un commerce étendu fe faffe avec de l'argent comptant. L'abondance des efpeces, & une circulation aifée, protegent l'induftrie; & le papier circulant comme une monnoie, doit réellement être réputé efpece, puifqu'il en fait précifément les fonctions. Tout ce qui fert à rendre plus aifé l'échange des denrées, & à fixer leurs différentes valeurs relatives, doit être confidéré comme fi c'étoit de l'argent, puifqu'il ne fert à d'autre ufage: fauf à réalifer un jour cette ftrophe de l'Ode de Rouffeau au Marquis de la Fare.

Ah! Si d'une pauvreté dure
Nous cherchons à nous affranchir,
Rapprochons-nous de la Nature
Qui feule peut nous enrichir;

Forçons de funeftes obftacles,
Réfervons pour nos tabernacles
Cet or, ces rubis, ces métaux ;
Qu dans le fein des mers avides
Jettons ces richeffes perfides,
L'unique élément de nos maux.

L'Auteur a raifon de dire qu'il n'eft pas aifé d'affigner des limites à l'ufage du crédit, & de décider combien une Nation peut emprunter. Ce ne fera jamais une bonne politique d'aller auffi loin qu'on le peut ; il vaut beaucoup mieux fe tenir bien en-deça du côté fûr , & ne jamais tendre trop le crédit public. On verra ce que j'en dis dans le cours de cet ouvrage.

Si l'on exporte , dit notre Auteur , de l'argent pour acheter des denrées étrange-res, on gagne pour la valeur de cet argent des biens, qui dans les cours du commerce ramenent l'argent avec intérêt. Cette affer-tion me paroît hafardée ou du moins pro-blématique , elle devroit être plus déve-loppée.

Tous les fignes de l'opulence , répete encore le même Auteur , font évidemment augmentés ; le haut prix des terres, la ré-duction de l'intérêt , le luxe même , mon-trent l'accroiffement des richeffes.

Selon M. Hume même , le bas prix de l'intérêt de l'argent eft un figne prefqu'in-faillible de la profpérité d'un peuple ; il prouve, dit-il, prefque démonftrativement, l'accroiffement de l'induftrie, & la prompte circulation de l'argent dans tout Etat; or l'augmentation des fignes repréfentatifs contribue infailliblement au bas prix de l'intérêt de l'argent : comment ces fignes peuvent-ils donc caufer les mauvais effets que M. Hume leur attribue ailleurs?

Notre Auteur prétend encore, qu'il eft plus utile de fertilifer des terres ftériles pour la valeur d'un million, que de gagner feulement un demi-million par le commerce extérieur. La queftion la plus importante n'eft pas, fi l'on gagne ou fi l'on perd par le commerce étranger, mais fi on devient plus riche, ou plus pauvre fur le tout.

Le projet d'éteindre la Dette Nationale avec la vaiffelle d'argent, en fubftituant la porcelaine, n'eft pas un moyen digne d'un écrivain auffi fenfé que l'eft l'Auteur des Caractériftiques. On trouvera dans cet ouvrage, comment les billets de crédit produifent & entretiennent une grande induftrie; ce qui fait plus de bien en augmentant les richeffes d'une Nation, qu'il ne peut faire de mal en hauffant le prix de la main-d'œuvre. De plus, ce n'eft pas feulement de la quantité des efpeces courantes que dépendent les prix; ils dépendent plutôt de la proportion qu'il y a entre le nombre des acheteurs & celui des vendeurs. Tout cela eft très bien détaillé dans l'état politique de l'Angleterre par l'Auteur des Caractériftiques. Il prétend auffi qu'il y a des endroits dans la Grande Bretagne, &

dans l'Irlande, où les denrées font à auffi bon marché qu'en France. C'eft un article effentiel pour les manufactures, dont nous allons dire un mot.

On ne fauroit nier, qu'il n'y ait des manufactures qui tombent en Angleterre. Toutes les branches de l'opulence ne peuvent pas également fleurir. C'eft un mal que la décadence des fabriques de foies & de laines, fi elle eft réelle; le trop grand luxe doit faire tomber les dernieres, la cherté de la main d'œuvre & des premiers élémens peut préjudicier aux premieres. Avec cela les manufactures fe font trop multipliées en Europe, & la France aura toujours pour les manufactures un avantage fur l'Angleterre. On fe plaint auffi qu'on a mis trop de terres labourables en pâturage; ce qui nuit aux manufactures en laines par un effet des caufes fecondes. Je doute cependant que la décadence des fabriques foit auffi grande qu'elle paroît fouvent l'être. Trop de Manufacturiers dans un certain tems donné, deviennent des gâte-metiers; il arrive pour-lors, que les fabriques languiffent par trop de matiere manufacturée à la fois: ce qui rend pour un tems un grand nombre d'artifans oififs, qui crient mifere, & exagerent une décadence dont ils font eux-mêmes la caufe.

Deux mille artifans oififs, ce qui eft un petit objet fur la totalité, font un vacarme épouvantable. Il ne s'agit pas de favoir combien il y a d'artifans oififs; il faudroit vérifier combien il y en a qui ont encore de l'occupation, & si la masse totale de la vente des étoffes de laine & de soie est diminuée, ainsi que le profit sur le total. C'est-là la pierre de touche.

Pour ce qui est des particuliers, ils peuvent, par des accidens, s'être ruinés dans une branche de commerce utile à l'Etat, & d'autres peuvent avoir fait fortune dans un commerce dont l'Etat ne profite pas. Les Anglois portent sans contredit beaucoup plus de soieries qu'autrefois; le débouché en Amérique doit être plus considérable; on les paie plus cher; ce qui vient de l'étranger n'est pas si important: il faut donc qu'on en débite plus de la fabrique du pays. Si on les a trop multipliées, il n'est pas étonnant que la partie qui excede la consommation tombe. On porte, il est vrai, en Angleterre beaucoup d'étoffes en soie de l'Inde; mais aucune Nation d'Europe n'a un si grand débouché de ses Manufactures en Amérique, & dans l'Inde même, que les Anglois. Je ne nie pas pour cela, que les manufactures n'aient souffert en Angleterre par les impôts. On ne sauroit accorder trop d'immunités aux premiers élémens; on ne sauroit trop apporter de soin à établir les manufactures dans les endroits où la main-d'œuvre est à meilleur marché. La France doit en partie cet avantage à ce que l'argent y est plus cher : ce qui paroît d'abord un paradoxe. Un Auteur intelligent & sensé m'a fait faire

cette obfervation : plus l'argent eft cher,
plus la main d'œuvre eft à bas prix. Ainfi
font compenfés les avantages & les défavantages réciproques des grands Etats.

Avec cela les manufactures Angloifes
font trop étoffées, trop riches, leurs étoffes
durent trop longtems , on les trouve trop
cheres. Le luxe & la mode veulent du changement. On a trouvé le fecret en France
de faire des étoffes de foie à grand marché ;
il eft vrai qu'elles n'ont point de corps, elles s'ufent dans peu de temps, mais on n'en
veut prefque que pour une faifon ; la mode
change, & pour le même argent on eft bien-
aife d'avoir deux robes ou deux habits neufs :
ce qui favorife beaucoup plus les manufactures Françoifes. Voilà de petites réflexions
qui me paroiffent effentielles. Je foupçonne
que l'objet des manufactures en Angleterre
eft fufceptible de bien des améliorations.
Pour le débit , on devroit furtout y fa-
briquer des étoffes plus voyantes & moins
cheres.

J'ai encore trouvé dans les mêmes Caractériftiques mon principe favori, favoir
qu'une Nation, poffédant un grand territoire,
peut être grande & floriffante, & acquérir
une augmentation de puiffance, par l'induftrie & le commerce domeftique , fans un
commerce étranger fort étendu ; puifque les
terres peuvent être beaucoup mieux cultivées, ainfi que les manufactures, pour entretenir le double & peut-être le triple du

nombre actuel de ſes habitans.

Mais l'Auteur ſe laiſſe à la fin entraîner au torrent des préjugés au ſujet des
dettes publiques, & n'a pas aſſez ſenti l'analogie de ces deux objets. Les dettes publiques ne peuvent jamais être utiles, dit-il,
par elles-mêmes, quoiqu'elles puiſſent être
quelquefois néceſſaires, & accompagnées d'a-
vantages accidentels. Je me flatte que ſi jamais il daigne lire mon Eſſai, il penſera comme moi, en partant des principes-mêmes
qu'il a établis, & en les combinant avec ceux
qui lui ſont d'abord échapés.

Il ajoute dans une note: " Il n'eſt donc
„ pas vrai généralement, qu'une Nation ne
„ doit jamais emprunter, mais qu'elle doit
„ toujours lever dans l'année le néceſſaire
„ pour le ſervice courant." C'eſt une bonne
regle générale; peut-être ne doit-on s'en départir que rarement; mais il peut y avoir
pluſieurs cas où cela ne ſeroit ni poſſible ni
expédient. On verra dans ce Traité, que de
la façon dont on fait la guerre actuellement,
& ſelon nos conſtitutions, il eſt preſque impoſſible de ſe paſſer des emprunts; & ils ſont
toujours expédients, quand on les fait avec
ordre, & avec jugement.

L'Auteur en queſtion avance encore au
ſujet de la Dette Nationale une propoſition,
qui me paroît plus ingénieuſe que ſolide.
„ Suppoſons, dit-il, que nous devions 80
„ millions; cette ſomme n'excede pas, ou
„ n'excede que de bien peu, peut-être n'é-

„ gale-t-elle pas, les revenus du peuple de
„ la Grande Bretagne & de l'Irlande. Suivant
„ le calcul de Davenant pour l'année 1688,
„ continue-t-il, il y avoit en Angleterre
„ plus de cinq millions & demi d'ames, dont
„ chacune, l'une portant l'autre (3) dépen-
„ foit 7 l. 9 f. 3 d. Sterling par an. Soit
„ que nous confidérions le nombre du peu-
„ ple, ou la dépenfe qu'il fuppofe, ce cal-
„ cul n'étoit pas trop haut. On compte
„ qu'il y a dix millions d'habitans aujourd'hui
„ dans la Grande Bretagne, & dans l'Irlan-
„ de ; & comme on fe plaint fi fort de no-
„ tre luxe, nous pouvons compter que la
„ dépenfe de chacun monte à 8 l. 10 fch.
„ ou 85 millions pour la dépenfe de tout le
„ peuple. Suppofant de plus, que la qua-
„ trieme partie, ou 20 des 80 millions font
„ dûs aux étrangers, & que nous exportons
„ tous les ans un million pour payer l'inté-
„ rêt à 5 pour ⁰⁄₀ (il eft à préfent à 3), à ce
„ compte, le revenu du peuple de la Gran-
„ de Bretagne, après avoir payé ce qui eft
„ du à l'étranger, ne monte pas à moins de
„ 84 millions Sterling. Avec un tel fonds
„ de richeffes pouvons-nous être embarraf-
„ fés à trouver des moyens convenables d'ac-
„ quitter, en tout ou en partie, la dette pu-
„ blique, autant que nous le trouverons né-
„ ceffaire ? Un homme qui ne doit, conti-
„ nue l'Auteur, qu'une année de fon reve-

(3) La dépenfe d'une Nation n'eft pas le revenu d'une Nation.

,, nu, ne peut pas être confidéré comme un
,, homme ruïné."

L'Application de ce Calcul, pour
prouver la facilité de payer la Dette Nationale, eft illufoire, parce que cette fomme
n'exifte pas collectivement. Il n'y a que la
circulation & le crédit qui lui donnent une
exiftence rapide, momentanée, vivifiante,
régénérante, pendant que le crédit & la circulation exiftent. Mais il confirme tous mes
principes à d'autres égards. Je crois même
que la dépenfe actuelle de tous les individus
Anglois va beaucoup au-delà de cette fomme.
On trouvera le mot de l'énigme dans le
corps de cet ouvrage.

TRAITÉ

DE LA

CIRCULATION

ET DU

CRÉDIT,

Avec une *Analyse raisonnée des Fonds d'Angleterre*, & de ce qu'on appelle Commerce ou Jeu d'Actions ; suivi d'un Examen critique de plusieurs Traités sur les Impôts, les Finances, l'Agriculture, la Population, le Commerce, & autres objets politiques.

PREMIERE PARTIE.

Des grands avantages de la Dette Nationale portée jusqu'à un certain point. Combien le commerce ou Jeu d'Actions contribue au crédit & à la circulation des fonds publics, & quels avantages l'Angleterre en a retirés.

L<small>A</small> D<small>ETTE</small> Nationale en Angleterre, & les fonds qui la composent, connus sous le nom d'Annuïtés, (4) l'espèce de Commerce & de jeu qu'on en fait, sont devenus depuis quelque tems l'objet de l'attention des Puis-

---

(4) L<small>ES</small> Annuïtés en Angleterre sont d'une nature différente de celles de France, quoique sous la même dénomination. Celles de France se trouvent éteintes au bout de quelques années par le remboursement d'une partie du Capital qu'on fait tous les ans en payant les intérêts : au lieu que pour celles d'Angleterre, il n'est question que du paiement de l'intérêt. Le remboursement dépend de la volonté du Gouvernement. Le Capital n'est jamais exigible, mais aussi les intérêts ne peuvent jamais être réduits qu'en présentant le remboursement du Capital. C'est pourquoi dans les derniers emprunts, les prêteurs ont exigé du Gouvernement au commencement de la guerre d'abord l'intérêt de $3\frac{1}{2}$ pour $\frac{o}{o}$ pour un certain nombre d'années. C'est-à-dire, que le Gouvernement ne pourra pas proposer de remboursement dans un terme stipulé, au bout duquel les dites Annuïtés seront d'abord réduites à 3 pour $\frac{o}{o}$ d'intérêt, & pour lors le Gouvernement est le maître de les rembourser. Il est bon d'avertir, que toutes les Annuïtés créées avant la guerre dernière ont été réduites en 1750 à 3 pour $\frac{o}{o}$, en présentant le remboursement à ceux qui s'y sont refusés, & il n'y a d'Annuïtés de $3\frac{1}{2}$ & de 4, que les emprunts faits depuis 1755, & cela pour un certain nombre d'années. Admirons l'effet du crédit : les prêteurs mettent dans leur marché de ne pas être remboursés de longtems ; ils veulent avoir de la marge pour jouir d'un intérêt de $3\frac{1}{2}$ & de 4 pour $\frac{o}{o}$, qu'ils considèrent pouvoir être remboursé, & par conséquent réduit en tems de paix. Il faut encore observer, que quoique les Annuïtés ne soient point des actions, on appelle génériquement tout le commerce qu'on fait dans les fonds, jeu d'Actions.

fances, & celui de la fpéculation des particuliers. Nombre de perfonnes, tant en France qu'ailleurs, s'en font mêlées fans connoître
au fond la nature de ce commerce, ni fon
objet; s'en rapportant à leurs correfpondans.
On m'a fouvent confulté là-deffus, & j'ai vu
avec étonnement, que les gens qui ont le plus
d'efprit, ont le plus de peine à concevoir le
détail de ce commerce, que les efprits les
plus dénués de fagacité, entendent parfaitement en Hollande & en Angleterre. On a
déja obfervé, que dans la geftion d'une place
fubalterne, fouvent les hommes nés pour le
grand font inférieurs aux efprits les plus communs. D'ailleurs il y a des chofes qu'on ne
conçoit jamais bien dans la Théorie. La pratique feule enfeigne le fond des affaires. Il
faut être nourri dans le Serrail pour en connoître les détours. Mais pourvu qu'on veuille
captiver fon attention, j'efpere me rendre
affez clair pour me faire entendre. J'ai moi-
même été furpris du détail que cet objet
exige, & combien il paroît abftrait à ceux-
mêmes qui font accoutumés à des études qui
le font infiniment davantage. Un eftomac
robufte accoutumé à digérer les alimens les
plus folides, fe trouve fouvent affadi par une
nourriture légere & qui paroît de facile di-
geftion. Un autre inconvénient, ce font les
termes confacrés à ce commerce, dont quelques-uns ne font pas connus, & dont quel-
ques-autres doivent être pris dans une acception différente de celle qu'ils préfentent d'a-
bord,

bord, ce qui demande beaucoup d'attention. L'expofé donc du tableau de ce commerce ou jeu d'actions, m'a engagé dans une difcuffion plus importante fur le crédit & la circulation. Au furplus je ferai flatté fi l'on trouve ici les lumieres qu'on cherche fur cet important objet, & fi mes idées touchant le crédit en général, & la circulation, peuvent être de quelque utilité. Si je me trompe dans mes idées, c'eft avec la meilleure intention du monde ; mais je ne me trompe pas fur les faits, dont je n'avance aucun qui ne foit conftant, & prefque de notoriété publique.

IL n'y a, à proprement parler, que les métaux, l'or, l'argent & le cuivre, réduits en monnoie, qui foient réellement, par une convention unanime, la méfure commune & l'échangeur général & univerfel. C'eft la clef & l'inftrument pour fe procurer tous fes befoins. La circulation réelle de la monnoie eft prodigieufe dans la dépenfe journaliere & domeftique qu'on appelle négoce ; le même écu peut *cafcader* (5) en 24 heures, par cinquante mains différentes, & aura repréfenté cinquante chofes par la circulation qu'il a effuyée ; (6) fi donc ces cinquante perfonnes

(5) *Cafcader* n'eft pas François, mais il eft plus énergique que circuler.

(6) Citons un exemple. Paul a payé lundi matin un écu qu'il devoit à fon boulanger ; le boulanger achette pour un écu de fagots ; le fagotier va payer un écu qu'il devoit au Cabaret ; le Cabaretier le donne à fa femme, qui en achette un éventail ; l'éventailliste paie quelque chofe avec le même écu, & il peut fe retrouver le foir dans la poche de Paul qui l'aura gagné au Quinze, & ainfi du refte.

Une perfonne de condition très éclairée m'a fourni un fait

C

s'affembloient la nuit, elles trouveroient avoir
dépenfé & payé 50 écus, & il n'y en a eu
cependant qu'un d'effectif, qui par la circulation en repréfente cinquante. On n'a qu'à
obferver, qu'il n'y a pas dans tout l'univers
la moitié de l'argent à quoi fe monte la dépenfe qu'on fait en un an dans la feule Ville
de Paris, fi l'on comptoit tout l'état de dépenfe qu'on fait, & qui fe paie en argent,
depuis le 1. Janvier jufqu'au dernier Décem-
bre, dans tous les Ordres de l'Etat, depuis
la Maifon du Roi, jufqu'aux mendians qui
confomment un fol de pain par jour.

CETTE circulation eft immenfe par la
multiplicité des opérations fimultanées & répétées partout & à chaque moment; mais il
y a une autre circulation en gros, qu'on
fait à la faveur du crédit, & du papier, qui
repréfente l'argent, comme l'argent repréfente les chofes. L'exemple de l'écu fait voir
qu'un négociant particulier, qui a du crédit,
peut, indépendamment des termes qu'on lui
accorde pour les paiemens de fes achats,
faire circuler fon papier & fe prévaloir de
celui des autres, & multiplier par-là les refforts de fon commerce, en facilitant la cir-

---

de pratique qui confirme ce principe, le voici. Pendant le
fiege de Tournay en 1745, & quelque temps auparavant, la
communication étant coupée, on étoit embarraffé, faute d'argent, de payer le prêt à la Garnifon. On s'avifa d'emprunter
des Cantines la fomme de 7000 florins. C'étoit tout ce qu'il
y avoit. Au bout de la femaine les 7000 florins étoient revenus aux Cantines, où la même fomme fut empruntée encore une fois. Cela fut répété enfuite jufqu'à la reddition pendant fept femaines, de forte que les mêmes 7000 florins firent
l'effet de 49000 florins.

culation. Une lettre de change a fouvent dix endoffemens, & repréfente fouvent la même valeur à dix perfonnes différentes. Voilà des chofes importantes : quoi qu'affez connues ; elles ne méritent pas le nom de triviales.

MAIS ce qui eft moins connu, & peut-être ce qui n'a jamais été bien examiné, c'eft l'analyfe des fonds publics & des actions des Compagnies, envifagés dans des vues politiques & en homme d'Etat.

JE voudrois examiner combien ces fonds augmentent la circulation, & les richeffes numéraires, pefer le pour & le contre de leur création pour l'intérêt de l'Etat, favoir s'il eft bon qu'un Etat ait des dettes, & enfuite examiner l'ufage & l'abus que l'on en fait dans le commerce qu'on appelle jeu d'actions.

JE fais qu'il y a eu de grands hommes qui ont parlé vaguement là-deffus &, j'ofe, dire, fans connoiffance de caufe. Milord Bolingbroke & le Préfident de Montefquieu ont envifagé les rentiers, qu'ils fuppofoient vivre de ces fonds dans l'oifiveté aux dépens des gens laborieux, comme des membres nuifibles à l'Etat, qui, obéré d'ailleurs par la facilité de contracter des dettes, s'énerve & s'affoiblit. Quoi qu'il en foit de ces réflexions, je démontrerai qu'il eft réfulté de grands avantages de la création de ces emprunts, & même du commerce ou jeu qu'on fait dans les fonds, quand on en connoît la nature & qu'on approfondit la matiere, en combinant tous les

réfultats ; mais les idées vagues & imparfaites qu'on a fur cet objet, ont donné occafion
à plufieurs ouvrages dont les Auteurs ont pris
le change au fujet des fonds d'Angleterre, de
leur nature, de leur circulation & de leur
crédit, & ont par-là rendu un mauvais fervice à la France, en l'induifant en erreur
fur une matiere qu'il lui eft très important de
connoître. On a cru légérement ce qu'on
fouhaitoit avec ardeur ; & quand on part
d'un faux principe, tout le fyftême s'en reffent.

Qui ne feroit féduit en trouvant dans un
livre eftimé & très bien écrit (7), & cela
avancé comme un fait conftant, que la Banque d'Angleterre a réuni en elle, comme
dans un point, tout le crédit de la Nation &
toute la confiance des Particuliers? La Banque d'Angleterre n'a rien de commun avec la
Dette Nationale. C'eft une Banque de circulation, qui eft dans le Gouvernement ce
qu'un particulier riche eft dans l'Etat. Un
mont de piété, un lombard bien établi pourroit peut-être avec le tems, & une bonne
direction, faire en France à peu près ce que
la Banque d'Angleterre fait dans ce Royaume. Le Gouvernement ménage fi peu cette
Banque, qu'au commençement de la derniere
guerre, il s'en eft paffé entiérement; les Billets de l'Echiquier en faifoient la fonction.
L'exagération que le même Auteur fait des

_____

(7) Rem. fur les avantages & les défavantages de la France
& de la Grande Bretagne.

allarmes & de la détreffe où elle fe trouva en
1745, n'eft pas plus fondée.

ON croit communément, que lorfque les
fonds baiffent, c'eft par difcrédit ; c'eft une
erreur, il feroit abfurde & ridicule de dire
que le crédit manque, lorfqu'on eft en état
de faire des emprunts de plufieurs millions
Sterlings. Mais il eft tout fimple que les
fonds baiffent dans le moment qu'on exige
par de nouveaux emprunts des fommes très
confidérables, & qu'il paroît que cela fera
encore répété plufieurs années par la continuation d'une guerre. L'argent devenant plus
rare, & plus précieux, il augmente de prix,
comme toute denrée dont il y a beaucoup de
demande. L'état donc qui en a befoin, eft
obligé de donner plus d'intérêt ; ce qui fait
que pour le moment tous les anciens fonds
baiffent, chacun trouvant fon compte à en
vendre, pour les placer dans le nouvel emprunt (ou foufcription), dont le taux de l'intérêt eft plus avantageux.

IL y a encore d'autres accidens qui rendent l'argent rare pour quelque tems, & caufent une baiffe dans les fonds, fans que cela
foit aucunement une marque de difcrédit.
Quand le crédit manque, on ne trouve pas à
emprunter de groffes fommes, à quelque intérêt que ce foit ; & pour lors, plus on offre, moins on trouve. L'Angleterre ne s'eft
jamais trouvée dans ce cas, ni dans cette derniere guerre, ni dans la précédente. Un demi pour cent, plus ou moins, d'intérêt faifoit

toute la différence. Jamais le crédit, c'est-à-dire la faculté de trouver des fonds, quoique exorbitans, pour la dépenfe de la campagne, n'a vacillé, ni chancelé un moment, ni en 1744 ni en dernier lieu.

D'AILLEURS la Banque avoit autrefois la précaution de donner de petites primes à des gens pécunieux, qui s'obligeoient à fournir dans les occafions preffantes les efpeces qu'elle faifoit circuler ailleurs. La Banque étoit donc toujours fure de trouver les fonds pour le paiement des billets dont on la bombardoit; & quand la Banque auroit coulé à fond, ce qui eft impoffible, cela n'a rien de commun avec la Dette Nationale, qui eft inexigible, & qu'on ne peut jamais réclamer, comme toute la France, & plufieurs Auteurs qui en ont écrit, l'ont cru abufivement. Quand on paie les intérêts, tout eft dit.

AU refte les actions de la Banque font très différentes des billets de Banque; les actions des Indes, & celles du Sud, font encore d'une autre nature; quoique ces trois corporations, (c'eft le nom confacré en Angleterre à ces établiffemens) aient toutes des créances fur le Gouvernement, qui leur doit en annuïtés plufieurs millions Sterlings, dont le fonds n'eft pas exigible; ce qui fait partie de la Dette Nationale.

AINSI cette prétendue Banqueroute d'Angleterre a toujours été illufoire, puifque les dettes n'ayant point d'échéance, elles font comme non exiftantes, n'ayant point de moment critique. L'objet des intérêts peut devenir un fardeau pour l'Etat, mais jamais un embarras du moment.

DE plus, il y a pour chaque emprunt des Hypotheques folides, féparées & diftinctes pour le paiement des intérêts, dont toute la Nation en corps répond & eft garante, tout étant fait avec la fanction du Parlement; tous les différens Ordres de l'Etat étant très intéreffés dans ces fonds, qui, faifant une partie de leur bien, font valoir l'autre. La Nobleffe, qui a beaucoup de terres, a auffi des annuïtés; les poffeffeurs des terres font même très-intéreffés dans les annuïtés; les Négociants ont des annuïtés, les Marchands ont des annuïtés, l'artifan même en a. C'eft une pure déclamation que de repréfenter les poffeffeurs des fonds publics ,, comme des ,, gens à porte-feuille (8), comme des frê-
,, lons qui dévorent le miel des abeilles, râ-
,, ce ennemie de la charrue, des propriétai-
,, res en fonds de terre, race enfin qui dans
,, un Etat eft toujours une pefte publique,
,, où, parce que vivant dans une avarice for-
,, dide, elle ne cherche nuit & jour qu'à
,, accumuler fon or pour en groffir fon por-
,, te-feuille, & augmenter le fardeau de
,, l'Etat (9). "

(8) Voyez le Bilan général & raifonné de l'Angleterre.
(9) Quand l'Auteur du Bilan traite ces prétendues gens à porte-feuille de mauvais citoyens, il oublie le texte de l'Evangile, qui dit que, où l'on a fon tréfor, c'eft-là qu'on a fon cœur : or un tréfor de plus de cent millions Sterling attache bien des cœurs à la Patrie: d'autant plus que tout cet or fe convertiroit en fumée fi l'Etat étoit renverfé ; ce qui n'arrive

Tout ce tableau n'eſt pas ſeulement chargé, mais tout-à-fait chimérique & abuſif. S'il exiſtoit une pareille race ſéparée du reſte de la Nation, qui pût donner à l'Etat une année après l'autre douze millions Sterling, d'abord à 4 pour ⁰⁄₀ d'intérêt, puis à quelque choſe de plus, elle mériteroit plutôt des ménagemens que des inſultes; mais c'eſt toute la Nation Angloiſe en corps, ſecondée par ſon crédit chez l'étranger, & par un petit nombre d'Actioniſtes (10) qui contribuent beaucoup à entretenir la circulation & le crédit de ce volume immenſe d'annuïtés. C'eſt ce que je développerai dans la ſuite. Je n'examinerai dans ce Traité que les annuïtés d'Angleterre, comme la maſſe la plus volumineuſe, dans laquelle il y a plus de commerce, & dont l'objet a été depuis peu une matiere de grande ſpéculation, tant pour l'intérêt des particuliers que pour celui des Nations.

Je commencerai par expliquer plus particuliérement ce que ſont les annuïtés. Preſ-

pas aux fonds de terre; le ſol ne s'anéantit pas. Un intérêt dans les fonds publics eſt donc plus capable d'entretenir une eſpece de patriotiſme, que de l'éteindre; il attache même les intéreſſés étrangers à la conſervation d'un pays où ils ont de gros intérêts; à plus forte raiſon les naturels du pays, dont l'intérêt particulier eſt ſi intimement uni à la cauſe publique. Cette prétendue Claſſe de gens, qui doit être bien nombreuſe, bien riche, & bien puiſſante, ne reſſemble donc en rien au portrait qu'en fait l'Auteur du Bilan.

(10) Des *Actioniſtes* ne ſont point des *Actionaires*. Les derniers poſſedent les actions pour jouïr des rentes, au lieu que les Actioniſtes ſont ceux qui en font un commerce de jeu par des achats & des ventes à terme, & par des primes.

que (11) toute la Dette Nationale en Angleterre eft, comme je viens de le dire,
compofée d'annuïtés provenant des emprunts
divers que le Gouvernement a faits. On a
vu que cette dette n'eft pas exigible; que
le Gouvernement n'a jamais fixé aucun terme
pour le remboursement; qu'il a hypothéqué
un fonds folide & permanent, pour payer les
intérêts d'une façon imperturbable au moment de l'échéance; que le tout s'eft fait
avec la fanction du Parlement, fi bien que
toute la Nation a pour-ainfi-dire concouru à
la création de ces Annuïtés, & en a garanti
& cautionné l'intérêt. On ne doit point
perdre de vue, que l'Etat eft le maître de
rembourfer quand bon lui femble, excepté
les derniers emprunts, qui ne fauroient être
rembourfés de quelques années. L'on ne peut
donc jamais fe trouver dans l'embarras d'être
obligé de rien payer ou rembourfer, comme
bien des étrangers l'ont abufivement imaginé.
L'exactitude fcrupuleufe & inviolable avec
laquelle ces intérêts ont toujours été payés,
& l'idée qu'on a de l'affurance Parlementaire, ont établi le crédit de l'Angleterre, au

(11) Je dis *prefque*, parce qu'il fe trouve dans la Dette Nationale quelques fragmens de rentes viageres, de tailles &
d'annuïtés, dans le goût de celles de France, qui ont été
créées du vivant de Guillaume III. & de la Reine Anne.
Mais comme tout cela ne fe monte qu'à quelques millions,
& ne forme que la très mineure partie de la Dette Nationale,
cela ne mérite aucun détail, & n'entre guere dans le commerce qu'on appelle jeu d'actions. Toutes ces anciennes dettes
s'éteignent graduellement, & augmentent le *Sinkingfond* ou
Caiffe d'amortiffement.

point de faire des emprunts qui ont furpris & étonné l'Europe. La caiffe d'Amortiffe-ment ou *Sinking fond* contribue beaucoup au crédit (12): mais le crédit feul n'auroit pu opérer ce miracle, s'il n'y avoit pas un ref-fort & une puiffance *facultative* & contribu-tive pour fournir à ce crédit. C'eft cette puiffance facultative, c'eft ce reffort que je vais développer : ce développement ré-pandra, fi je ne me trompe, un jour nouveau fur cette matiere, & rectifiera bien des idées confufes que les gens les plus éclairés ont fur cet important objet.

CE ne font pas les étrangers feuls qui igno-rent la nature de la Dette Nationale d'An-gleterre; les Anglois eux-mêmes prennent le change là-deffus: il y en a parmi eux, comme parmi les étrangers, qui envifagent cette det-te comme un contrepoids de tous leurs fuccès. Appuyés de l'autorité de Mylord Bolingbro-ke, de M. Walpole, du Chev. Jean Bernard & d'autres grands hommes, ils regardent la Dette Nationale comme un fardeau acca-blant, qui écrafe le Royaume, & énerve les forces de l'Etat. Voici, je crois, les prin-cipes fur lefquels on a fondé ces craintes.

PLUS le Gouvernement eft endetté par

----

(12) Le *Sinkingfond*, ou Caiffe d'amortiffement en Angle-terre, provient des excédens des revenus des taxes & des im-pofitions qu'on a hypothéquées pour les paiemens des intérêts des divers emprunts. Cette Caiffe eft devenue très confidé-rable par quelques rembourfemens & par plufieurs réductions volontaires, qu'on a faites en préfentant toujours le rem-bourfement du Capital à ceux qui ne vouloient pas acquief-cer à la réduction. Le *Sinkingfond* rapporte environ deux mil-lions Sterling.

plusieurs emprunts, plus on est obligé de charger la Nation d'impôts, pour en payer seulement les intérêts. Voilà déja, dit-on, un grand inconvénient. Le second, qui en résulte, c'est que l'augmentation des impôts enchérit la main d'œuvre, & porte préjudice aux manufactures. Le troisieme, c'est le tribut qu'on paie à l'étranger intéressé dans ces fonds. Le quatrieme, sur lequel on a beaucoup & longtems insisté, c'est l'esprit de paresse, de jeu & d'agiotage, que le commerce qui se fait dans les fonds publics, a introduit dans la Nation Angloise. Ces quatre objets paroissent d'abord justifier toutes les déclamations qu'on a faites contre la Dette Nationale: cependant je crois pouvoir démontrer, par la spéculation & par l'expérience, que tout ce qu'on a dit à ce sujet est plus spécieux que solide; on en a parlé sans approfondir la matiere.

Je démontrerai préalablement, que la Dette Nationale a augmenté de beaucoup le numéraire de la Nation; qu'elle est nécessaire à la circulation qui l'a produite, & au commerce excentrique que l'Europe, & principalement à celui que l'Angleterre fait dans les autres parties du monde; en un mot, qu'elle est très utile jusqu'à un certain point; que les impôts rentrent en grande partie dans la main dont ils sortent, & favorisent l'industrie plus qu'ils ne lui nuisent, que le bien que l'agiotage produit, l'emporte de beaucoup sur le mal qu'il cause; que sans le

Jeu d'actions, jamais l'Angleterre n'auroit eu le moyen de faire les efforts qu'elle a faits; que cet objet n'a jamais été bien entendu par ceux qui s'en sont mêlés: on a vu les effets, on a toujours ignoré les causes. Je les développerai. L'Angleterre se trouve dans l'état d'un homme qui se porte bien, qui jouït d'une santé brillante, qui a la respiration libre, mais qui ne connoît pas assez l'anatomie pour sentir quels sont les principes de la santé dont il jouït; si quelqu'un lui dit que son embonpoint pourroit bien être le principe masqué d'une maladie, il craint, il s'allarme, il se trouble, l'inquiétude le gagne.

Venons au fait: je dis que la Dette Nationale a enrichi la Nation; voici comme je le démontre. A chaque emprunt le Gouvernement d'Angleterre, en cédant une parcelle des taxes qu'on hypotheque pour en payer les intérêts, crée un Capital artificiel & nouveau, qui n'existoit pas auparavant, qui devient permanent, fixe & solide, & qui, au moyen du crédit, circule à l'avantage du public, comme si c'étoit un trésor effectif en argent dont le Royaume se fût enrichi. Prenons pour exemple les douze millions que l'Angleterre emprunta en 1760; voyons ce qu'ils sont devenus: n'est-il pas vrai qu'ils ont été dépensés en grande partie dans la Nation même? Il n'y a que les Subsides, & une partie de ce qui a été dépensé en Allemagne, qui soient à pure perte. Je dis une partie: car même pour la guerre du Continent la Nation Angloise profite par divers fournissemens, & par les Anglois qui y font employés; & quand ils arrofent l'Allemagne, ils ne font que fertilifer un terrain dont ils profitent par le commerce. Les richesses de l'Allemagne tournent toujours au profit des Nations commerçantes. Mais je me borne feulement à obferver, qu'il eft inconteftable qu'une grande partie de cet emprunt a été employée & a circulé dans la Nation même. L'Angleterre aura donc confervé une grande partie de ces douze millions qui fe trouvent répandus & abforbés dans la Nation même; & les richesses numéraires de fes créanciers qui font, pour la plus grande partie, des Anglois, feront encore augmentées de douze millions qui n'exiftoient pas (13).

Si l'on veut encore une preuve plus fenfible, que le numéraire d'environ 130 millions Sterling que la Nation Angloife a en Annuïtés & autres fonds fictifs, n'exifteroit pas en

(13) Il eft donc clair qu'en 1762 il doit forcément fe trouver, dans la Nation Angloife, quantité de perfonnes, qui ont fait fortune, & qui fe font enrichies par la dépenfe que le Gouvernement a fait des 12 millions qu'il a empruntés en 1761, & qui, par conféquent, font en état de prêter à leur tour à ce même Gouvernement qui les a enrichis; ce qui arrive effectivement. Ils lui rendent les mêmes efpeces qu'ils en ont reçu; & les Prêteurs de l'année précédente ont un Fonds nouveau de Crédit, à la faveur duquel ils peuvent encore trouver de nouvelles Efpeces, foit de l'Etranger, foit chez les Nationaux, pour s'intéreffer derechef dans les nouveaux Fonds; ce qui prouve 1°. l'Augmentation du numéraire par les emprunts; 2°. que les emprunts fe font toujours prefque avec les mêmes efpeces; 3°. que les anciens emprunts favorifent les nouveaux, & 4°. qu'ils ont enrichi la Nation.

grande partie fans la création de ces fonds,
on n'a qu'à imaginer où ce grand numéraire
exifteroit, en cas que ces fonds n'exiftaffent
pas. Seroit-ce en argent? y a-t-il tant d'argent dans toute l'Europe, j'en excepte la
vaiffelle? Seroit-ce en terres? On ne fauroit
reculer les bornes de la grande Bretagne; le
prix des terres a déjà beaucoup augmenté,
& fans une augmentation de population, elles ne fauroient être améliorées. Seroit-ce
en Vaiffeaux & dans le commerce? ces deux
objets ont auffi des limites relatives aux habitans; on ne fauroit amaffer plus de denrées que la confommation n'en exige; & trop
de commerçans nuit fouvent au commerce.
Quand il eft une fois foulé de l'argent dont
il a befoin, le refte lui devient inutile; il
n'eft pas dans la nature des chofes que le
commerce d'une Nation augmente continuellement, & qu'il porte toujours des fommes
plus grandes dans une gradation perpétuelle.
Où exifteroient donc ces millions, qui font
une grande partie de la richeffe de la Nation?
Ils devroient forcément exifter chez l'étranger. Cela feroit dangereux, s'il étoit poffible. Mais perfonne n'avancera une pareille
propofition; d'autant plus qu'il eft démontré
que les efpeces qui ont produit ces fonds,
font reftées en partie dans le Royaume, &
qu'elles ont fervi fucceffivement à chaque
emprunt.

S'IL étoit poffible d'ajouter ces cent millions Sterling, qui n'exiftent que par ces

mêmes emprunts, aux efpeces actuelles, l'Etat fouffriroit une vraie réplétion d'efpeces, qui renverferoit fon œconomie. Car cèt argent, s'il étoit poffible qu'il exiftât, fe trouveroit éparpillé dans la Nation & non pas dans le Fifc. C'eft alors qu'il perdroit tout-à-fait fa qualité de figne ; les denrées enchériroient au triple du prix actuel, & toute proportion de commerce feroit détruite. Mais cette fuppofition eft abfurde ; & on ne trouve la folution que dans mes principes.

L'ÉNORME fomme qui compofe la Dette Nationale, n'a jamais exifté à la fois ; la magie du crédit & de la circulation a produit cette maffe de richeffes fucceffivement avec les mêmes efpeces. Voilà ce qui fauve les inconvéniens qui réfulteroient d'une pareille fomme en efpeces. La portion qui exifte réellement en efpeces, fuffit pour donner tour-à-tour à chaque portion des fonds publics, la valeur intrinfeque, fans excéder les bornes d'une circulation aifée & utile. Les fonds publics font encore les magnétiques de l'argent ; ce que je dis eft à la lettre. Voici comment les poffeffeurs des fonds anciens firent, quand ils s'engagerent à en fournir de nouveaux au Gouvernement : non feulement ils trouverent de l'argent dans la Nation en vendant quelques pour $\frac{0}{0}$ plus bas des Annuïtés confolidées ; mais en hypothéquant de ces Annuïtés aux étrangers, ils furent en état de fe prévaloir par traites pour de plus fortes fommes que le crédit particulier ne comportoit; au moyen de quoi ils balayerent dans le befoin pour quelque tems prefque tout l'argent de l'étranger, jufqu'à ce que la circulation eût eu le tems de regagner l'équilibre, & que les nouveaux emprunts eurent celui de fe partager en plus de mains. Voilà la folution de ce grand problême ou phénomène de Finance. Tout le monde a été furpris, & même étonné, de voir plufieurs années confécutives faire des emprunts de 12 millions Sterling; ils fe font faits uniquement à la faveur des anciens fonds, par leur moyen, fous les aufpices du crédit & de la circulation.

LES efpeces n'augmentent pas, elles communiquent leurs qualités aux fonds, par la rente qui y eft attachée. Le numéraire fe trouve doublé, les fonds acquérant une confiftance, & fi j'ofe me fervir de ce terme, une *fixité* que l'argent n'a pas; l'argent roule, il fe diffipe, il paffe d'une main à l'autre; il eft le Protée des richeffes, ou plutôt les richeffes en font le Protée. Mais les fonds une fois créés, le numéraire refte, la faculté contributive augmente, ainfi que la circulation, fans trop augmenter les efpeces. L'argent courant eft univerfellement un objet pour la dépenfe; c'eft quand il communique fa qualité à un bien fonds, que fon numéraire double & fe conferve. Cette augmentation eft produite par la création du crédit, en hypothéquant une parcelle du revenu de l'Etat provenant d'une légere impofition qu'il tire

de

de la Nation , & le rend pour-ainfi-dire à la
Nation même, pour les intérêts de la Nation
en général.

JE prie le lecteur de bien digérer ce principe. C'eft une vérité démontrée, fenfible,
inconteftable, quoiqu'au premier abórd difficile à concevoir. Il eft auffi évident, & de la
même nature, que le principe que j'ai établi
ci-deffus, qu'un même écu peut dans un feul
jour circuler en vingt mains différentes, &
repréfenter vingt fois de fuite la valeur numéraire du figne. C'eft fur ces deux principes que roule tout mon raifonnement , &
d'où découlent les vérités importantes que
j'avance , & qui font fi peu conformes aux
préjugés reçus que je combats.

POUR rendre cette vérité encore plus lu-
mineufe par un autre exemple, on n'a qu'à
envifager toute l'Europe collectivement; on
trouvera que l'argent réel qu'on dépenfe dans
les guerres que les Puiffances fe font, y refte
& ne s'anéantit affurément pas, & que les
emprunts que les mêmes Puiffances font fur
leur crédit, font un furcroît de numéraire qui
n'exiftoit pas: furcroît qui, créé par le crédit, acquiert par lui & par l'opinion une
valeur réelle & artificielle, intrinfèque & de
convention , circulante pendant que le crédit fubfifte, & opérant partiellement les mêmes fonctions que les efpeces réelles, quelque chimérique & impoffible que foit la réa-
lifation de la totalité. Qui fait fi ce n'eft
pas-là la raifon pourquoi les ravages & les

dévaftations que les guerres caufent, font quelquefois fitôt réparées?

Encore un exemple. Il eft conftant qu'une centaine de Seigneurs en France & en Angleterre poffedent un numéraire en bien qui forme leur état, lequel excede l'argent comptant qu'il y a dans le Royaume. La circulation le fait pourtant valoir, & le bien de chaque particulier eft abftractivement réel & folide, quoique l'enfemble, c'eft-à-dire l'équivalent en argent, paroiffe ne pas exifter. Les emprunts fucceffifs fe font donc toujours avec les mêmes efpeces, identiquement les mêmes, qui, par ces mêmes emprunts, communiquent leur valeur aux nouveaux fonds, ou papiers créés par le crédit, & en circulant de nouveau dans le public, augmentent la puiffance de faire d'autres emprunts.

Tous les millions qu'on paie en France au Monarque, font verfés derechef dans le gouffre de la Nation; l'Océan d'où ils font fortis les reçoit à fon tour, quoiqu'il puiffe y avoir des baffins dans la cafcade, qui ne foient pas à leur place, & qui détournent un arrofement plus utile. Mais en croupiffant dans leur fource ils circuleroient encore moins à l'avantage de la Nation. Le cultivateur eft celui qui fouffre réellement par les taxes; les corvées détruifent en France une des fources de fon opulence; car cette partie de la Nation eft celle qui nourrit réellement toutes les autres, & qui mettant les terres en valeur, augmente auffi le numé-

raire. La population eft la richeffe réelle
de l'Etat. Les autres ordres de l'Etat font
dédommagés des taxes qu'ils paient. Le luxe
rend ce que le luxe ôte. D'ailleurs le vice
eft né tributaire, & c'eft un hommage qu'il
doit à la vertu.

Qu'on médite donc ces principes, ainfi
que la nature, l'effence & les effets des emprunts quand on les fait & qu'on les emploie à propos; on trouvera qu'ils enrichiffent effectivement l'Etat au lieu de l'appau-
vrir, qu'ils doublent le numéraire, & par conféquent la puiffance de les augmenter. Les
impôts rentrent pour la plùpart dans la main
d'où ils fortent. Ce font toujours les gens
riches, & qui font de la dépenfe, qui paient
les impôts en dernier reffort, tant par celle
qu'ils font, que parce qu'ils mettent les autres en état d'en faire. L'induftrie & les
ordres fubalternes leur font payer plus cher
& leurs fervices & leur travail; & c'eft fouvent un prétexte pour profiter davantage.
Cette circulation tourne donc néceffairement
en faveur de l'induftrie, qui fe trouve toujours dédommagée de cette prétendue charge. En voici la preuve & la démonftration (14). Quatre millions Sterling par an,

(14) Quand les impôts ne font pas trop violents, & qu'ils
ne deffechent pas les mains qui les fourniffent, pour lors leur
collection momentanée au Fifc, & leur débouché, par la diftribution des rentes, penfions & autres dépenfés, forme des
valeurs nouvelles qui n'exiftoient pas; ces valeurs créées cáu-
fent auffi une circulation nouvelle, en faveur, & au profit de
ceux qui les ont payées; car chaque parcelle d'impôt, avant
d'être levée, eft divifée & éparpillée fur tant de millions de

qu'on leve en impôts pour payer les rentes
des fonds appartenants aux Anglois, produifent au moins quinze ou vingt millions dans
la circulation, qu'on dépenfe au profit de
l'induftrie. On concevra aifément cette vérité par le même exemple de l'écu que je
viens de citer, dont j'ai démontré que la
circulation pouvoit fe faire vingt fois dans
en feul jour; elle peut donc fe répéter 365
fois l'an dans la même proportion; ainfi il
y a de la marge pour la partie non circulante, en faveur de celle qui circule continuel-

Sujets qu'à peine apperçoit-on fon exiftence; fi bien que la
partie qui tombe fur chaque particulier (*) refteroit probablement dans fa poche ou dans fa caiffe; la partie réfultante
de l'induftrie n'exifteroit pas-du-tout, prefque rien n'entre-
roit dans la circulation. En voici un exemple. Si fur un
million d'ames qu'il y a à Paris, on faifoit payer, un feul
jour, deux fols à chacun, les aifés payant pour les indigens,
il eft fûr que perfonne ne s'appercevroit feulement pas de cer-
te Collecte, qui rendue à une feule perfonne induftrieufe feroit fa fortune, & la mettroit en état d'augmenter beaucoup
plus la circulation, la confommation & l'induftrie, que l'ex-
traction de ces deux fols ne diminue ces objets fur les individus qui les ont fournis. Un autre exemple. Si fur toute
la furface de la terre il venoit à tomber 20, ou 30 gouttes
d'eau, cet arrofement infenfible fe deffécheroit d'abord, & ne
pourroit rien fertilifer, ni défaltérer perfonne; mais fi ces 20
ou 30 gouttes étoient toutes reçues dans un entonnoir, en fe
réuniffant, elles formeroient un torrent capable des opérations
les plus vivifiantes; il faut des foyers pour concentrer & réunir les êtres, qui féparés ne peuvent rien, & raffemblés deviennent très-actifs. Je crois que cet exemple ne fera pas
trouvé indifférent, par ceux principalement qui ont un tact
néceffaire pour la méditation de ces fortes d'objets; il fatis-
fait parfaitement à la fubtile objection qu'on pourroit faire à
mon affertion; & on concevra plus aifément le bénéfice &
le progrès du réjailliffement des impôts dans le public, en faveur de l'induftrie, après la confiftance que les fommes pro-
venantes ont reçues dans leurs foyers refpectifs.

(*) Il faut toujours mitiger ce principe par rapport au laboureur.

lement. Les rentes que les riches dépen-
fent, mettent fans contredit plufieurs ordres
fubalternes en état de faire d'autres dépenfes moins confidérables avec les mêmes efpeces; en fupprimant donc un million de rente, on en ôteroit la circulation de plufieurs;
& la puiffance contributive des ordres fubalternes diminueroit au moins de vingt dans
le cours d'une année. Obfervez que je mets
un an pour la totalité, quoique l'exemple
que j'ai cité & démontré, fe trouve poffible & actuel dans un feul jour, & peut-être
davantage; cela me paroît donc inconteftca-
ble & à l'abri de toute objection. Mais ceux
qui n'auront pas bien conçu ce principe, ne
fauroient me fuivre dans mon fyftême.

J E paffe au fecond inconvénient; il nous
menera à des réflexions qui pulvériferont
encore davantage le premier, & donneront
une nouvelle force à mon fyftême. Je dis
d'abord, que l'enchériffement de la main
d'œuvre, & des denrées de première néceffité, a d'autres caufes que les impôts. Cette
cherté, les impôts-mêmes, font une fuite néceffaire d'un amas d'hommes raffemblés en
fourmilliere dans les grandes villes par le
commerce, par le luxe & par l'opulence;
c'eft la nature du commerce immenfe qu'a
produit la découverte de l'Amérique, qui en
eft la véritable caufe. L'or qu'on en a apporté, entretient néceffairement cet inconvénient prétendu, qui feroit encore plus
grand, fi l'augmentation du numéraire & la

circulation de la Dette Nationale n'y remé-
dioient.

D'UN côté l'aviliſſement des métaux en
qualité de ſignes, & de l'autre le tribut immenſe de denrées que l'Amérique exige de
l'Europe, ont produit des effets qu'on a at-
tribués à d'autres cauſes. Les mines du Pérou ont eu deux effets oppoſés, qui paroiſſent contradictoires au premier abord. L'or
& l'argent devenant ſi abondans, & par
conſéquent avilis en qualité de ſignes, ont
donné d'abord naiſſance à tant de nouveaux
beſoins & à un commerce ſi étendu, que
par l'aviliſſement même de l'argent il en a
fallu prodigieuſement pour ſuffire aux objets qu'il avoit produits. Il a donc eu beſoin à ſon tour de nouveaux ſignes repré-
ſentatifs pour accélérer ſa circulation; & la
multiplicité des ſignes a de plus grands
avantages que l'aviliſſement du métal n'a
d'inconvéniens.

JE ſoutiens que la puiſſance facultative,
ou les richeſſes métalliques de la Nation
Angloiſe, ne pourroient ſuffire aux objets
que la découverte de l'Amérique a produits
graduellement; & que le Gouvernement Anglois n'auroit jamais pu faire des emprunts
auſſi immenſes, ſans la circulation que la
création de ces mêmes fonds produit. Le
crédit protege le crédit, la circulation favoriſe la circulation, & les fonds publics & le
papier ſoutiennent le papier & les fonds publics, en fourniſſant par les reſſorts de la

circulation, & par le jeu qu'il y a dans les fonds, presque toujours les mêmes espèces successivement pour les divers emprunts; & le numéraire se trouvant toujours multiplié, la Dette Nationale est devenue un aliment du commerce, le soutien & le remede du luxe, qu'elle enfante quelquefois. Elle a enrichi la Nation, & elle la met en état de payer les impôts. Il résulte de ces principes, que ce sont les dettes antécédentes qui ont mis la Nation en état de les augmenter encore. L'effet de la puissance en est devenu la cause. Ce sont l'or & l'argent, avilis en qualité de signes, qui ont triplé le prix de toutes les denrées; & quand nous disons que tout est plus cher, nous voulons dire que l'argent est moins précieux; il est moins précieux, parce qu'il y en a beaucoup plus.

On dira qu'un homme, avec trois mille écus de rente, n'est pas plus riche qu'on ne l'étoit autrefois avec mille. Mais il y a en Europe vingt personnes qui ont trois mille écus de rente, contre un qui en avoit mille il y a deux cent cinquante ans.

Voila ce qui a d'abord enchéri la main d'œuvre & les denrées de premiere nécessité: mais d'un autre côté l'or & l'argent, quoique prodigieusement augmentés, & devenus plus communs en Europe, ont eu cependant besoin de nouveaux signes pour les représenter par une circulation artificielle, afin de faire face à tant d'objets que l'abon-

dance des efpeces a enfantés. Telle eft probablement la véritable origine de l'exiftence
& de la facilité qu'on a trouvée à créer
des Banques, des actions, des papiers de
crédit, des fonds publics : tous moyens qui,
en augmentant le numéraire, fixent & arrêtent les richeffes des particuliers, lefquelles n'exifteroient pas en grande partie fans
la création des fonds qui forment la Dette
Nationale, ainfi que les actions de Banque,
en un mot tout ce qu'on appelle fonds publics. Je dis qu'ils fixent & arrêtent les richeffes des particuliers. En effet l'argent
en efpeces fe diffipe & fe perd ; mais ayant
communiqué fa propriété à fes fignes, il
va faire fa fonction ailleurs, & à la faveur
du crédit il conferve toujours cette qualité
communicative fi fouvent répétée en Angleterre, fans que la fomme des efpeces
monnoyées augmente à proportion pour cela, quoique les richeffes, ou leurs repréfen-
tans, y aient prodigieufement augmenté.

Pour concevoir la liaifon de toutes ces
vérités, il faut remonter un peu plus haut,
& obferver attentivement les révolutions
qui font graduellement arrivées en Europe,
depuis que la Bouffole accrut l'univers par
la découverte de l'Amérique. Les matieres
d'or & d'argent font fi fort augmentées depuis cette époque, qu'elles fe font d'abord
avilies en qualité de fignes. L'induftrie a
trouvé à s'employer de tous côtés. Le luxe
extérieur de l'Amérique a dédommagé les

Nations commerçantes de l'Europe du luxe intérieur devenu exceſſif ; il a enrichi la main d'œuvre par deux moyens, d'abord par l'aviliſſement de l'argent, & enſuite par la quantité des matieres manufacturées qu'on a envoyées en Amérique ; ce commerce excentrique a rendu en même tems cet enchériſſement moins funeſte.

Il ſeroit à ſouhaiter qu'il y eût une pareille compenſation pour les mœurs, qui depuis cette époque ont peut-être plus perdu que gagné. On prétend qu'il y a moins de ſimplicité, moins de vérité dans chaque ſociété particuliere, quoique la ſociété générale ſoit plus perfectionnée. La vertu politique peut-elle s'accroître de l'extenſion du vice moral ? Quoi qu'il en ſoit de cette réflexion, il eſt conſtant que la découverte du nouveau monde a cauſé dans l'ancien une révolution notoire dans le phyſique & dans le moral. De nouveaux alimens, de nouvelles maladies, de nouveaux remedes, de nouveaux intérêts, ont donné, pour ainſi-dire, une nouvelle forme aux paſſions. Le goût du Commerce, des Colonies, de la Marine, de la Navigation, des nouvelles découvertes, eſt devenu le ſyſtême univerſel. La culture des Arts & des Sciences s'eſt alliée au goût du Commerce, & a ajouté un nouveau vernis à la politeſſe de l'Europe. La facilité de faire fortune a établi une eſpece de liberté & d'égalité, qui rapproche les différentes conditions, &

a fait difparoître l'efclavage & l'aviliffement
où paroiffoit être plongé tout un peuple
pauvre, vis-à-vis d'un très petit nombre de
riches. C'eft peut-être le plus grand bien
que la découverte de l'Amérique ait apporté en Europe. La fortune des Médicis étoit
exclufive & immenfe; de particuliers qu'ils
étoient, ils devinrent Souverains, & affervi-
rent leur propre Patrie. Les fujets de Charles V. & de Philippe II, au contraire, puife-
rent dans les reffources du commerce les
moyens de devenir plus libres. L'Univers,
qui fembloit s'étendre fous la puiffance du
Monarque Efpagnol, changea de forme à
plufieurs égards. L'opulence devenue plus
univerfelle par l'or & l'argent du nouveau
monde, (15) tant de bras occupés à pourvoir aux nouveaux befoins & au luxe de
l'Amérique, ont fourni de nouveaux moyens.

Les machines politiques, ainfi que les élémens du commerce, devenues par-là plus
étendues, plus vaftes, plus compliquées, les
refforts ont dû être plus forts & plus nombreux. Il a fallu multiplier la circulation
du papier par le crédit, en augmentant le
numéraire; cela s'eft fait, pour-ainfi-dire,
par inftinct, mais avec crainte, prefque en
tremblant, fans trop favoir ce qu'on faifoit,

---

(15) Le nombre des riches & des aifés s'eft augmenté
confidérablement en Europe depuis la découverte de l'Amérique.
Il y a plus de moyens de gagner fa vie. Je n'examine pas à
préfent fi les néceffiteux, les pauvres, les indigens, le font
davantage. Abftractivement le néceffaire phyfique eft en quelque façon plus difficile à acquérir; la mifere eft plus fenfible, & contrafte davantage avec l'opulence bourfoufflée.

ni pourquoi on le faifoit. L'or & l'argent ayant perdu les $\frac{3}{4}$ de leur valeur, il en a fallu beaucoup pour repréfenter tant de chofes, & faire mouvoir tant de machines qu'ils ont mifes en jeu. Tous les moyens ont eu befoin d'être triplés, & fans l'augmentation des fignes de valeur, qui forment une richeffe artificielle, le commerce ni le luxe n'auroient pu fubfifter ; c'eft la découverte de l'Amérique, qui, en augmentant prodigieufement la maffe de l'or & de l'argent, a encore augmenté davantage le commerce, le luxe, la navigation & les manufactures; la circulation avoit befoin de plus de rapidité; & par un paradoxe fingulier, l'argent a auffi eu befoin de plus de repréfentants, à mefure qu'il fe multiplioit ou devenoit plus commun ; & les fonds publics, papiers & actions font devenus néceffaires, tantôt pour abforber les excédens des efpeces, tantôt pour les exprimer à leur tour comme des éponges qu'on preffe. Cela fixe, augmente, arrête l'accroiffement numéraire des efpeces chez l'un, tandis qu'elles circulent ailleurs. La Nation fe trouve réellement plus riche, parce qu'elle paroît telle, & l'Etat en tire les plus grands fecours dans les momens effentiels & décififs ; fauf à chercher enfuite des expédiens pour remédier à l'embarras qui réfulte de la Dette Nationale, quand elle eft trop enflée.

J'ai prouvé ci-deffus, qu'à chaque emprunt le numéraire des efpeces augmentoit;

c'eft toujours avec le même argent qu'on a payé les différens emprunts, en doublant le numéraire par la création d'un bien artificiel; & l'État fe trouvoit plus riche. Le Gouvernement d'Angleterre, en cédant à plufieurs reprifes quatre millions Sterling par an à fes fujets & à l'étranger, pour des fecours effentiels, a enrichi le Royaume de plus de cent millions Sterling, dont le numéraire de la dixieme partie n'exifteroit pas fans la création des fonds. Les impôts qu'on tire du public pour payer les intérêts, font derechef verfés avec ufure dans le même public, puifque ces impôts font affectés & hypothéqués pour les paiemens des intérêts ou rentes. C'eft à jufte titre qu'on dit que c'eft la main droite qui donne à la main gauche; c'eft précifément comme fi l'Etat remettoit une partie des impôts levés fur la Nation, à la Nation même; & l'inégalité de la diftribution n'altere pas l'avantage qu'elle tire en bloc (16). Cette inégalité fe répare encore par la dépenfe que font & font faire ceux qui ont les fonds, dont une grande partie des revenus eft employée en faveur de l'induftrie. Ainfi tout eft compenfé; le phantôme numéraire de la richeffe artificielle fubfiftant toujours, opere fon ef-

(16) Les poffeffeurs des fonds font, je l'avoue, devenus en France, en Hollande & en Angleterre, les co-ufufruitiers de leur revenu territorial, & en quelque forte les co-propriétaires de leur fol; mais loin que ce foit un mal, je le regarde comme un bien, qui exténue ce que les impôts & les taxes pourroient avoir d'onéreux.

fet, foutient fes poffeffeurs, favorife les autres ; & cette maffe de fignes repréfentatifs
tient lieu d'un bien folide & réel, que chaque particulier convertit en efpeces dans le
befoin, quoiqu'il feroit impoffible que tous
le fiffent à la fois, ce cas-là 'n'exiftant jamais. On pourroit en dire autant des terres, des maifons & de tous les mobiliers, qui
n'ont pas, à beaucoup près, une circulation
auffi prompte & auffi rapide que les fonds
publics.

PARMI les peuples commerçants, dit Mr. de
Montefquieu, ce n'eft pas celui qui a le
plus d'argent qui eft le plus riche & le
plus fort, mais celui qui a le plus d'argent
circulant par des effets & des denrées réelles, au moyen des fignes repréfentatifs.
L'argent réel étant repréfenté par quelque
chofe qui ne l'eft pas, fon numéraire augmente ; cette furabondance, favorifée par la
circulation, caufe une efpece de déborde-
ment, & eft bientôt repompée par le magné-
tifme du commerce & du crédit, & rentre
dans les mêmes mains avec un accroiffement
de puiffance, pour répéter tous les ans le
même fecours. La faculté diftributive ne
s'ufe pas ; elle acquiert de nouveaux accroiffemens, au lieu de s'énerver. Il eft donc
très probable, & je fuis perfuadé & convaincu, que fans l'ancienne dette qui circu-
loit, jamais le Gouvernement d'Angleterre
n'eût pu faire d'auffi forts emprunts que
ceux qu'il a faits en dernier lieu. Plus on

méditera ces principes, plus on en fentira la vérité (17).

PASSONS au troifieme inconvénient, qui eft le plus grand. Il eft conftant que les Puiffances débitrices deviennent tributaires de l'Etranger à qui elles doivent; mais cet inconvénient, très réel, n'eft pourtant rien en comparaifon des avantages dont nous venons de parler. Tout a des inconvéniens. Mais celui-ci, inférieur en lui-même aux avantages qui en réfultent d'un autre côté, eft encore exténué par ceux que l'étranger procure en fourniffant, à point nommé, l'argent dont on a befoin, & dont une partie eft fouvent dépenfée dans le Royaume. Mais ce qui mérite plus d'attention, c'eft que fans le fupplément de l'Etranger, qui fait le complément de la puiffance, & contribue beaucoup au jeu, & par conféquent à la circulation, l'Angleterre n'auroit pas

_____

(17) Il réfulte de tout ce raifonnement, au fujet de l'Amérique & des Révolutions que fa découverte a caufées, que la cherté de la main d'œuvre eft une fuite néceffaire des richeffes, du luxe, du commerce, de l'opulence, & de la grande confommation produite par une augmentation de befoin (*) & de population, dans une Nation induftrieufe. Les Taxes & les Impôts y contribuent; mais comme ils font auffi une fuite de l'opulence, de l'aifance & de la liberté, leur dommage eft plus que compenfé par d'autres avantages. Le nombre des riches étant augmenté par la création des Fonds factices, en enfante de nouvelles valeurs, on redouble les moyens de favorifer l'induftrie, les Arts, les Manufactures, l'Agriculture & le Commerce. Les quatre millions Sterl., qu'on leve en Impôts, & qui d'un côté embarraffent l'induftrie, font, par leur circulation, employer vingt millions en faveur de cette même induftrie, comme je l'ai prouvé & démontré.

(*) La population de l'Amérique s'identifie ici avec celle de l'Europe.

trouvé d'auſſi grands moyens , & le manque de ces ſupplémens auroit peut-être empêché & affoibli tous ces efforts ; c'eſt ce
que je vais développer dans la réponſe à la
quatrieme objection touchant l'eſprit d'a-
giotage & le jeu d'actions: la ſolution de
ces deux objections eſt la même.

J'ai déja obſervé, qu'on regarde aſſez
communément les poſſeſſeurs des fonds comme des gens à porte-feuille, vivants dans l'oi-
ſiveté aux dépens des gens laborieux (18).
Cette idée eſt erronée : car la Dette Nationale eſt ſi volumineuſe, qu'elle eſt éparpillée
par toute la Nation.' Tous les Ordres de l'E-
tat y participent , & il n'y a pas de Claſſe
ſéparée qui faſſe ce qu'on appelle dans un
autre Pays la finance. Loin que cela faſſe de
mauvais Citoyens , on a fait voir que c'eſt
un intérêt de plus qui les attache à la Patrie ;
tout le monde eſt obligé de ſoutenir & de
favoriſer ce crédit. Et pour ce qui eſt des
agioteurs , il eſt conſtant qu'ils ſont les le-
viers qui font mouvoir la machine. La circulation ne pourroit ſe faire ſans eux ; & ſans

---

(18) Il ſe peut bien qu'à la fin du ſiecle paſſé, quand le
crédit de l'Angleterre n'étoit pas encore à ce degré prodigieux,
les gros intérêts des fonds publics aient détourné quelques particuliers du commerce & du travail, & les aient jettés dans la
pareſſe du rentier oiſif. Cela eſt effectivement arrivé ; mais depuis que les fonds ne rapportent qu'un intérêt modique , cela
n'a plus lieu. Il eſt encore vrai que la facilité de placer ſon
argent dans les fonds, d'acheter à terme, de donner des primes , de gagner gros en peu de tems, a cauſé la ruïne de pluſieurs particuliers. Cela a renverſé bien des fortunes , mais
en a rétabli bien d'autres ; outre qu'on auroit pu également ſe
ruïner dans un autre commerce.

le jeu d'actions jamais le Gouvernement n'auroit pu faire d'auffi forts emprunts. Le goût
univerfel du jeu, que les actioniftes ont introduit, favorife beaucoup la facilité des emprunts. En Hollande, la Compagnie Orientale a des actions dans des chambres ou dé-
partemens où il n'y a point de commerce
d'actions, ou plutôt de jeu d'actions. Les
actions de cette chambre, qui font de la même nature que celles de la chambre d'Amfterdam, valent beaucoup moins. La même
chofe arrive à un fonds nommé *Million's Bank*
à Londres; c'eft un fait incontestable. Les
actioniftes ou agioteurs font fortir tout l'argent qu'il y a dans les coffres, & le font circuler pour le fervice du Gouvernement de
l'Angleterre lors des nouveaux emprunts.
Voici comment. 1°. La facilité de vendre fon
fonds à terme, & de donner & prendre des
primes fur ce même fonds, engage d'abord
beaucoup de gens à placer leur argent, qui
ne le placeroient pas fans ces avantages.
2°. Il y a un grand nombre de gens pécunieux, tant en Angleterre qu'en Hollande,
qui ne veulent pas placer définitivement leur
argent dans les nouveaux fonds pour ne
point en courir les rifques pendant la guerre.
Mais que font-ils? Ils placent cependant pour
10, 15 ou 20 milles livres Sterling en annuïtés, qu'ils vendent à terme aux agioteurs,
au moyen de quoi ils tirent un gros intérêt
de leur argent, fans être fujets aux variantes, qui font pour le compte de l'agioteur;

ce

Ce manege se continue pour des années, &
cela s'est fait pour des millions ; c'est à la
faveur de cette pratique que le Gouvernement d'Angleterre a pu faire d'aussi grands
emprunts , qui, sans le jeu d'actions & les
moyens ingénieux que les agioteurs ont mis
en usage, auroient été absolument impossi-
bles. De sorte que le Gouvernement d'Angleterre a par ce jeu-là , balayé non seulement l'argent de ceux qui vouloient de ces
fonds , mais encore tout l'argent de ceux-
mêmes qui n'en vouloient pas. Je crois que
c'est un secret qu'il ignoroit lui-même , &
que je suis bien-aise de lui révéler.

L'AVANTAGE que le Gouvernement d'Angleterre a tiré des actionistes , est donc sans
contredit immense. Si l'on me demande après
cela, ce que je pense de ce métier ; j'avoue-
rai franchement que je détournerai mes enfans, mes proches & mes amis de s'en mêler,
parce que c'est un métier très dangereux &
dont on a prodigieusement abusé depuis peu.
Il demande un homme très intelligent dans
cette partie, & qui ne s'occupe uniquement
que de ce seul objet ; quand on s'en mêle,
comme il arrive souvent, pour corriger la
fortune, ou pour la faire rapidement , il devient un jeu encore plus dangereux qu'aucun
autre.   Il accélere la ruïne, qu'on tâche d'é-
viter par son moyen ; tel qu'on croit ruïné
par le jeu d'actions , n'y a eu recours que
parce qu'il commençoit à l'être par d'autres
causes, & qu'on auroit souvent pu éviter, si

E

au lieu d'employer ce moyen féduifant &
dangereux, on avoit d'abord tranché dans le
vif par une fage œconomie en changeant fon
état, en domptant l'opinion., & en régnant
fur elle. Ce point pourroit fournir matiere à
un ample raifonnement & à un autre traité.

Le Commerce d'Actions a plufieurs branches, c'eft un objet très compliqué; on peut
le faire avec prudence & avec un avantage
fûr, en faifant valoir fes fonds fans prefque
courir les hazards du jeu. Quand les fpécu-
lations dans les fonds fe font dans la fphere
de la puiffance du Spéculateur, & qu'il ne
fe laiffe pas dominer par les agioteurs, pour
lors il eft moins rifquable que tout autre. J'ai
effleuré cette matiere dans le tableau qu'on
trouvera à la fin de cet ouvrage au fujet du
jeu d'actions.

Si fans le jeu d'actions, la puiffance de
l'Angleterre pour les emprunts n'eût monté
qu'à $\frac{2}{3}$, elle auroit perdu probablement ces $\frac{2}{3}$;
les avantages des Anglois n'auroient donc pas
eu lieu, & ils auroient fouffert autant de pertes qu'ils ont eu de fuccès. Quand on a befoin d'une puiffance égale à dix, & qu'on
n'a que cinq, la proportion n'eft pas comme
de deux à un, mais fouvent comme de dix à
Zero : car on perd tout ce qu'on emploie,
parce que les efforts foibles deviennent inutiles, même pernicieux, & fe tournent contre
leur agent. La lenteur caufe une plus grande
lenteur, & la foibleffe une plus grande foibleffe. Si les Anglois avoient envoyé un tiers

moins de vaiſſeaux & de troupes pour faire
la conquête de la Havane, ils auroient échoué,
& toute la dépenſe auroit non ſeulement été
perdue, mais cette perte leur en auroit cauſé
pluſieurs autres, & au lieu des tréſors & des
autres avantages qui ont été le fruit de ces
ſuccès, tout eût été en raiſon inverſe pour
eux. Je n'exagere donc pas dans ce que j'a-
vance de l'inégalité de la proportion. Qu'on
puiſſe tout ce qu'il faut, ou qu'on puiſſe ſeulement $\frac{2}{3}$ de ce qu'il faut, les effets en politique, au lieu d'être comme 3 ſont à 2, ſont
quelquefois comme le tout eſt à Zero. C'eſt
donc d'un petit ſupplément que dépend le
ſuccès du tout; & ſi le jeu d'actions & l'é-
tranger y contribuent, & ſont même néceſſaires pour l'obtenir, on ne ſauroit trop en faire
cas & les encourager. Or il eſt démontré, que
ſans la circulation que le jeu procure chez
l'étranger & dans le Royaume, jamais les
gens pécunieux n'oſeroient prendre d'auſſi
forts engagemens lors d'un nouvel emprunt,
ou ne trouveroient pas les fonds avec cette
célérité requiſe & étonnante dans le moment
où l'on en a beſoin. C'eſt ce débouché prompt
qui encourage les entrepriſes & favoriſe la
circulation; celle que le jeu procure eſt prodigieuſe; on ne peut imaginer combien il
facilite les moyens de ſe défaire à tout moment & à toute heure de ſes fonds, & cela
pour des ſommes conſidérables. C'eſt à cette
facilité que les particuliers ont à ſe défaire de
ces fonds, que l'Angleterre eſt redevable en

partie de celle qu'elle a eu de faire ces énormes emprunts, qui lui ont procuré de si grands
succès. L'avantage donc qui résulte des agioteurs & des créanciers étrangers, l'emporte
de beaucoup sur les inconvéniens. Les uns
& les autres ont été essentiels, & d'une grande utilité à l'Angleterre, & n'ont pas peu
contribué aux succès des entreprises militaires. Ce qu'il falloit prouver.

On voit par tout ce qu'on vient de dire,
que la Dette Nationale, loin d'être un fardeau écrasant, a enrichi le Royaume & favorisé le Commerce ; & que le préjudice des
impôts & des taxes est en partie illusoire.
On a vu les véritables causes de l'enchéris-
sement de la main-d'œuvre & des denrées
de première nécessité. On a démontré, combien l'intérêt que les étrangers ont dans les
fonds, & le jeu d'actions, sont nécessaires
au crédit & à la circulation. Les inconvéniens particuliers qui en résultent, & dont
on convient sans peine, ne sauroient jamais
balancer de si grands avantages.

Cependant on ne doit pas aller au-
delà de mes principes, en les étendant trop
loin : on pourroit accumuler trop la Dette
Nationale, & par-là jetter le Royaume dans
un grand embarras. Il y a deux especes de
maximum qu'on doit éviter : l'un regarde
l'objet des intérêts fondé sur les impôts ;
le second regarde la masse du papier circulant. Je crois qu'on est plus éloigné du
premier que du second. On verra dans le

corps de cet Ouvrage, que l'Angleterre n'a pas épuisé ses ressources du côté des impôts. Quant au second, on a cru que les signes représentatifs en papier ne pourroient circuler qu'en raison de sa proportion avec les especes courantes ; des calculateurs spéculatifs l'avoient borné comme 3 à 1. L'expérience constante a prouvé & démontré en Angleterre, que cette proportion s'étendoit beaucoup plus loin. Mais elle doit avoir des bornes.

Un inconvénient qu'on a déja éprouvé à cause de sa masse énorme, c'est que le prix des annuïtés varie plus sensiblement qu'autrefois à la moindre crainte des événemens politiques ; ces convulsions font plus grandes, & toujours nuisibles au public. Ce n'est pas manque de crédit, mais la masse étant si grande, & en tant de mains, il se présente plus de vendeurs qui spéculent sur le même événement. C'est un des plus grands inconvéniens du volume de la Dette Nationale. Il y a un *maximum* de force pour la circulation, qu'on ne sauroit passer. Les fonds publics font une alchimie réalisée, mais on ne doit pas enfoncer le creuset. Tout a des bornes, tout a besoin de limites, mais je ne connois pas celles qu'on doit donner à la Dette Nationale en Angleterre ; peut-être touchons nous à la lisiere, peut-être en sommes-nous encore éloignés. On voudroit cependant savoir quel est ce *maximum*, le point qu'il seroit dangereux de passer ;

je crois que c'eft un probleme difficile à réfoudre : voici cependant les principes qui
peuvent conduire à fa folution.

Il faudroit combiner exactement plufieurs
principes, & en obferver les réfultats. Je
ne parle que de l'Angleterre ; chacun peut
après cela en faire les applications à d'autres puiffances. Il faut premiérement comparer la maffe de l'or & de l'argent dont
l'Amérique enrichit annuellement l'Europe,
avec celle qui va fe perdre en Afie : fi la
balance penche du côté de l'Europe par une
augmentation d'efpeces , on s'éloigne du
maximum. La feconde combinaifon , c'eft
l'accroiffement du Commerce , & nommément de celui de l'Amérique pour le débouché des manufactures , & des denrées de
l'Europe. Plus les Anglois augmentent cette
branche, moins leur Dette Nationale leur
eft à charge. Le troifieme point effentiel,
c'eft la population & l'agriculture, qui forment toujours la puiffance naturelle d'un
Etat quelconque. Tout le monde connoît
les avantages phyfiques & moraux que les
Anglois ont pour entretenir la population
(19). Le réfultat de toutes ces combinai-

(19) Les caufes phyfiques proviennent du Climat plus froid
que tempéré de l'Angleterre , qui fait que les femmes y font
plus fécondes , & le font plus longtems que dans des pays
plus chauds: du fol, qui produit des nourritures plus fubftan-
tielles, & rend les hommes plus robuftes : on n'a qu'à obferver les chevaux & le bétail de ce pays-là , l'agilité d'un cheval Anglois , la matérialité du bétail en Irlande , ainfi que la
charpente du corps humain. Un Irlandois, un Ecoffois, un
Anglois, fans avoir la figure Coloffale des Allemands, a une

fons nous découvre, fi l'Angleterre eft encore fufceptible d'une augmentation du re-

ftature avantageufe. Pour les caufes morales, elles pourroient
m'entraîner dans une longue differtation ; les plus fenfibles font
celles qui réfultent de la Religion dominante du pays, & de la
conftitution du Gouvernement. Il y a une grande difproportion entre le nombre des célibataires des pays Proteftans, &
celui des pays Catholiques. M. de Montefquieu appelle les
Couvens de filles, des gouffres où font enfevelies les races futures ; & je ne fais quel Auteur moderne regarde tous les moines comme un corps faînéant & vorace, qui confomme toujours, fans jamais reproduire. L'état Militaire, autre corps
qui dévore fes propres membres, n'eft pas exceffif en Angleterre. La tolérance a auffi réparé chez eux les ravages que le
nouveau monde caufe à la population de l'ancien. A toutes
ces caufes morales on peut ajouter, que le culte des femmes
ou l'idolâtrie du Sexe n'étant pas chez les Anglois au point où
elle eft chez une puiffante Nation voifine, cette aimable moitié
du genre humain remplit plus exactement l'objet auquel la Nature l'a deftinée. Les femmes n'y craignent pas la multiplicité
des enfans aux dépens de la beauté. Elles n'ont point encore
tourné contre la propagation, l'attrait donné pour la favorifer :
les hommes ne croyant pas non plus dégrader leurs enfans en
les jettant dans le commerce, ne font pas embaraffés d'une famille nombreufe. Un luxe exceffif pourroit les écarter de
mœurs auffi favorables à la propagation. Le payfan & le laboureur font dans l'aifance ; & n'étant point vexés, ils multiplient, & fourniffent à l'Etat des Cultivateurs, des marins, des
artifans & des manouvriers. On pourroit avoir par-tout le même avantage. Depuis que l'Europe s'eft avifée de fe dépeupler
pour peupler l'Amérique, qu'elle a dévaftée, on ne fauroit trop
encourager la propagation. Les Colonies & les Corps célibataires, autrefois utiles & néceffaires pour le fyftême politique,
font devenus nuifibles. Un trop grand entaffement de monde
néceffiteux, pauvre & mal propre, devenoit dangereux chez
nos ancêtres, & caufoit des révolutions, des émeutes, des tu-
multes, des épidémies & des peftes. Les hommes ne font
pas faits pour être entaffés en fourmilliere, dit un Auteur moderne, mais pour être épars fur la terre, qu'ils doivent cultiver. Ainfi, malgré le grand nombre de Religieux célibataires, la
population étoit trop grande avant la découverte de l'Amérique ; les Croifades firent alors ce que les Colonies font à préfent. Ajoutez à cela les guerres civiles en France fous les
Valois ; celles des maifons d'Yorck & de Lancaftre en Angleterre, connues fous les noms de Rofe-blanche & Rofe-rouge.
Joignons-y les guerres de puiffance à puiffance, celles d'Italie,
ce Cimetiere & ce vafte charnier de l'Europe ; & nous ver-
rons que l'Europe étoit plus peuplée autrefois qu'elle ne l'eft
préfentement. Envifageons la maffe, ou plutôt le volume du

venu de l'Etat par les taxes & les impôts,
fans accabler la Nation, ni aller au-delà
de la puiffance intrinfeque, afin que l'harmonie du crédit & de la circulation fubf-
fifte. Cet équilibre n'eft pas fi rigoureux,
qu'il ne comporte une affez grande charge
avant que de rompre ; quelques déclamations qu'on faffe au fujet des impôts en
France & en Angleterre, on paie bien da-

genre humain, dans des tems donnés, comparons-le au tems
préfent, & nous ferons étonnés de la brèche que l'Amérique,
les nombreufes armées, le luxe & les Colonies y ont faite.
On objectera qu'on ne voit pas non plus ces effains de Goths
& de Vandales qui fortoient du Nord pour inonder tant de
pays ; & que cependant ils ne font pas dans le cas de s'être
dépeuplés pour paffer en Amérique. A cela je réponds que
ces peuples fe font d'abord établis dans les pays qu'ils ont
conquis & dévaftés, que la polygamie étoit d'ufage chez eux,
& que le Nord a toujours été & eft encore le magazin des
Nations. Les Anglois ni les Hollandois n'auroient jamais pu
foutenir leur marine, fans leurs recrues de matelots du Nord.
Ces pays font peut-être encore aujourd'hui plus peuplés à proportion qu'aucun autre. Je crois qu'on pourroit encore trouver des raifons, tirées de la phyfique & de la médecine, qui
contribuent à la déchéance du genre humain, ou au moins au
progrès de la dépopulation. Mais on trouvera toujours que
l'origine vient en partie de l'Amérique & des nombreufes armées qu'on a entretenues depuis la fin du fiecle paffé. Une maladie nouvelle qui attaque la fource de notre exiftence, influe
fur la poftérité. L'ufage immodéré & journalier des boiffons
chaudes, qui affoiblit le Sexe, lui donne des vapeurs qui ufent
encore plus le tempérament que les infirmités, oblige à faire
toujours des remedes, corrompt le fang, & produit fouvent
des enfans déjà pétris d'un levain morbifique. Les excès des
enfans fe joignent à ceux des peres ; l'ufage des liqueurs fortes & diftillées que les Arabes ont inventé les premiers, &
qui s'eft graduellement introduit en Europe depuis qu'ils ont
envahi l'Efpagne, a beaucoup affoibli le genre humain ; ces
poifons fucrés ôtent la vigueur & la force, & détruifent les
conftitutions les plus robuftes ; ils dévaftent le monde plus que
le fer & le feu. Je crois qu'une grande partie du genre humain
eft affoiblie, & que fi l'on n'y prend pas garde, il pourroit y
avoir une décrépitude dans l'efpece, comme il y en a dans
l'individu.

vantage en Hollande; & fans compter les
autres articles, le pain, qui eft l'objet de
premiere néceffité, & de la confommation
la plus univerfelle, paie un impôt exorbitant. Cependant cela n'a pas beaucoup dérangé les reffôrts du Commerce & des manufactures. Je ne confeillerai jamais à aucune Puiffance d'avoir recours à cette reffource; mais je veux feulement faire voir
que le *maximum*, auquel nous paroiffons quelquefois toucher, peut encore être envifagé
dans une perfpective très-éloignée, puifque
l'Angleterre, avec cette feule taxe, à l'*inftar*
de la Hollande, pourroit emprunter plufieurs millions Sterling, c'eft-à-dire qu'elle
auroit de quoi en payer les intérêts. Il eft
encore conftant, qu'une partie des rentes,
ou intérêts des fonds, eft annuellement re-
placée dans les mêmes fonds; d'où il réfulte, que l'augmentation de la maffe abfo-
lue de la Dette Nationale en étaie plutôt le prix relatif, qu'elle ne lui porte préjudice, comme on le croit vulgairement
(20). Perfonne ne théfaurife plus dans fes
coffres forts, comme au tems jadis; tout
l'argent circule. L'avare eft auffi utile à
l'Etat que celui qui fait de la dépenfe; il
n'y a que les prodigues, ou plutôt le luxe
exceffif, qui foient nuifibles; le fruit qu'on
en retire eft momentané; c'eft précifément
couper l'arbre par le tronc. L'avare, ainfi

(20) Cet avantage diminue tous les jours par le luxe exceffif.

que l'œconome, en femant pour la poftérité, fait circuler fon bien, en foutenant le
crédit public, les fonds & les papiers; car
l'excédent des efpeces néceffaires à la dépenfe journaliere, au trafic & au commerce, reflue fur les fonds publics; & cét arrofement fe perpétue par la circulation des
mêmes efpeces, qui reviennent encore périodiquement avec l'accroiffement des tréfors du nouveau monde. C'eft pourquoi il
eft à préfumer que le taux de l'intérêt di-
minuera encore en Hollande & en Angleterre; & le luxe des particuliers ne s'acco-
modant pas univerfellement d'un intérêt fi
modique, on tâchera de placer ailleurs ces
excédens des tréfors de l'Amérique, de l'é-
pargne des rentes, & du furplus du commerce; & la France auroit pu en tirer parti,
pour peu qu'elle eût foutenu fon crédit dans
les opérations de fes Finances.

Je crois néanmoins très effentiel pour
l'Angleterre, ainfi que pour tout autre État,
de profiter de la paix, & de faire un bon
ufage du *Sinking fond* pour libérer un tiers
de la Dette Nationale, & *exonérer* la Nation d'une partie des impôts. Le fond d'a-
mortiffement s'accroît à mefure qu'on en
fait ufage, & les intérêts joints par accroiffemens multipliés quelques années, produifent une grande puiffance pour faire des
rembourfemens. Mais l'équité exige une
époque pour faire ceffer des taxes, qui n'ont
eu lieu que pour payer les intérêts des

fonds qu'on rembourfe. C'eft un objet auquel je ne fais pas fi l'on a jamais fait affez d'attention en Angleterre, & qui mérite cependant celle de toute puiffance dé-
bitrice vis-à-vis de fes fujets. Le fond d'a-
mortiffement en Angleterre, n'étant formé
que des excédens des impôts hypothéqués
pour payer les intérêts de divers emprunts
par plufieurs réductions, n'a pu exonérer
la Nation des impôts relatifs; mais fi l'objet du rembourfement eft rempli, l'abolif-
fement de la taxe créée lors de l'emprunt
eft jufte & néceffaire; il y auroit même de
l'injuftice à la continuer.

Je foutiens donc que par la dure néceffité où l'on eft quelquefois d'entrer en guerre, il eft abfolument indifpenfable de libérer pendant la paix, autant qu'on peut,
les dettes de l'Etat; quoiqu'une libération
trop forte feroit inutile & même dangereufe, nommément quand le crédit eft ap-
appuyé fur des fondemens folides. La fta-
bilité inébranlable du crédit en Angleterre,
prouve la folidité de ces principes. Trois
guerres foutenues depuis le commencement
du fiecle avec éclat & avec vigueur, en
font la preuve. Ce n'eft pas une clarté
éphémere, qu'un inftant a vu naître & s'a-
néantir. Ce crédit a toujours été en croif-
fant; il paroît être comme le feu; s'il
n'augmente, il diminue; tout peut confpi-
rer à l'entretenir, à l'augmenter, dans des
Etats riches & pleins de reffources, comme

la France & l'Angleterre; mais auffi, comme des riens le foutiennent, un rien le renverfe; c'eft pourquoi on ne doit pas négliger ces petits riens; dont le mépris devient de la plus grande conféquence. Un rien eft fouvent la caufe des plus grands événemens; des Actioniftes, des Agioteurs, des Joueurs, peuvent contribuer quelquefois aux fuccès des plus grandes opérations de finance, qui décident fouvent du fort des Nations. Ce n'eft pas le chargement d'un vaiffeau qui le fait couler à fond, c'eft quelquefois un petit défaut d'équilibre, un petit excédent de poids dont il eft furchargé. On peut auffi peu conftruire un grand bâtiment fans cloux que fans poutres. Nous ne connoiffons pas toujours quels font les cloux dont on a befoin, on les méprife & on les néglige, on ne foupçonne pas même qu'ils foient néceffaires.

L'expérience, la combinaifon des faits, en un mot toutes les chofes que les Anglois ont opérées depuis le commencement du fiecle, & les moyens qu'ils ont employés, prouvent d'une façon inconteftable toutes les idées fpéculatives qu'on vient d'avancer. Les obfervations du Bilan au fujet de cette Nation, font tout au plus des paradoxes dont on doit chercher la folution : car les réfultats font contraires aux faits exiftans. Jamais la fpéculation & les conjectures théoriques ne fauroient détruire des faits manifeftes, & une pratique vifible. Je dois en-

core obferver, que l'Auteur du Bilan & autres qui ont écrit d'après des Auteurs Anglois, croient mal-à-propos s'appuyer de leur
autorité ; les frondeurs en Angleterre font
plus outrés, plus paffionnés que ceux des
autres Nations. Leur partialité donne dans
les excès les plus ridicules ; & c'eft une autorité très équivoque que la leur, pour s'inftruire des forces & des revenus du Royaume. Je conviens qu'il y a des vices
dans l'adminiftration Angloife. Tout ce
qui reluit n'eft pas or. Leurs avantages ne
font pas peut-être auffi confidérables qu'ils
le paroiffent ; mais vouloir repréfenter l'Angleterre dans ce moment-ci, comme un E-
tat qui eft en décadence, affoibli & fur le
penchant de fa ruïne, c'eft un paradoxe
infoutenable, & dont l'abfurdité faute aux
yeux.

Je ne dois pas omettre un point effentiel, abfolument néceffaire & indifpenfable
pour favorifer la circulation des fonds, en
foutenir le prix, & par conféquent entretenir le taux de l'intérêt à un prix plus
modique ; ce qui eft le but de la finance,
& le fymptôme d'un crédit floriffant. Nous
avons développé le parti que l'Angleterre
tire du jeu qu'il y a dans les fonds. Or ce
jeu ne pourroit fe faire, fi on ne pouvoit
pas engager fes fonds avec facilité. Cela paroît défendu en France par l'extenfion de la
Loi qui défend de prêter fur gages. Il faudroit donc expliquer & reftreindre cette loi,

dont l'efprit ne fauroit jamais s'étendre fur cet objet. Je n'examine pas à préfent, fi un Mont de piété, un Lombard, ne feroient pas très utiles à la France, & le moyen le plus efficace de prévenir les ufures criantes qui ruïnent tant de particuliers. Il me fuffit de faire fentir, que les inconvéniens que la légiflation fuppofe, ne fe rencontrent pas dans l'engagement que je propofe des fonds publics: car ni les vols domeftiques, ni le défordre, qui peuvent régner dans les familles par la facilité de prêter fur gages, n'ont lieu ici. Les Catons en Hollande, les plus riches Magiftrats, font ceux qui prêtent de plus grandes fommes fur des fonds, à un intérêt modique; ce qui contribue autant à en foutenir le prix que s'ils achetoient pour leur compte. Tout le monde fait que quand on eft forcé de vendre à l'inftant même un fond quelconque, l'acheteur s'en prévaut & le prix baiffe: er par le moyen de l'engagement on prévient des ventes forcées; ceux qui ont des fonds peuvent fe retourner, ne font guere ou rarement obligés de vendre dans le moment, renverfant le prix fouvent avec un chétif & mince objet. (21). D'un autre côté il

(21) Cette reffource d'hypothéquer les Fonds, qui autrefois favorifoit la circulation, eft devenue funefte depuis quelque tems en Angleterre par l'abus qu'on en a fait. Voici le cas. Plufieurs de ceux qui donnoient de l'argent fur les fonds, fe font avifés de vendre d'abord à terme à de hauts prix pour leur compte; & puis à la faveur des hauffes nouvelles, dont il y a à Londres des manufactures inépuifables, ils ont intimidé le public, & vendu les fonds, qu'ils avoient en hypo-

y a nombre de perfonnes, qui, fur une fpéculation, voudroient acheter de grandes
parties dans les fonds, mais qui, leur argent n'étant pas rentré, ou ne pouvant pas
l'employer dans cet objet, renoncent aux
fonds de France. Au lieu que dans ceux
de Hollande, ou d'Angleterre, il fuffit d'a-
voir en argent comptant 20000 Liv. pour
acheter 100000 Liv., attendu qu'on trouve
toujours à l'engager à un modique intérèt;
fi bien qu'au lieu de payer des ufures, on
en retire du fond même, c'eft-à-dire du
furplus de 20 pour $\frac{5}{5}$ qu'on a au-delà de ce
qu'on a emprunté. Il y en a qui engagent
des fonds pour un tems, ayant befoin de
leur argent ailleurs, d'autres pour jouïr purement & fimplement d'un grand intérèt du
furplus, fans aucun rifque, en vendant leur
fond à terme. Ce font trois claffes nombreufes, qui attirent dans les fonds beaucoup d'argent qui n'y rentreroit pas fans
cela. Ainfi par les engagemens on empêche beaucoup de papier de fe préfenter fur

theque, 5 pour cent, & puis 10, au-deffous du cours; la
frayeur gagnant, ils ont continué le même manege, jufqu'à
obliger ceux, qui avoient engagé ces fonds, à des ventes forcées au prix le plus bas. C'eft ce qu'on a fait depuis un an
& demi dans les Indes & dans la Banque, en détruifant le
crédit public & la fortune des particuliers. Procédé indigne
& deftructif. Il y a des moyens pour prévenir cette mauvaife
manigance, fans gêner la circulation. Cet objet mérite l'attention du Gouvernement; & le Parlement vient, à ce que
j'apprends, de condamner de pareils procédés dans un cas où
l'on s'en eft plaint : mais cela ne fuffit pas pour les prévenir
dans la fuite ; on doit, fans embarraffer la circulation, employer des moyens plus efficaces, que l'on fe réferve d'indiquer en tems & lieu.

la place ; ce qui prévient un grand inconvénient , & procure un grand avantage. Le nombre des acheteurs augmente prodigieusement , & celui des vendeurs diminue. Qu'on juge de son utilité ; on ne sauroit pour le bien public, pour le bien du commerce, du crédit & de la circulation, trop mitiger en France les loix au sujet des prêts sur gages.

Disons un mot sur les Fonds de Hollande.

Il faut observer d'abord , qu'on confond en France tous les fonds sous le nom de papier. On dit communément : Le papier en Angleterre a baissé ou augmenté. Cette expression est vicieuse ; les fonds en Angleterre ne sont pas en papier , non plus que les actions en Hollande ; c'est pourquoi on ne peut pas perdre des actions en Hollande, ni aucun fonds public en Angleterre , comme on perd en France des actions des Fermes ou des Indes ; mais on peut en Hollande perdre des obligations ou contrats à la charge de l'Etat, qui sont des papiers, quelques-uns au porteur, mais le plus grand nombre au dernier possesseur, avec des actes annexés pour prouver les titres. Il y a des obligations à la charge de la Généralité, c'est-à-dire des sept Provinces Unies, qui rapportent 3 pour $\frac{\circ}{\circ}$ d'intérêt. Les autres provinces ont fait des emprunts à un intérêt plus haut , mais elles n'ont pas grand crédit, excepté la Hollan-

lande. C'eſt la Province de Hollande qui a
le plus grand nombre d'obligations à ſa charge, même pour pluſieurs centaines de millions de florins; & cependant ce papier vaut
le pair, & au delà, quoiqu'il ne rapporte
que deux & demi pour cent. Pluſieurs choſes concourent à ce crédit énorme.

Lᴀ premiere c'eſt, que les grandes richeſſes des Hollandois ſont en argent; & c'eſt le
pays du monde, après l'Angleterre, où il y a
la plus forte circulation d'argent, tant en
eſpeces qu'en papier. Ils en ont plus que le
commerce le plus étendu ne peut abſorber;
avec cela les épiceries, qu'ils fourniſſent
ſeuls à toute l'Europe, à l'Amérique & à
l'Afrique, entretiennent & augmentent périodiquement cette abondante circulation. Il
n'y a point de Nation qui ait tant prêté à
l'Angleterre, à la France, à la Saxe, & à
d'autres puiſſances, que la Nation Hollan-
doiſe.

Lᴀ ſeconde cauſe qui fait que le papier
appellé obligation eſt ſi recherché, c'eſt
qu'il y a une Loi en Hollande, qu'un Tu-
teur ou Adminiſtrateur des biens des Mi-
neurs ne peut employer ſes fonds qu'en obligations à la charge de l'Etat. Il y a à Amſterdam & dans les autres villes de la Hollande une chambre qu'on appelle d'Orphe-
lins, à la tête de laquelle ſont les principaux
Magiſtrats; & dès que quelqu'un meurt *ab
inteſtat*, ils s'emparent de la direction de
cette ſucceſſion, dont tous les biens ſont

F

placés en obligations; cette pratique a beaucoup de bon, & beaucoup de mauvais: mais
c'eft toujours un levain qui contribue à foutenir le prix & le crédit de ce papier.

Il y a auffi des Hollandois de l'ancienne
roche, qui n'ont pas de foi à des fonds qu'ils
ne voient pas, & qui veulent avoir dans
leurs coffres tout leur bien en papier à la
charge de l'Etat, qu'ils croient bonnement
être tout ce qu'il y a de plus folide dans l'U-
nivers. Les Notaires & les Courtiers font
encore une efpece d'agiotage au fujet des titres en divers tranfports. Mais ceci eft trop
compliqué pour le détailler.

Les actions de la Compagnie Orientale &
de l'Occidentale en Hollande, & tous les
fonds Royaux d'Angleterre, ainfi que les
actions, font transférables dans les bureaux
refpectifs, fur le nom & fur le compte de
ceux qui en font l'acquifition; fi bien qu'on
n'a pas de papier à garder. Ce font les livres du Bureau qui conftituent la propriété.
Un étranger ne fie rien à fon correfpondant; il y a même en Angleterre des liftes
imprimées où les noms de tous les intéreffés
dans les actions de la Banque, de la Compagnie des Indes & du Sud, font marqués
avec une étoile, s'ils ont 500 Liv. Sterlings
de Capital; deux étoiles s'ils ont 1000 Liv.
Sterlings, trois s'ils ont 1500 Liv.; & pas
davantage. On fait que c'eft encore un ai-
guillon à certaines gens pour s'intéreffer dans
ces fonds, qu'on appelle corporations en An-

gleterre. Toutes ces pratiques, qui ne paroiffent rien envifagées chacune à part, contribuent plus qu'on ne penfe, par leur enfemble, à la circulation, & par conféquent à la
grandeur & à la fplendeur d'un Etat. Ce qui
y contribue encore davantage, c'eft l'exactitude à payer les intérêts à l'échéance; même les rentes viageres. Le retard qu'on ef-
fuie en France, fous prétexte de paiement
par ordre Alphabétique, a caufé beaucoup
de défagrément chez l'étranger au préjudice
du crédit. Je ne fais fi cette méthode eft abfolument néceffaire en France, mais elle ne
fe pratique pas à Londres; & je ne vois pas
qu'il foit impoffible de faire aux bords de la
Seine, ce qu'on fait fi facilement aux bords
de la Tamife, dans des circonftances éga-
les: car on fait, à n'en pouvoir douter, qu'on
fait les fonds à point nommé, auffi fcrupu-
leufement qu'à Londres; & il n'y a que les
commis des payeurs qui apportent ce retard
fi préjudiciable au crédit. Revenons aux
actions.

Une action de la Compagnie de Hollande
a été originairement de 500 Liv. de gros;
favoir 3000 florins de Banque valent cent
pour cent, c'eft-à-dire 100 fois 30 florins
de Banque. Les dividendes fe reçoivent toujours fur le 1er. Cent. Ainfi quand on dit que
la Compagnie a décrété quinze pour $\frac{o}{o}$ de dividende, on entend quinze fois trente florins, dont on paie 190 à l'Etat. Le divi-
dent eft arbitraire & fujet à des variations.
On a donné fix années de fuite 40 pour $\frac{o}{o}$;

& plufieurs années 12$\frac{1}{2}$, 15 & 25. Cependant on paie toujours le même droit à l'E-
tat. Les actions qui ont valu au-delà de mille, & longtems roulé entre 21 & 24 mille
florins, ne valent à préfent (en 1761) que
380 ; en 1752 elles étoient encore aux environs de 600. La baiffe du prix de ces actions a dérangé bien des fortunes de plufieurs
particuliers, & diminué celles de bien d'autres. Chaque cent pour cent fait un objet de
64 tonnes d'or, dont le bien des intéreffés
dans la Compagnie, qui font prefque tous
Hollandois, fe trouve diminué. Les Portugais ont été les plus forts intéreffés, & par
conféquent ont beaucoup fouffert de la décadence de la Compagnie. Il faut encore
obferver, que quand on dit que les actions
des Indes d'Angleterre valent 160, c'eft-à-
dire 1600 Liv. Sterling, chaque pour $\frac{0}{0}$ des
fonds d'Angleterre eft de 10 Liv. Sterlings;
ainfi chaque pour $\frac{0}{0}$ des actions Orientales
d'Amfterdam eft de 30 florins de Banque ;
de forte que quand on dit que les actions
de cette chambre valent 400, cela veut
dire 400 fois 30 florins de Banque ; &
quant aux actions de la Compagnie Occidentale, chaque pour $\frac{0}{0}$ eft de 60 florins de
Banque ; ainfi lorfqu'on dit qu'elles valent
34, cela veut dire 34 fois 60 florins de Banque. Il y a mille gens qui ignorent cela. J'ai
lu il y a quelque tems dans la gazette d'U-
trecht : *les foufcriptions en Angleterre font à
96 Sterling* ; c'eft une erreur : les foufcriptions cottées à 96, cela fignifie 960 Liv.

Sterling, qui font 96 pour $\frac{o}{o}$, chaque pour $\frac{o}{o}$ étant de 10 Liv. Sterlings; par conféquent cela valoit 960 Liv., & non pas 96, comme il paroît par les gazettes. J'ai trouvé auffi nombre d'abfurdités dans les écrits qu'on a faits au fujet du commerce des Indes.

La Compagnie des Indes d'Angleterre, ni aucune autre, n'envoie en tems de paix vingt millions tournois toutes les années en efpeces d'or & d'argent aux Indes, comme le fuppofe l'Auteur du Bilan; en 1762 la Compagnie Angloife n'a point envoyé d'efpeces dans l'Inde; cela peut être arrivé pendant qu'elle a eu la guerre à la côte de Coromandel & au Bengale; encore ne puis-je me perfuader qu'elle ait envoyé une auffi forte fomme: cela eft exagéré au moins de la moitié, & l'on trouvera qu'en tems de paix, la Compagnie n'envoie pas, une année portant l'autre, 6 millions tournois en argent aux Indes. Tout ce qu'on a dit depuis les Romains jufqu'à nos jours fur cet article, prouve trop. Je doute fort que le commerce de l'Inde ait ruïné les Romains, comme le fuppofe l'auteur du Bilan; M. le Préfident de Montefquieu, dans fon excellent traité fur les caufes de la grandeur des Romains & de leur décadence, n'affigne celle-là que très légérement, & comme acceffoire à d'autres bien plus importantes.

Il me fuffit d'obferver, 1°. que felon M. de Montefquieu même les Romains ne tiroient pas tant de maffes d'or & d'argent de leurs mines que nous en tirons de l'Amérique. Ce métal eſt chez nous denrée & ſigne ; nous devons en exporter comme denrée, pour lui conſerver ſa valeur en qualité de ſigne. 2º. Les Romains n'avoient pas des établiſſemens dans l'Inde , où des particuliers font des fortunes immenſes, qu'ils rapportent en Europe. 3º. Les Romains théſauriſoient , & tout conſpiroit à engorger la circulation dont ils n'avoient pas la moindre notion. Ils ne connoiſſoient ni Lettres de changes, ni annuïtés , ni papiers Royaux qui portent intérêts. Tout ſe faiſoit avec des eſpeces ; les impôts ne rentroient que difficilement dans les mains d'où ils ſortoient ; c'eſt pourquoi avec tant de reſſources ils en manquoient au beſoin. Les emprunts dans les momens critiques étoient inconnus & devenoient impraticables ; les Barbares les rançonnoient ou les ſaccageoient. Point d'expédiens de crédit pour faire face aux accidens imprévus. Voilà les raiſons de leur décadence , qui viennent encore à l'appui de mon Syſtême.

Je ne nie pas que le commerce de l'Inde ne ſoit réellement un commerce de luxe pour certaines Puiſſances ; mais il eſt demontré que c'eſt une ſource ·de richeſſes pour l'Angleterre, & le plus beau fleuron de ſa couronne. Il faut d'abord réduire à moins de la moitié l'exportation ruïneuſe des eſpeces ; ajoutez à cela, que la Compagnie Angloiſe repompe de l'étranger infiniment

plus que l'Auteur du Bilan ne dit ; & il y a
une troisieme chose à laquelle il ne fait pas
attention , & qui bonifie une partie de la
perte que la Nation peut faire par l'envoi
de son argent aux Indes ; ce sont les fortunes
immenses que divers particuliers , & tous les
employés de la Compagnie font dans ce pays-
là. Ces éponges Asiatiques, *per fas & nefas*,
apportent périodiquement dans la patrie une
partie des trésors des Indes, sans quoi, depuis les Romains jusqu'à nos jours, l'Asie auroit déja épuisé non seulement tout l'argent
de l'Europe & de l'Afrique, mais même celui de l'Amérique.

L'ÉNONCÉ de cette proposition en fait sentir l'évidence. Si l'assertion de l'Auteur du
Bilan étoit vraie, l'Asie auroit déja l'argent
de tout l'Univers. Tout système qui mene à
l'absurde, est faux. Or ce système mene à
l'absurde. La Compagnie des Indes en Hollande enrichit encore l'Etat - même , en ap-
pauvrissant les actionnaires ; & ce paradoxe
ne peut se concilier que par le principe que
je viens de développer. Les fortunes prodi-
gieuses & rapides que les particuliers font
aux Indes , bouchent les trous que ce commerce , d'ailleurs destructif par l'envoi de
l'argent, peut causer à l'Etat , & même à
l'Europe, qui seroit peut-être plus heureuse,
s'il étoit possible de se passer de thé & d'autres drogues exotiques de ce pays-là , ainsi
que des toiles & d'autres inutilités d'un luxe
excessif & dangereux ; mais ce luxe une fois

établi, il feroit encore plus ruïneux d'en aller chercher les élémens chez l'étranger. Je
crois que l'Europe, tôt ou tard, retirera une
partie de l'argent qu'elle a prodigué en Afie,
après l'avoir avec tant de peine arraché de
l'Amérique par des mains Afriquaines. En
attendant ce grand événement, je foutiens
que les particuliers établis dans l'Inde ont
de tout tems glané une partie de ce que les
commerçans d'Europe y ont envoyé. Il eft
encore vrai que les Compagnies des Indes
s'étant multipliées en Europe, il en eft réfulté plufieurs inconvéniens. Le premier,
c'eft qu'il en fort plus d'argent qu'il n'en
faut pour entretenir fa valeur en qualité de
figne, qui feroit trop avili fans le débouché
de l'Afie; le fecond eft, que la concurrence
des achats des manufactures Indiennes & autres denrées exotiques, les enchériffent en
Afie, c'eft-à-dire qu'il faut plus d'argent
pour une même quantité de marchandifes; &
la même concurrence militant dans les ventes en Europe, fait baiffer le prix de ce qui
a couté fi cher à fa fource; c'eft pourquoi
les Compagnies ne font plus les profits d'autrefois, & les Employés dans les Compagnies, qui écrément le commerce, y font
plus de progrès.

L'Auteur du Bilan prétend, que la Nation Angloife achete plus qu'elle ne vend,
& cela depuis affez longtems. Si cela étoit
vrai, le Gouvernement ne feroit pas en état
de faire face à un commerce auffi étendu,

qui fe foutient avec une aifance admirable. La célérité des équipemens des Anglois, le nombre de leurs vaiffeaux, la rapidité avec laquelle ils font les trajets, & l'opulence de leurs chargemens, donnent le démenti à tout ce que l'Auteur avance d'après certains Anglois paffionnés ou mal inftruits: je crois voir un homme robufte, à qui l'on veut per-fuader qu'il eft malade.

L'Auteur du Bilan fonde fes affertions fur le change, qui paroît défavantageux au commerce des Anglois (22) ; mais pour que le change fût le barometre du Bilan du com-merce des Nations, il faudroit que toutes les denrées fuffent échangées ou troquées l'u-ne pour l'autre, & qu'après cette opération le quotient fût remis à la partie gagnante. Mais c'eft une chimere, & cela ne s'exé-cute qu'en théorie. Il y a cent incidens & accidens momentanés qui rendent ce figne équivoque ; & la plus grande preuve qu'il l'eft, feroit la fauffeté des réfultats que l'Au-teur avance, dans le cas même où ces ob-fervations feroient fuppofées avérées. Tout le monde fent, par la plus légere connoiffance politique de l'Europe, que l'Auteur prend le change. La métaphyfique, qui s'appuie fur le calcul, eft plus illufoire & plus fpé-cieufe que toute autre. Nous perdons l'es-prit à force d'en avoir, & nous ne favons

(22) Depuis la paix le change, felon les principes-mêmes de l'Auteur du Bilan, montre que la balance du commerce eft du côté des Anglois.

plus rien à force de favoir trop de chofes.
Il faut encore obferver que le commerce eft
un jeu, qu'on ne fauroit faire qu'avec ceux
qui ont auffi à perdre. Il n'eft pas poffible
de faire toujours fon profit exclufivement à
celui des autres ; c'eft pourquoi le commerce
univerfel eft une chimere. Il y a un taux
qui fait le partage des Nations induftrieufes, fituées d'une façon avantageufe pour
le commerce. Leur opulence n'eft pas plus
durable que la chance du joueur, à moins
que les richeffes du fol, & l'adminiftration
politique, ne contribuent à favorifer l'induftrie & à foutenir le commerce de la Nation.
L'avantage, dans l'ordre naturel des chofes,
peut être du côté de la France ; mais comme la nature de l'or & de l'argent eft de
circuler, les richeffes qui enfantent un luxe,
fe tournent fouvent au profit des Nations
pauvres, & toujours au profit des Nations
commerçantes. Ce fils de la richeffe eft le
pere de la pauvreté ; l'excès des richeffes en
Angleterre en fera peut-être un jour négliger
les fources, & en pervertira l'ufage. Cela
pourra devenir la caufe de fa chûte ; mais le
moment actuel ne paroît pas encore être celui de fa décadence.

(23) LA rareté des efpeces fur la place.

(23) Il y a de grands abus en Angleterre au fujet de la
monnoie : prefque toute la monnoie va au creufet, à caufe
du gain qu'on y trouve ; mais ce feroit l'objet d'un Traité
féparé. Le plus grand inconvénient paroît provenir de la
difproportion qu'il y a entre l'argent monnoyé & la matiere
métallique. Cette difproportion provient, felon Mr. Karffe-

de Londres, dont parle encore l'Auteur du
Bilan , vient souvent d'accidens momentanés, qui sont bientôt réparés. Comme la
monnoie est plus forte & de meilleur alloi,
on en fait sortir par toutes sortes de moyens.
Les Anglois faisant venir une grande quantité de piastres d'Espagne , & les expor-
tant avec une petite rétribution, cela influe sur le change. Mais tout comme un
particulier immensément riche, peut, même à cause des entreprises lucratives , se
trouver court d'argent, sa caisse étant épui-
sée, il arrive la même chose à une Nation
commerçante; mais l'embarras ne dure guere; on y remedie par les ressources du change, en se prévalant sur des effets; il arrive ordinairement qu'une grande abondance
d'especes succede à cette rareté. C'est ce

boom, de ce qu'on se tient toujours religieusement attaché
à la proportion établie par Acte de Parlement la 43me. année du Regne de la Reine Elizabeth. Locke , tout grand
homme qu'il étoit , paroît avoir pris le change là-dessus;
Louwndes la réfuté. Le chevalier Bernard, M. Schitz, ont
traité amplement la matiere; il paroît essentiel de redresser
l'ancienne proportion établie , qui fait profiter environ 10 pour
Ct. à mettre l'argent au creuset, source de la disette d'argent, disette illusoire, qui ne diminue en aucune façon les richesses du Royaume. Il est vrai que cela est onéreux au
Gouvernement, a qui cet abus coûte de grandes sommes. On
pourroit y remédier, en employant des moyens qui prévien-
droient cette disette apparente en entretenant toujours une
abondance d'especes courantes dans la circulation. On pourroit encore multiplier davantage la petite monnoie, à l'exemple du Portugal; mais tout dépend de la proportion; depuis
Charles le hardi & Marie de Bourgogne l'argent a baissé 30
à 40 pour Ct., de sa valeur relative avec l'or. Des gens très
intelligens croient que les défenses d'exporter la matiere métallique sont infructueuses & inutiles, & qu'il en est de l'argent comme des grains: la disette est l'effet naturel de pareilles défenses.

qu'on a toujours obfervé. Ecoutons le Préfident de Montefquieu fur cette matiere.

„ DANS le pays de commerce, l'argent
„ qui s'eft tout-à-coup évanouï, revient,
„ parce que les Etats qui l'ont reçu le doi-
„ vent. Cette rareté, ou cette abondance,
„ d'où réfulte la mutation du change, n'eft
„ pas la rareté ou l'abondance réelle; c'eft
„ une rareté, ou une abondance relative.
„ Par exemple, quand la France a plus be-
„ foin d'avoir des fonds en Hollande, que
„ les Hollandois n'ont befoin d'en avoir
„ en France; l'argent eft appellé commun
„ en France & rare en Hollande, & *vice*
„ *verfa.*"
LE même Auteur dit plus haut „ que
„ l'argent eft une marchandife de plus,
„ que l'Europe reçoit en troc de l'Améri-
„ que & qu'elle envoie aux Indes. Une
„ plus grande quantité d'or & d'argent eft
„ donc favorable, lorfqu'on regarde les mé-
„ taux comme marchandifes. Elle ne l'eft
„ point, lorfqu'on les regarde comme fi-
„ gnes, parce que leur abondance change
„ leur qualité de fignes qui eft beaucoup
„ fondée fur leur rareté" —— „ Le chan-
„ ge, dit-il dans un autre endroit, ayant
„ donné aux hommes une facilité finguliere
„ de tranfporter l'argent d'un pays dans un
„ autre; l'argent n'a pu être rare dans un
„ lieu, qu'il n'en vînt de tous côtés, de
„ ceux où il étoit commun: la fixation du
„ prix fe forme en raifon compofée du to-

„ tal des chofes avec le total des fignes,
„ & qui varie, felon que les accidens du
„ commerce font pancher la balance d'un
„ côté ou de l'autre." Selon lui les effets
mobiliers, comme l'argent, les billets, les
lettres de change, les actions fur les Compagnies, les vaiffeaux, &c. toutes ces marchandifes appartiennent au monde entier.
Le peuple qui poffede le plus de ces effets
mobiliers, eft le plus riche &c. Ce grand
homme a connu ce principe, mais il n'en a
pas fenti les conféquences. Quand il a parlé des fonds publics, il a pris le change fur
leur nature ; cet objet étoit au-deffous de
lui, il lui eft échappé. Il dit encore ailleurs „ De-même que l'argent eft un figne
„ d'une chofe, & la repréfente ; chaque
„ chofe eft un figne de l'argent & le re-
„ préfente; & l'Etat eft dans la profpérité,
„ felon que d'un côté l'argent repréfente
„ bien toutes chofes, & que d'un autre côté
„ toutes les chofes repréfentent bien l'ar-
„ gent, & qu'ils font fignes les uns des au-
„ tres: c'eft-à-dire, que dans leur valeur
„ relative, on peut avoir l'un fitôt qu'on a
„ l'autre." C'eft précifément le cas des dettes publiques, dont il parle fi différemment
dans plufieurs endroits de fes Ouvrages (24).
    Si le produit du commerce étoit tout en-
globé dans le montant du revenu territorial,
comme le fuppofe encore l'Auteur du Bi-

(24) Voyez l'Efprit des Loix Liv. II. Ch. 5. 6. 10. Liv.
XXII. Ch. 2 & 17.

lan (25), que deviendroit la Hollande, dont le revenu territorial eſt preſque abſorbé par l'entretien du territoire ? L'entretien des digues & des grands chemins coûte plus à l'Etat, que les terres ne lui rapportent. Cependant le produit du commerce & de la conſommation eſt immenſe, malgré la meſquinerie des artiſans, qui fait paroli à la ſobriété françoiſe, ſans avoir les mêmes avantages; car la main d'œuvre y eſt beaucoup plus chere qu'en France. La Hollande eſt encore une preuve, qu'en Commerce l'avantage excluſif eſt une chimere. Elle ne trouve ſon profit que dans l'opulençe de ſes voiſins; leſquels ſouffriroient à leur tour, ſi, par une malheureuſe révolution, cette République venoit à être anéantie. C'eſt un pont de communication, une eſpece d'entrepôt, dont l'entretien eſt eſſentiel au commerce des autres Puiſſances. Celui qui a des actions, des obligations à la charge de l'Etat, des annuïtés ou autres fonds en Angleterre, les convertit en argent à un pour $\frac{0}{0}$, plus ou moins, ſelon le cours de la place, ſoit à Amſterdam, ſoit à Londres; & c'eſt un grand avantage pour l'Angleterre, que ſes fonds aient cours ſur les deux places; & il feroit à ſauhaiter qu'on établît ce commerce pour les fonds en France : ce qui ne ſeroit pas impoſſible (26).

(25) On trouvera la réfutation de ce principe dans la troiſieme partie de ce Traité.

(26) Ce Traité a été écrit dans un tems où les fonds de France avoient plus de cours.

Je me suis un peu écarté de mon objet, pour relever quelques erreurs où l'ingénieux Auteur du Bilan est tombé d'après des Auteurs Anglois, & autres, que je ne vénere pas moins, quoiqu'ils se soient trompés. On ne doit pas rougir d'errer dans une route, où M. de Montesquieu a si souvent bronché. Ces incursions excentriques ne m'ont pas paru tout-à-fait étrangeres à mon sujet, & je reviens sur mes pas, pour faire un corollaire des résultats de mon Système.

Je crois avoir prouvé, d'un côté, que l'or & l'argent, qui ont inondé l'Europe par la découverte de l'Amérique, & de l'autre côté que l'augmentation du Commerce pour apporter dans le nouveau monde tant de manufactures & de denrées de l'ancien, ont causé une révolution dans le système politique, civil & moral de l'Europe: que ces mêmes métaux ont eu besoin, à leur tour, de nouveaux représentans en qualité de signes, parce que leur abondance a encore multiplié les choses qu'ils représentent: que les fonds publics concourent à cette fin, en doublant les richesses qu'ils représentent: qu'il n'y a rien qui contribue davantage à la circulation, que la Dette Nationale des Anglois; elle a augmenté le numéraire & a coopéré à la fixation des richesses: que sans la création de ces fonds, les trois puissances commerçantes ne seroient pas si riches numérairement, & ne pourroient pas faire cir-

culer l'argent néceffaire au triple objet du commerce, de la finance & du luxe: que les impôts rentrent en partie dans la main dont ils fortent, & qu'ils circulent au grand avantage du public: que par conféquent ils ne font pas fi nuifibles que l'on prétend: que les dettes de l'Etat font très utiles juf-qu'à un certain point: qu'elles ont des bor-nes, paffé lefquelles elles deviendroient très dangereufes: qu'un fonds d'amortiffe-ment eft effentiel au crédit, & néceffaire à l'Etat: qu'en tems de paix on ne fauroit, avec trop de foin, libérer une partie des Dettes de l'Etat, mais qu'une libération en-tiere feroit dangereufe; je crois qu'on doit toujours conferver une maffe proportionnée de papier circulant, aux taux les moins onéreux pour l'Etat: que du crédit dépen-dent les plus grandes opérations, & que s'il n'eft pas très floriffant, il eft tout-à-fait inutile, & qu'on ne fait que puifer avec le feau des Danaïdes (L'expérience fait voir que le jeu d'actions contribue beaucoup au crédit, & à la circulation des fonds publics, & que fans ce jeu, l'Angleterre n'auroit pu faire les emprunts confidérables qui lui ont procuré des fuccès fi étonnants): que pour parvenir au même but, il faudroit, au-tant qu'il feroit poffible, fe modeler fur eux pour les imiter, en fubordonnant cependant les opérations aux principes du Gouverne-ment. J'ai fait fentir que fans le commer-ce des Indes, l'argent feroit encore plus
avi-

avili en qualité de fignes : qu'on en repompe une, grande partie par les particuliers,
qui s'y enrichiffent, & rapportent leurs
richeffes en Europe : que les obfervations
de l'Auteur du Bilan fur le change, ne
font pas fures : que c'eft un thermomè-
tre abufif, une bouffole trompeufe, quand
on ne fait pas attention à toutes les circonftances obfervées par le Préfident de
Montefquieu : & qu'en un mot la Dette
Nationale a enrichi le Royaume, augmenté
fon numéraire, favorifé la circulation, le
commerce & l'induftrie, procuré les plus
grands fuccès dans la guerre, & qu'il n'y a
que fon excès qui puiffe détruire & anéantir tous ces avantages : qu'on peut prévenir cet excès par les moyens du *Sinkingfond*; ce qu'on détaillera plus particuliérement dans le feconde partie.

FIN DE LA PREMIERE PARTIE.

SECONDE PARTIE.

Nouveaux Moyens d'augmenter le fonds d'Amortissement de l'Angleterre, & de libérer une partie de la Dette Nationale.

DEPUIS que les lumieres se sont si généralement répandues, depuis que tout le monde se mêle de Commerce, depuis que les principes des Finances ne sont plus des mysteres, ni des secrets d'adeptes, on peut réduire tout au calcul. Le crédit, qui autrefois n'étoit qu'un être de raison, une idole qu'on encensoit par habitude, est devenu un être réel, qu'on peut acquérir par système, perdre par accident, & rétablir par principe. Mais il y a des préjugés en tous nos jugemens, il paroît qu'ils sont comme l'alliage de la raison, il faut les respecter ou les détruire.

L'ANGLETERRE, avec moins de ressources apparentes que la France, a un crédit plus brillant : la forme de son Gouvernement y contribue. Mais si la France avoit suivi les mêmes principes dans les opérations de ses Finances, ces préjugés se feroient en partie effacés. Au commencement de la derniere guerre en 1755, les fonds en France firent meilleure contenance que ceux d'Angleterre : loin de fléchir & de baisser, tout le papier se soutint à merveille. La seule création d'une caisse d'amortissement avoit

donné une confiftance & un coloris au papier, & avoit fubjugué tous les anciens préjugés qui avoient détruit le crédit; mais le
plan n'étoit pas affez réfléchi, les principes
n'étoient pas affez combinés, l'on n'avoit
pas affez prévu les accidens. Je fuis perfuadé que le crédit fe feroit foutenu plus
longtems, fi, en créant la caiffe d'Amortiffement, l'on avoit eu la précaution de prévenir le public qu'on devoit fufpendre les extinctions en tems de guerre, en fpécifiant
que ce fonds ferviroit pour lors comme d'un
furcroît d'hypotheque, pour affurer le paiement des intérêts, dont l'exactitude & la
bonne foi doivent être inviolables comme
en Angleterre. Le tout auroit dû fe faire
avec la concurrence & la fanction du Parlement. Le manque de ces formalités, & de
ces précautions, a été caufe qu'on a été, pour
ainfi dire, arrêté par des ruiffeaux, quand on
avoit des fleuves à franchir.

En Angleterre le fonds d'amortiffement
a eu un ufage plus étendu. Cette machine
de cire plioit au gré du Gouvernement, &
étoit employée aux dépenfes de la guerre;
les hypotheques pour les intérêts de la Dette
Nationale alloient leur cours, étoient im-
perturbables, folides, fuffifantes & facrées:
point de dettes exigibles; on couloit fur une
riviere tranquille au milieu de l'orage, tandis
qu'en France on étoit entraîné par un torrent.

La Caiffe d'amortiffement en France a
difparu comme un phantôme, & le crédit

s'eſt anéanti quand on en avoit le plus grand
beſoin. Cela ne feroit pas arrivé ſi l'on
avoit aſſigné des hypotheques ſolides & inviolables , pour payer ſéparément les intérêts de chaque emprunt ſur une taxe ou ſur
un impôt ſéparé , & créé , comme on fait en
Angleterre , lors de l'emprunt. En France
tous les intérêts des emprunts ſont confondus
& aſſignés ſur les aides & les gabelles & les
cinq groſſes fermes, qu'on enviſage comme
une mer ſans rivage, dont on ne voit point
de port.

DIRA-T-ON, après les faits que je viens
d'expoſer, que le fonds d'amortiſſement doit
toujours être ſuſpendu en tems de guerre,
comme une opération contradictoire & incompatible avec les nouveaux emprunts
qu'on doit faire? Point du tout; au moins
je ne le crois pas. On peut mitiger ce principe, & en tirer de plus grands avantages;
il n'y a que la forme qui ait été vicieuſe
en France, & ce vice régnoit dans toutes
les opérations de ſes finances. J'ai beaucoup
prêché en France l'utilité d'un fonds d'a-
mortiſſement permanent en tems de paix
comme en tems de guerre, & l'on n'a pas
tout-à-fait rejetté mes principes, on en a
même fait uſage. Mais on ne les a pas tous
ſuivis; on s'en eſt même beaucoup écarté
en d'autres points. Je préſume qu'on auroit pu ſauver en France toutes les apparences, en faiſant d'auſſi fortes extinctions
par des réductions d'intérêts ſoi-diſant li-

bres, en préfentant le Capital.

En 1750 l'Angleterre, à la faveur de la paix, de l'abondance d'argent, du crédit, & d'une bonne adminiftration, parvint à réduire à 3 pour $\frac{0}{0}$ toutes les annuïtés de 4 pour $\frac{0}{0}$, dont il y avoit immenfément, & cela en préfentant de rembourfer le Capital à ceux qui ne voudroient pas fe prêter à cet arrangement. Le Gouvernement a même, pour-ainfi-dire, puni ceux qui s'y font refufés, ou qui ont héfité, déclarant que ceux qui ne s'y conformeroient pas dans un terme affez court feroient d'abord rembourfés, au lieu que les foufcrivants jouïroient encore de $3\frac{1}{2}$ pour cent d'intérêts pendant fept ans. Au moyen de quoi, il y en a eu peu qui aient demandé le rembourfement. Le moment étoit favorable, les mefures étoient bien prifes, & on avoit quelques millions en Caiffe; avec cela les trois corporations, favoir la Banque, la Compagnie des Indes, & celle du Sud, étoient prévenues & gagnées par le Gouvernement, ainfi que quelques gens pécunieux, qui ne favoient que faire de leur argent; de forte que cette opération, qui dans la théorie paroiffoit impoffible, ou au moins difficile, fut faite avec une grande aifance & un fuccès prodigieux.

Il y a donc des chofes plus faciles à exécuter qu'à concevoir. Il eft conftant qu'on peut, avec cinq millions feulement, quand le crédit eft bien ménagé, opérer la réduction des intérêts de cinquante, sans pourtant forcer personne, en offrant des remboursemens, & en en faisant quelques-uns : tout dépend du moment & de la façon de s'y prendre. La France a été à la veille de pouvoir saisir ce moment ; on l'a négligé, & l'on a été obligé ensuite de substituer des moyens moins plausibles ou moins glorieux. L'exemple que je cite est un fait éclatant, connu de tout le monde, & dont on auroit pu profiter. Mais le moment est passé, on ne sauroit le rappeller.

VENONS à l'Angleterre, où le feu de Vesta ne s'est encore jamais éteint. La bonne foi n'y a encore jamais été violée, & n'y a souffert aucune atteinte sur l'article du crédit des fonds publics. J'ai fait voir les moyens par où le crédit a été soutenu long-tems ; j'ai prouvé que la Dette Nationale avoit enrichi la Nation, en augmentant son numéraire. J'ai développé les principes de la circulation, l'utilité & la nécessité de ces fonds ; mais j'ai reconnu qu'il y avoit un *maximum* qu'il falloit prévenir, & que si les guerres se succédoient, sans que dans l'intervalle de la paix on libérât une grande partie de ces dettes, la machine crouleroit, & pourroit entraîner la ruïne du Royaume. C'est pourquoi je soutiens que l'Angleterre a besoin d'un *Sinking fond* auxiliaire & permanent, qui ait lieu en tems de guerre comme en tems de paix. Il en résulteroit de grands avantages pour le public & pour le Gouvernement.

Supposons pour un moment, qu'après quelques années de paix on fût parvenu à diminuer de plusieurs millions la masse de la Dette Nationale, & qu'étant réduite par exemple à 70 ou 80 millions seulement, ce qui est très possible, une guerre survînt, & que pendant cette guerre on continuât de rembourser au prorata toutes les années un million & demi des anciennes annuïtés de 3 pour $\frac{c}{0}$ au pair, ou Capital ; n'est-il pas clair comme le jour, que cela étayeroit le taux de l'intérêt, qui ne pourroit pas enchérir ? Cette opération donnant une grande élasticité à la circulation, tous les ressorts du crédit conserveroient leur activité, & les nouveaux emprunts se feroient encore avec plus de facilité, & à un intérêt moins onéreux.

Je prie le lecteur de faire bien attention, que le provenu du *Sinking fond* n'étant pas suffisant pour les subsides extraordinaires dont on a besoin en tems de guerre, & ne pouvant pas prévenir un nouvel emprunt, il est beaucoup plus utile de l'employer à sa véritable destination, par laquelle il étaie forcément le prix des anciens fonds ; & qu'en conséquence l'intérêt de l'argent reste à un taux plus bas, & favorise beaucoup plus par ce moyen les nouveaux emprunts, qu'en les faisant d'un million de moins par l'emploi du *Sinking fond*. C'est une réflexion, pour ne pas dire une vérité, que je soumets aux lumieres de tous ceux qui connoissent la magie

de la circulation & du crédit ; & je leur laiffe à développer les avantages infinis qui en
réfulteroient pour la Nation Angloife. Mais
peut-être eft-ce une chimere de théorie ;
voyons fi elle ne pourroit pas fe réalifer
dans la pratique.

Pour procéder avec méthode, envifageons
encore une fois d'une façon plus analytique
la Dette Nationale & le *Sinkingfond* ; pefons
ces deux objets, réduifons-les à leurs juftes
dimenfions. Nous avons démontré qu'il n'y
avoit, à proprement parler, que l'objet des
intérêts qui fût à charge au Gouvernement,
attendu que le Capital n'étant pas exigible,
il eft prefque comme non exiftant pour le
Gouvernement, mais d'ailleurs très utile au
public, qui s'en eft enrichi. Si pourtant on
abufoit de ce principe, les impôts deviendroient éternels, fe multiplieroient encore
dans la fuite, la maffe des fonds pourroit
avec le tems fauffer les refforts de la circulation, le crédit pourroit venir à manquer,
& tout l'édifice tomberoit en ruïne. Je foutiens que cette époque eft encore éloignée ;
fi elle étoit prochaine, le mal feroit peut-être fans remede : ainfi, en partant du point
actuel, il faut encore obferver, qu'il eft évident que les 130 millions Sterlings que la
Nation doit dans ce moment-ci, ne lui font
pas beaucoup plus onéreux que les 80 millions qu'elle devoit à la mort de la Reine
Anne, ou à la fin de la guerre de la fuccef-
fion, attendu que les intérêts étoient beau-

coup plus forts ; & il est constant, que les arrérages de ces 130 millions se montent à peu près à la même somme que les 80 en 1714.

Il est encore à propos de faire remarquer ici, que depuis 1728 jusqu'à 1738 que commença la guerre d'Espagne, le *Sinking-fond* créé des excédens des hypothèques pour les intérêts, & des réductions volontaires en présentant le Capital ; avoit déja diminué la Dette Nationale, si je ne me trompe, de plus de 20 millions Sterling. Le *Sinking fond* augmente à mesure qu'on l'emploie ; par la progression des intérêts annuels accumulés par de nouvelles extinctions, & joints par accroissement au Capital, il produit en peu d'années un fond prodigieux, quelque foible qu'en soit le commencement, c'est-à-dire le provenu des premieres extinctions. Cette progression géométrique qui en résulte, est immense & étonne l'imagination ; c'est un foible ruisseau, qui devient un fleuve dans sa course. Il est encore vrai que pour jouïr de cette progression, les Anglois ont été obligés de conserver toujours les impôts affectés pour servir d'hypotheque aux intérêts des anciens emprunts déja éteints & remboursés ; c'est un inconvénient. Je parlerai ci-dessous des moyens de le mitiger.

Il faut observer de plus, que le *Sinking-fond* étoit beaucoup plus considérable, & alloit à plus de 3 millions Sterling ; mais il a été chargé de 700 mille livres de la liste civile, & de toutes les non-valeurs des hypotheques, ainsi que des intérêts & extinctions des dettes courantes appellées *unfounded debts*; ce qui est juste. Je laisse aux Anglois à calculer, à combien se monteroit le *Sinking fond* actuel clair & net; il est constant que, si, après la premiere année, il étoit augmenté des intérêts des fonds éteints, & ainsi successivement, conformément à la nature de sa création, on verroit au bout de douze ans un accroissement prodigieux de sa puissance. Si pour-lors (je parle toujours hypothétiquement) on continuoit toujours le remboursement au prorata des anciens fonds, le prix n'en pourroit jamais tomber, vu que la masse seroit déja très diminuée & en moins de mains, & qu'on auroit une chance d'un prochain remboursement au pair, ce qui ne pourroit que faciliter prodigieusement tout autre emprunt à un taux modique, avec le moindre petit avantage pour les prêteurs. Mais cette opération seroit trop longue par le moyen du *Sinking fond* actuel, déja trop affoibli. L'incertitude de la durée de la paix, les propos des frondeurs, la masse énorme de la Dette Nationale, présentée sans cesse comme un épouvantail, font des impressions trop vives pour s'accommoder de tant de lenteur : il faudroit, ce me semble, une opération d'éclat, d'un effet rapide, comme celle de 1750, pour mettre en fuite tous les phantômes qui minent le crédit & donnent de l'inquiétude.

Voici, par exemple, une opération par laquelle on pourroit, ce me semble, effacer d'abord 12 millions & demi de la masse de la Dette Nationale, c'est-à-dire les convertir en un fonds propre à s'éteindre de lui-même, & cela en employant seulement 425 mille livres Sterling par an du *Sinking fond*, pour un certain nombre d'années, & dont on récupéreroit successivement une partie tous les ans. Voici le moyen : on n'auroit qu'à ouvrir une souscription en Angleterre pour créer des rentes viageres à 7½ pour %, & recevoir indistinctement de l'argent, ou des annuïtés de 4 pour % remboursables de 1761, & des annuïtés de 3 pour % (27). Or les annuïtés de 3 pour % étant encore à 10 pour % (28) au dessous du pair, le viager devient plus avantageux : la confiance qu'on a dans le Gouvernement, & l'assurance Parlementaire, le grand luxe qui porte presque tout le monde à augmenter ses revenus, la grande masse des annuïtés, l'idée où plusieurs peres de famille sont d'assurer un petit viager à leurs enfans comme une poire pour la soif ; tout cela feroit en peu de tems, si je ne me trompe, convertir d'abord 12½ mil-

---

(27) Cette seconde partie ayant été écrite en 1763, où ces Annuïtés de 1761 n'étoient pas encore remboursées ; on pourroit appliquer le projet à un autre fonds analogue à celui-ci.

(28) Elles étoient aux environs de 90 en 1763.

lions Sterlings des annuïtés dans ce viager
à fond perdu, & effaceroit beaucoup le
phantôme de la Dette Nationale; l'intérêt
de ces 12 millions d'annuïtés éteint, en
conservant les hypotheques, augmente le
Sinking fond de 410 mille livres par an; donc
avec 425 mille seulement du *Sinking fond*,
sans nouvelle taxe, ou nouvel impôt, on
payeroit les 7½ pour ⁰⁄₀ de viager (29). Et
le *Sinking fond* resteroit encore assez fort
pour continuer d'autres extinctions tous les
ans, acquérant chaque année de nouvelles
forces par l'accroissement des intérêts des
extinctions ordinaires, & des viagers qui
s'éteignent par la mort de ceux qui en
jouïssent. Ce surcroît d'intérêt versé dans
le public, entre au bout de l'année dans les
anciens fonds où les rentiers placent leur argent; la masse diminuant, le prix des anciens fonds se soutient, le crédit acquiert
une nouvelle force, & sa circulation devient
moins sujette à être embarrassée par le moindre volume de l'ancienne dette qu'on craint
tant.

On pourroit répéter cette opération, je
m'imagine, avec succès, une année ou
deux après la premiere conversion à fonds
perdu, & parvenir à convaincre les plus ob-
stinés, qu'on peut venir à bout de dompter

_____

(29) 3 Millions & demi de 1761 à 4 pourcent coûtent £
140 mille. 9 millions de 3 p. C. coûtent 270, ensemble 410.
12½ millions à 7½ font 835; manque 425, que le fonds d'amortissement doit fournir pour quelques années.

le coloſſe de la Dette Natïonale, & de le
réduire au terme qu'il feroit imprudent &
dangereux de ne pas conferver, puisque
j'ai démontré qu'il falloit abfolument une
circulation fuffifante de ces richeſſes factices, que le crédit a créées, que le crédit
foutient, & dont le crédit a un ſi grand
befoin.

Voila donc un moyen poſſible que je
viens d'indiquer, pour éteindre avec une partie du *Sinking fond* 25 millions, qu'on convertit en viager, qui s'éteint de lui-même; &
l'on conferve des racines du même *Sinkingfond*, qui fe reproduit de nouveau d'année en
année, & fe rétablit dans fon ancien état
par l'extinction des viagers. Il faut encore
obferver, que dès que la maſſe du viager
eſt éteinte, les 425 mille livres du *Sinkingfond* fe trouvent récupérées : récupération
très fenfible dès les premieres années, par
le grand nombre de fujets fur lefquels elle
roule, attendu que la maſſe eſt grande. On
ne doit pas craindre qu'elle le foit trop,
tant par les raifons que je viens de dire,
que parce qu'elle n'eſt d'abord que 10 pour $\frac{0}{0}$
de la Dette Nationale; ce qui ne fait pas
aſſûrément, à beaucoup près, un dixieme
des biens des particuliers, dont on eſt toujours bien-aife de mettre une petite parcelle
en viager. L'opération pourra vraifembla-
blement fe répéter deux ou trois fois après
la premiere converſion. L'empreſſement
pour placer des viagers en France dans des cir-

conftances épineufes, confirme mes con=
jectures.

CES opérations étant faites, on pourroit
chercher des moyens pour augmenter le *Sin=
kingfond* & le féparer en deux, en affecter
une partie à des extinctions perpétuelles &
permanentes, qui ne fuffent pas interrompues
en tems de guerre: l'autre partie, incorpo-
rée avec les accroiffemens des viagers qui
viendroient à s'éteindre, n'auroit lieu & ne
fubfifteroit qu'autant qu'il feroit néceffaire
au rembourfement d'un certain nombre de
millions; après leur extinction on devroit
exonérer la Nation de l'impôt mis lors de
leur création. Il y auroit ainfi des époques
pour diminuer les taxes; ce qui eft un point
effentiel, & à quoi l'on n'a jamais fongé en
Angleterre. C'eft au profond génie des Anglois à couver ces principes, pour les rendre
plus praticables.

RIEN ne feroit encore à mon avis plus
efficace & moins onéreux, pour créer un
fond d'amortiffement auxiliaire & perma=
nent, qu'un droit fur les fucceffions collatérales : on pourroit objecter que ce feroit
manquer à la foi publique en chargeant les
fonds. Il me paroit que cette objection n'eft
pas fondée. Ce droit collatéral 1°. eft adopté univerfellement depuis les Romains; 2°.
il eft le plus doux & le moins injufte: 3°.
dès qu'il fe fait avec le concours & le confentement de la Nation par la Sanction du
Parlement, il n'y a rien à dire: 4°. on doit

le mitiger, & il ne doit abfolument point avoir lieu pour les étrangers qui ont des fonds publics, parce que cela pourroit donner atteinte au crédit, & que d'ailleurs ce feroit une injuftice. Un droit fur les fucceffions collatérales, employé uniquement à l'ufage du *Sinkingfond*, diminueroit confidérablement le Coloffe de la Dette Nationale. On pourroit encore limiter la durée du droit fur les fucceffions collatérales jufqu'à la réduction de la dette à 70 millions Sterling, ou le conferver perpétuellement en aboliffant les taxes refpectives qu'on a créées pour les intérêts des fonds éteints; ce qui feroit grand plaifir à la Nation, foulageroit tous les ordres fubalternes de l'Etat, & favoriferoit les manufactures. Cette perfpective feroit des plus riantes (30).

(30) Il y a un impôt plus jufte qu'aucun autre, dont l'Angleterre pourroit faire ufage, & qui feroit d'une grande utilité pour le Royaume. C'eft une taxe fur chaque domeftique à l'inftar de la Hollande. Le luxe exceffif qui multiplie le nombre des domeftiques oififs, fainéans & inutiles, eft préjudiciable à tout le corps de l'Etat. C'eft une armée infolente, qui fait continuellement la guerre à la vertu & aux mœurs; les domeftiques font les inftrumens & les fauteurs du vice, du libertinage & de la débauche; c'eft un tas d'inutiles enlevé à la culture des terres, aux manufactures, à la marine, & au Militaire. Or donc ceux qui par fafte, oftentation & vanité, veulent nourrir & habiller ces déferteurs de l'ordre, doivent dédommager l'Etat de cette perte par un efpece d'équivalent. Je voudrois donc que ceux qui n'auroient que deux ou trois domeftiques, ce qui eft honnête & néceffaire, né payaffent que dix fchellings par tête; mais ceux qui en auroient quatre, payeroient une livre Sterling par tête; ceux qui en auroient cinq, deux livres Sterling par tête; ceux qui en auroient fix, trois livres Sterling; & ainfi de fuite doubler toujours la taxe fur chaque individu qui excede le nombre donné. Il réfulteroit de grands avantages de la création de cette taxe. Les grands, les gens très riches augmenteroient

Je n'ignore pas qu'il y auroit un moyen encore plus fimple pour créer un nouveau fonds d'amortiffement, ou pour augmenter confidérablement celui qui exifte; ce feroit de taxer les terres fur un pied égal. Il paffe pour conftant en Angleterre, que fi la taxe fur les terres étoit fur un pied jufte & égal, elle rapporteroit le double. Mais y a-t-il affez de Patriotifme pour en venir là? J'en doute; au moins la néceffité, la crainte, la politique, pourroient y amener les cœurs les moins patriotiques. Il me fuffit de faire voir, pour appuyer la force de mes affertions, que les reffources ne manquent point, & qu'avec une bonne adminiftration, un fyftéme réfléchi, & une bonne œconomie, qui eft le plus grand article, quoique très négligé en Angleterre, cette Dette Nationale, contre laquelle on clabaude tant, peut être confidérablement diminuée, & qu'elle eft d'une nature très différente de ce qu'on la repréfente; qu'il ne tient qu'à la Nation Angloife, non feulement d'en prévenir les mauvaifes fuites, mais de la rendre encore plus utile à la circula‑

confidérablement le revenu du fifc, qui recevroit des fommes immenfes des mains de Plutus, de l'orgueil, & de la vanité. C'eft puifer dans la véritable fource des impôts; les ordres fubalternes feroient des réflexions, reviendroient de la folie de multiplier des ennemis domeftiques, & rendroient à l'Etat un grand nombre de fujets, que la néceffité emploieroit plus utilement, foit dans l'agriculture, foit dans l'induftrie. Cet impôt devroit auffi être confacré inviolablement au *Sinkingfond.*

culation & au crédit, en empêchant un excès d'accroissement qui avec le tems pourroit lui devenir funeste.

LES fortes remontrances que les Parlemens en France ont fait au sujet des impôts pendant la guerre, quoique remplies de choses sublimes & dignes de ces vénérables Corps, ont cependant contribué au discrédit public, & au prix abject où sont tombés tous les papiers Royaux; ce qui ne pouvoit pas manquer de gêner beaucoup la Finance & les opérations du Ministere dans les expéditions militaires.

LES écrits des frondeurs en Angleterre au sujet de la Dette Nationale, sont cause actuellement que leurs fonds publics sont à 10 pour % plus bas qu'ils ne seroient autrement, & gênent aussi par-là les opérations de Finances. Ces écrits sont cependant d'une toute autre nature que les remontrances des Parlemens. Ce sont pour la plupart des Apôtres sans mission; & pour un qui écrit de bonne foi, pour éclairer la Nation & l'avertir charitablement du danger où elle se trouve, dix écrivent par humeur. Les premiers sont assurément excusables, & même dignes de louanges. Les autres ne se plaisent qu'à découvrir la prétendue foiblesse de leur patrie, & ne se font point scrupule de prostituer inutilement, & de gaieté de cœur, cette Patrie qui est leur mere commune.

LES frondeurs anti-ministériaux ont beau-

H

coup crié fur ce qu'on avoit dénaturé le *Sinking fond* , & que dans ces dernieres années on s'étoit quelquefois écarté de la marche invariable d'affigner les hypotheques féparées pour les intérêts des nouveaux fonds , en les affignant fur le *Sinking fond*, ce qu'ils appellent *intéreſt of thë unfounded debt*. Ce reproche n'eſt pas tout-à-fait fans fondement ; mais les objets n'étant pas encore bien confidérables, les conféquences en font exagérées par la malice de ceux qui en parlent. Les arrérages de la guerre fe montoient à une fomme affez forte lors de la paix : le dernier emprunt de 1761 , qui n'étoit pas fuffifant pour les éteindre , a rencontré néanmoins tant de contradiction dans la taxe du cidre , le parti de l'oppofition a été fi puiffant , que le Miniſtre a cru que le *Sinking fond*, à la faveur de la paix , devoit éteindre infenfiblement cet *unfounded débt* , comme effectivement cela arrive d'année en année (31).

(31) On a répété mille fois, & il y a beaucoup de gens qui croient, que l'Angleterre, depuis la paix, a toujours emprunté de nouveaux fonds pour payer les Intérêts des anciens. Rien n'eſt plus faux. Le Gouvernement a négocié ; ou emprunté prefque tous les ans à 3 pour cent, pour convertir les billets de Marine de la Dette non fondée & d'autres annuïtés de 4 à 3 pour cent, à la faveur d'une Lotterie. Indépendamment de cette converfion, le Gouvernement a encore chaque année rembourfé, amorti & éteint une partie de cette Dette ; tellement que, depuis la Paix de Fontainebleau jufqu'en 1770 inclufivement, la Dette Nationale a diminué d'environ 11 millions Sterling, qu'on a effectivement remboursés, fans compter les réductions. Cette année courante (1770) on a remboursé 1 million & ½ d'annuïtés de 3½ pour % créées en 1756, & encore cent mille Livres St. d'un autre objet,

ON trouve encore mauvais qu'on ait chargé ce *Sinking fond* de la lifte civile & des *deficit* ou non-valeurs: ce qui ne me paroît pas fondé dans le fyftême actuel; d'autant plus que d'un autre côté on a confolidé ce fonds d'amortiffement avec des articles qu'on y a incorporés, & qui dans peu de tems le rendront encore plus confidérable.

MALGRÉ tout cela les clameurs des frondeurs femblent mériter quelque attention, parce qu'on ne doit rien négliger pour rendre le *Sinking fond* plus efficace, en le confolidant par tous les moyens poffibles. Ceux que j'indique ne me paroiffent pas à rejetter. J'infifte fur la néceffité de créer un fonds d'amortiffement auxiliaire & permanent, qui forte fon effet tant en paix qu'en guerre.

UN fonds d'amortiffement permanent, qui prend de nouveaux accroiffemens par les extinctions courantes, le droit fur les fuccefffions collatérales, un droit de mutation, des époques pour le foulagement des impôts font des moyens efficaces.

MON fyftême n'a pas été bien fuivi en France où je l'ai indiqué: les réductions des intéréts auroient dû fe faire fans toucher formellement aux Capitaux, en paroiffant libres & faites du confentement des intéreffés. Cela étoit poffible après la paix, fi l'on s'y fût pris avec méthode. Mais les

fans compter la converfion d'un nombre d'annuités de 4 en 3 pour ℔. *On trouvera a la page* 128 le Tableau authentique de ces opérations. C'eft un fait conftant, que prefque tout le monde ignore.

premieres infractions aux contrats primitifs
étant faites, on n'y pouvoit plus remédier.
Je dois cependant dire, que les droits de mutation qu'on a tentés en France auroient
pû être utiles, si l'on avoit pris des précautions pour ne point gêner la circulation.
Ces droits font trop forts, & ils rapportent
moins que ne rapporteroit un droit modique
par la multiplication des mutations. Personne
ne s'arrête pour 1 pour cent plus ou moins,
mais 5 pour cent font un objet qui mettra
des entraves au Commerce, (32):

(32) Je ne puis diffimuler une idée que j'ai au fujet du
droit de mutation fur les biens fonds. J'ai vu en France toutes les répugnances fur cet article, & je prévois ce qui arriveroit en Angleterre fi jamais on y touchoit à cette corde.
Mais je prie tout Anglois fenfé de me fuivre un peu dans mes
réflexions. Suppofé que le premier financier qui a introduit
les emprunts en annuités, eût imaginé la méthode fuivante;
je demande, fi perfonne eût trouvé à redire, & fi le crédit
& la circulation ne fe feroient pas foutenus avec encore plus
d'aifance. Voici ma propofition : Je fuppofe que le Gouvernement n'eût exigé d'abord que 99 p. C. des prêteurs, pour donner cependant l'intérêt fur cent, à condition que lorfqu'on
vendroit ces fonds on ne pourroit non plus tranfporter que
99, & l'intérêt du fecond acquéreur ne feroit que fur 99, avec
la même charge de perdre encore un pour cent à la mutation
du tranfport; perfonne n'auroit fait la moindre attention à ce
miférable p. C. qu'on auroit regardé comme effentiel à la nature du fonds, & comme un moyen infaillible d'en affurer le
crédit. Une pareille inftitution attacheroit l'amortiffement à
l'effence du fonds, qui infenfiblement fe trouveroit éteint &
anéanti par les fréquentes mutations ou tranfports. La Dette
Nationale n'auroit jamais pu parvenir à l'excès de volume où
elle eft actuellement, les inquiétudes pour la poftérité fe diffi-
peroient, tous les autres moyens auxiliaires & analogues à cet
objet deviendroient plus faciles & plus efficaces. Voila, je crois,
une vérité palpable, fimple, & à la portée de tout le monde.
Mais dira-t-on, voilà des regrets fur le paffé; dequoi cela nous
guérit-il? Je laiffe la réponfe au lecteur. On fent affez l'importance & l'utilité du moyen. Un tems peut venir, où la néceffité engagera la Nation à facrifier une petite partie à la confervation du tout. Tôt ou tard on en viendra là, c'eft fur la for-

LE droit des fucceffions collatérales pour-roit être plus fort, à proportion des degrés plus ou moins éloignés de parenté des familles: mais par des raifons très-puiffantes, les étrangers n'y devroient pas être fujets; les mêmes raifons n'y militent pas pour l'objet des mutations.

ON auroit bien fait en France de laiffer les Tontines exemptes du dixieme, parce que l'objet des viagers & tontines a toujours été regardé comme inviolable, tellement que quand le crédit a manqué, & qu'à aucun prix on ne pouvoit trouver de l'argent, tout le monde donnoit dans les viagers & tontines, & abandonnoit fon Capital à fonds perdu, prefque au même taux d'intérêt où les fonds publics étoient fur la place, fur lefquels il y avoit encore l'efpérance de gagner confidérablement à la paix, comme il

me qu'on doit travailler; en attendant on peut affurer que fi, pendant dix ans de paix, un petit droit de mutation fur les biens fonds du Royaume étoit employé au paiement de la Dette Nationale, cette dette feroit réduite au point qu'il y auroit de la témérité à la diminuer davantage; & pour lors on pourroit à fon aife affurer la paix au dehors & diminuer les impôts, & les taxes qui font le plus à charge à la Nation. Mais j'avertis que, fi jamais la néceffité ou le Patriotifme propofent un pareil moyen, il eft effentiel, à mon avis, de ne jamais faire payer ce p. C. fur les annuïtés comme un droit pour le tranfport du Capital à 100; cet argent pourroit pour lors être employé à d'autres objets; le remede devient empirique: il faut tranfporter au poffeffeur fucceffif de l'annuïté 1 p. C. moins, & cela à chaque mutation; ce qui eft plus effentiel qu'on ne penfe. S'il étoit poffible de faire goûter à la Nation ce moyen, ainfi que le droit fur les fucceffions Collatérales, & la converfion d'une partie des annuïtés en viager; je me fais fort que la paix pourroit être rendue plus ftable par la fageffe du Gouvernement, & qu'avant dix ans on feroit en état de diminuer fenfiblement les impôts.

eft effectivement arrivé. On auroit dû ref-
pecter & entretenir ces préjugés pour un
cas extraordinaire. L'exiftence d'un Etat
n'eft pas pour le moment; il faut fonger à
la poftérité. Ce n'eft pas un fymptôme
qu'il faut guérir, il faut aller à la fource
du mal, & tâcher de conferver les principes de la vie. L'empirifme eft auffi dangereux en politique qu'en médecine.

DANS les édits de 1763 on a, avec la
meilleure intention du monde, infinué en
France, que le fyftème de libérer les dettes de l'Etat étoit fi férieux, qu'on vouloit
l'étendre même aux viagers & aux tontines.
Cela a fait un effet contraire. Les viagers
ne font pas d'une nature à être remboûrfés.
Ce remboursement eft 1°. contre l'intérêt
de l'Etat: 2°. contre l'intention & l'intérêt
de ceux qui en jouiffent; ce qui paroît paradoxe, & ne l'eft pas. Il eft contre l'intérêt de l'Etat, parce que c'eft une charge
qui diminue tous les ans; & les Parques
font des financieres inexorables. C'eft encore le pot au feu de Paris, me difoit une
perfonne refpectable; & une partie de ces
rentes circulent au profit des Finances. De
plus l'Etat, en touchant cette corde, renonce à la feule reffource à laquelle il a recours en tems de difcrédit & de détreffe.
Ce remboursement eft en même tems contre l'intérêt & l'intention de ceux qui ont
abandonné leur capital à fonds perdu. Ils
ont placé leur argent à fonds perdu dans le

fort de la guerre, quand ils pouvoient le placer à un intéret plus fort du double qu'en tems de paix, avec de grandes chances de profiter à la paix; ce qu'ils ne pourroient plus faire à préfent fi on les rembourfoit. Ils n'ont abandonné leur Capital que pour avoir un revenu inviolable dont ils avoient befoin, & fur lequel ils ont réglé leur dépenfe, & plufieurs leur exiftence. D'autres ont voulu prudemment affurer à leurs enfans une poire pour la foif. Un rembourfement de ces rentes viageres renverferoit le principe de leur création, altéreroit prodigieufement les facultés de plufieurs, & le public s'en reffentiroit. Je n'ignore pas tout ce qu'on dit fur le préjugé des viagers, qu'on prétend être préjudiciables à la poftérité (33). Il y a beaucoup de fpécieux dans ces raifonnémens. Tout a fes incon-

(33) Ceux qui placent leur argent à fonds perdu par les motifs que je viens de citer, font une bonne affaire pour eux & pour leurs fucceffeurs ; cela peut réuffir bien ou mal, felon la chance de ceux fur qui font les viagers. On ne fauroit jamais dire que ces gens-là facrifient les biens de leur poftérité à leur aifance. C'eft un objet de fpéculation & de convenance, comme toute autre façon de placer fon argent. Les autres Célibataires, ou libertins, perdroient également leur bien fans jouïr de cette reffource; il n'en feroit ni plus ni moins ; c'eft encore un de ces objets de théorie & de fpéculation que la pratique dément. Les remontrances du Parlement contre les viagers font des chefs-d'œuvres d'éloquence & de Patriotifme. Cependant les viagers foutiennent dix familles contre une à qui ils préjudicient fonciérement. Au moins le bien que leur création a produit fur le général de la Nation, eft beaucoup plus grand que le dommage que quelques particuliers en ont effuyé. La grande maffe fe forme de gens qui placent leur argent pour l'intérêt de leur famille & de leur poftérité; & c'eft la mineure partie qui fait la claffe réprouvée, & que le Parlement blâme avec raifon.

véniens, tout eſt mêlé de bien & de mal.
Mais le monde tel qu'il eſt, le ton du ſiecle où nous vivons, notre luxe, nos uſages
& nos coutumes, rendent tous ces maux
inévitables. Devenons Spartiates, allons à
Lacédémone, refondons nos mœurs, adop-
tons celles des anciens Grecs; & pour lors
je conviendrai de la réalité de certains principes contraires à ceux que j'établis.

Je reviens aux Anglois: il me ſuffit de
faire obſerver pour le préſent, que ſi en
Angleterre le beſoin devenoit preſſant,
avant que de venir à cette Banqueroute Nationale dont on menace ſans fondement le
public, on auroit aſſurément recours aux
moyens que j'indique, le *Sinking fond* actuel, un redreſſement des taxes ſur les terres, un droit ſur les ſucceſſions collatérales,
un léger droit de mutation, une capitation,
une petite taxe ſur les matieres de conſommation, ſur les charges & emplois, une opération de Finances à la faveur du *Sinkingfond* pour convertir une partie des rentes
foncieres en viagers. Tous ces moyens,
dis-je, qu'on n'a pas encore entamés, doivent probablement être épuiſés avant qu'on
ſe trouve dans le cas qu'on a pronoſtiqué à
la mort du Roi Guillaume, quand le Royaume ne devoit que 20 millions Sterlings.
Diogene, pour prouver le mouvement,
contre les ſophiſmes de Zénon qui le nioit,
ſe mit à marcher. On n'a qu'à ſuivre l'hiſtoire des faits, pour réfuter, par l'expérience,

tout ce qu'on a dit depuis le commencement du Siecle au sujet de la Dette Nationale. Tout concourt à prouver mon système par des faits constans, & à démontrer l'erreur de ceux à qui la terreur panique a fait enfanter des phantômes. Si mon Traité de la circulation avoit été écrit au commencement du siecle, chaque année eût amené une preuve de pratique pour confirmer ma Théorie; l'expérience, d'accord avec la spéculation, démontre l'évidence de mes principes.

DE tous ceux qui ont pris le change sur la Dette Nationale d'Angleterre, aucun ne m'a surpris davantage que le célebre M. Hume. J'ai eu l'honneur de le connoître à Paris, & j'ai reconnu avec un plaisir infini, que son caractere étoit encore supérieur à son esprit; c'est à la vérité qu'il doit cet éloge (34). Ce grand homme a écrit, avant la derniere paix, un *Essai sur le crédit public*, que je n'avois pas lu lorsque je composai la premiere partie de mon *Essai sur la circulation.* On me l'a indiqué depuis, & j'ai été d'abord fâché de trouver que mon Ecrit parût précisément une réfutation du sien. Il vint quelque tems après à Paris; il fut très content de mon Essai, & la modestie ne me permet pas de répéter ce qu'il m'en a dit, ainsi que sur la lettre qui se trouve à la fin de cet ouvrage pour

____

(34) Des services essentiels qu'il m'a rendus depuis à Londres, lui donnent sur ma reconnoissance les droits les plus légitimes.

prouver que la jaloufie du commerce eft mal entendue, & que' les vrais intérêts des Puiffances ne fe croifent pas. Ce fublime génie a auffi effleuré le fujet de la jaloufie du commerce; s'il en avoit plus développé les principes j'aurois fupprimé ma lettre; mais l'efpérance qu'il le fera un jour, & les éloges dont il a honoré ce petit écrit, m'ont décidé à le publier. Je me flatte que M. Hume rectifiera auffi quelques-unes de fes idées fur la circulation & le crédit public. Il peut avoir raifon dans un certain fens, quand il annonce que la Nation détruira le crédit, ou le crédit la Nation. Cela arriveroit fans doute fi l'on n'y prenoit garde. Je crois l'avoir tranquillifé là-deffus; mais je ne faurois m'empêcher de lui faire fentir encore, avec toute la foumiffion que je dois à fes lumieres, qu'il avance une autre affertion, dont les conféquences pourroient être auffi dangereufes que les principes m'en paroiffent hafardés: la voici.

M. HUME dit, que fi l'on paffoit l'éponge fur la Dette Nationale, on facrifieroit quelques centaines au falut de plufieurs milliers. Je n'examine pas à préfent fi l'on doit dans aucun cas facrifier l'honnête à l'utile; je foutiens feulement, que des milliers fe reffentiroient très longtems du facrifice de ces centaines. M. Hume n'a pas fait attention que, fi l'on fupprimoit trois millions Sterling de rentes qu'on paie dans le Royaume, ces trois millions fupprimés

arrêteroient la circulation repréſentative de
30 millions de dépenſe; que tous les ordres
de l'Etat, juſqu'au mendiant, s'en reſſenti-
roient; que la ſource des taxes, des acci-
ſes & des impôts ſe trouveroit tarie. Voyez
l'exemple de la circulation d'un ſeul écu
dans la premiere partie de cet ouvrage. Si
l'on en venoit-là, on ſe mettroit pour-ainſi-
dire à genoux devant une guinée; on en a
vu l'exemple en France, quoiqu'on n'y ſoit
jamais venu à cette extrémité. Les fonds
en France n'ont cependant jamais eu une
circulation facile; la conſtitution de ce Royaume eſt très différente. Ses reſſources
ſont infinies, & néanmoins lors de la chûte
du ſyſtême de Law on a vu que la déſola-
tion étoit preſque univerſelle; on n'avoit
pourtant pas paſſé l'éponge ſur toute la
Dette Nationale à beaucoup près: le commerce ſeroit arrêté, la banqueroute publique entraîneroit celle d'une grande partie
des Négocians, dont les facultés & le crédit ſe trouveroient anéantis; l'induſtrie ſeroit pour un tems nulle, & contrainte à
s'exiler; l'agriculture s'en reſſentiroit auſſi;
l'incendie deviendroit général, & le déſor-
dre univerſel. L'Etat, le Gouvernement,
ſe trouveroient ſans reſſources; & cette convulſion dangereuſe ameneroit cette époque
fatale, où le ſouffle d'un enfant peut renverſer des Etats. C'eſt alors qu'on pourroit
dire avec M. de Monteſquieu, que le tableau de l'Etat ne conſerveroit plus que le

cadre, facile à rompre par le moindre effort étranger.

Je fuis perfuadé que M. Hume, quand
il écrivit cet Effai, n'avoit pas fait encore
une analyfe exacte & commerçante de la
circulation, de la Nature des fonds & des
rentes ; il avoit vu quelques vérités défa-
vantageufes aux billets de crédit, qui lui en
interceptoient d'autres propres à en corriger les inconvéniens : ainfi la vérité nous
conduit fouvent à l'erreur, & l'erreur à la
vérité. On doit épuifer le faux, en écarter les illufions, pour parvenir au vrai.
M. Hume avoit vu que la multiplication
des fignes repréfentatifs, aviliffoit la monnoie ; mais il n'avoit pas fait attention à la
néceffité de ces fignes, pour repréfenter
tant de chofes que l'abondance de l'or & de
l'argent a pour ainfi dire rendues néceffaires.

Refondons nos mœurs, rétrogradons
d'une vingtaine de fiecles, réduifons le genre humain à fon état primitif, faifons difparoître nos befoins factices devenus néceffaires, foyons tous philofophes, rejettons
avec Diogene le pot d'argile pour boire dans
le creux de la main, foyons pauvres & vertueux ; pour lors les principes de M. Hume
auroient lieu. Mais comme il n'y a pas
d'apparence que cela arrive de quelques cen-
turies, fuivons notre routine, & tâchons
d'en corriger les abus. Faifons comme So-
lon, qui donnoit aux Athéniens les meil-
leures loix dont ils étoient capables. Il

faut fouvent vivre avec fes ennemis, & s'a-
bonner avec fes infirmités. L'imperfection
eft notre appanage ; les petits inconvéniens
doivent céder aux grands. Ne nous tuons
point de peur de mourir , quelque certitu-
de que nous ayons de l'arrivée de ce terme.

Tout Etat , quelque bonnes que foient
fes conftitutions politiques , porte en foi le
germe de fa deftruction. Si Sparte & Rome ont péri, dit un Auteur moderne, quel
Etat peut efpérer de durer toujours ? Le
régime des gens fains , dit le même Auteur , n'eft pas propre aux malades. Il
ne faut pas vouloir gouverner un peuple
corrompu par les mêmes loix qui conviennent à un bon peuple. L'expreffion eft dure ; mais le principe de ce philofophe
auftere peut être appliqué à notre fujet.
L'Angleterre fubira apparemment le fort
des États qui l'ont précédée; mais n'empié-
tons pas fur la providence; ce terme paroît être très éloigné: *tu ne quæfieris, fcire
(nefas) quem mihi , quem tibi finem dii dede-
rint ; nec Babylonios tentaris numeros; ut me-
lius quidquid erit pati.*

Ceux qui ont fait l'apologie du luxe ,
fe font jettés dans une autre extrémité: ils
ont envifagé incomplettement cette circulation multipliée, qui favorife l'induftrie &
le commerce ; mais ils n'ont pas obfervé
que c'eft la dépenfe continuelle, permanente , foutenue , ftable & journaliere qui
entretient cette circulation: au lieu que le

luxe exceffif, en détraquant les refforts multipliés des facultés des particuliers, en tarit la fource; la circulation & l'induftrie en fouffrent. Le numéraire d'un grand nombre de particuliers étant anéanti par un luxe forcé, ce numéraire ne fe trouve pas éparpillé dans le public, comme on l'a fauffement imaginé. C'eft le grand point de la queftion. Je ne condamne pas la dépenfe, ou le luxe relatif qui eft proportionné aux facultés & à l'état des particuliers; mais celui qui confond les états, qui rend tant de citoyens victimes de l'opinion mal-entendue, qui les fait briller pendant un tems, pour les reléguer enfuite dans l'obfcurité d'où ils ne fortiront point: c'eft celui que je foutiens être nuifible & deftructif. Voyez mon Effai fur le luxe.

IL Y A encore une autre vice en Angleterre, qui eft l'effet du luxe exceffif qui y regne, & la véritable caufe de l'augmentation énorme de leur Dette Nationale. Le caractere de cette Nation eft de porter tout à l'excès. L'extrême eft fa devife: Vertu, vice, tout y eft pouffé à l'extrême: les Anglois mettent peu d'économie dans leur dépenfe publique en tems de guerre; ils font par le plus ce qu'ils peuvent faire par le moins. Je crois que perfonne n'oferoit nier, qu'avec un tiers moins de dépenfe ils euffent pu faire les mêmes chofes; les fortunes immenfes & rapides que leurs entrepreneurs ont faites en Alle-

magne, paſſent tout ce que les Financiers
faiſoient autrefois en France. Les gaſpil-
lages, les brigandages & les rapines ont
été, à ce qu'on prétend, portés au comble. Comment feroit-il poſſible autrement,
que la dépenſe annuelle ſe montât à près
de trois fois autant que dans la guerre de
1744 ? Les emprunts annuels étoient pour
lors de trois millions à trois millions &
demi ; ils ont été de douze pendant les dernieres années de cette guerre. J'avoue que
les efforts ont été plus vigoureux, les ſuccès plus éclatans, mais pas à beaucoup près
dans cette proportion. Une ſage économie
eſt de tous les moyens le plus eſſentiel pour
redreſſer les finances.

La frugalité, l'économie & les mœurs
des Suiſſes, font que le Canton de Berne
eſt très riche, malgré un terrain ingrat
& un pays privé de Ports de mer, de manufactures & de mines. Un Ambaſſadeur
de Veniſe dit un jour au Cardinal de Richelieu, qu'il ne manquoit rien à la France, pour être riche & aiſée, que de ſavoir
le moyen de dépenſer ce qu'elle gaſpilloit
& diſſipoit ; ce mot peut également s'appliquer à l'Angleterre.

L'Anglois eſt naturellement prodigue,
donne facilement dans les excès, ne connoît point la modération. La Légiſlation
aura plus de peine à preſcrire les bornes
à la cupidité, & à rétablir l'économie ſi
néceſſaire pour le bien de leurs affaires.

C'eſt pourquoi je crois qu'ils feront forcément obligés de recourir tôt au tard aux
moyens que j'indique pour augmenter leur
Sinking fond, pour en créér un auxiliaire &
permanent, pour établir une adminiſtration
plus économe, & pour adopter un ſyſtè-
me pacifique, conforme aux principes qu'on
trouvera dans la lettre qui eſt à la ſuite de
cet Ouvrage.

NOTE

TROISIEME PARTIE.

Des Finances, des Impôts, & de l'Agriculture, considérés principalement par rapport à la France. Réfutation du Principe qui réduit tout au produit territorial:

MR. DE MIRABEAU dit, dans sa Théorie de l'Impôt, que ce seroit la pierre philosophale pour l'Etat que de faire aller par des voies régulieres la machine de la finance, non seulement sans exaction, sans rigueur, sans fraix, mais encore par émulation. Il croit l'avoir trouvée; mais je pense qu'il se trompe. Son cœur a ébloui son esprit. Les ouvrages de ce vertueux citoyen, de cet aimable philosophe, sont remplis d'esprit, de choses sublimes, de vûes neuves & profondes; le vrai patriotisme, l'humanité, & l'ami des hommes percent partout. Mais il me semble que dans sa théorie de l'Impôt, il s'est fait illusion sur un systême impraticable: il a d'abord cru voir des monstres dévorants, une ruïne prochaine & infaillible, où il n'y avoit tout au plus que des inconvéniens, & de grands abus. Il part quelquefois de principes vrais, mais il me paroît qu'il s'égare dans l'application de ces principes, quand il en déduit

I

les conféquences. Il y en a d'autres dont il fait des axiomes, qui font démentis par l'expérience. On ne lui conteftera pas, par exemple, que l'agriculture ne foit l'action organique d'un Etat agricole; que lui mettre des entraves, ce ne foit débiliter fes forces, & rallentir l'action qui vivifie fon exiftence profpere. On lui accordera que la perception des impôts, en France, eft trop compliquée, trop coûteufe, trop dure, & parlà trop forte, & même deftructive fur certains objets. On doit la fimplifier, l'adoucir, la mitiger, en corriger les abus. Mais de nous repréfenter la France comme fur le penchant de fa ruïne, & croire que les impôts actuels paffent de beaucoup la fphere de la faculté contributive, c'eft une exagération que l'expérience a démentie, & démentira longtems.

Le réfultat de la théorie de l'impôt, eft 1º. qu'un Etat agricole, comme la France, n'a de revenu réel que le produit territorial: 2º. qu'on doit établir les impôts à la fource des productions: 3º. qu'il faut une immunité entiere, pour tout travail & induftrie; qu'on doit abolir toutes les taxes & les impôts, & profcrire même le terme de finance & de ferme: 4º. qu'on doit établir une capitation générale, qui produife davantage, & coûte moins par la fuppreffion des frais de perception, qui, felon lui, abforbent un tiers des impôts, & caufent la deftruction générale: 5º. que les Magiftrats municipaux doivent avoir ce foin. L'Auteur prétend enfin 6°. que le revenu réel actuel de France ne fe monte pas à beaucoup près aux taxes qu'on y leve, & que les emprunts font ruïneux. C'eft à peu près le même fyftême que celui de l'Auteur du Bilan à l'égard de l'Angleterre. Ainfi je ne ferai fur ce fujet qu'un raifonnement général, en examinant fommairement quelques maximes détachées de ce Traité; ce qui confirmera mes précédens principes, & répandra un nouveau jour fur les deux premieres parties de cet Ouvrage.

La théorie de l'impôt infifte encore beaucoup fur la cherté des objets de confommamation. Nous avons déja obfervé, que la quantité de métaux a avili l'argent en qualité de figne. Un homme aujourd'hui, avec beaucoup plus de numéraire, n'eft pas, à proportion, plus riche qu'on ne l'étoit avec moins il y a un fiecle; mais on a beau nous repréfenter que le marc d'argent eft au double qu'au tems de Henri IV, & que Louis XV, avec plus de numéraire, eft moins riche que fes prédéceffeurs; il y a quelque illufion dans cette affertion : car tout n'eft pas au double, la folde du foldat eft comme du tems de Henri IV, le pain à peu près de même, & ainfi de plufieurs autres objets importans. D'ailleurs, il n'en coûte guere plus aujourd'hui pour être bien & agréablement logé, dit M. de Voltaire, qu'il n'en coûtoit du tems de Henri IV. Une belle glace de nos manufactures orne

nos maifons à bien moins de prix que les
petites glaces qu'on tiroit de Venife. Nos
belles & voyantes étoffes font moins cheres,
dit-il, que celles qu'on tiroit de l'étranger, & qui ne les valoient pas. Outre cela, l'on ne fauroit nier que le nombre des
riches & des aifés ne foit beaucoup plus
grand que du tems de Henri IV, & qu'il
n'y en ait plufieurs dont les revenus font
doubles & triples, ce qui doit doubler &
tripler auffi ceux du Monarque.

Il faut obferver d'ailleurs, que les premiers befoins, qui font les plus forts, fe
prélevant fur la premiere moitié des revenus, l'autre moitié peut, non pas doubler,
mais quadrupler la puiffance. Je m'explique
par un exemple. Un homme qui a 50 mille écus de rente, eft numérairement plus riche du double que celui qui n'en a que 25,
& qui a le même état. Mais il eft dans
une proportion plus grande dans fa puiffance facultative & contributive, tant pour les
objets de fantaifie que pour les œuvres de
charité, & les dépenfes de décoration & de
fafte; parce que celui qui a 25 mille écus
feulement, trouve fon revenu abforbé dans
les premiers befoins de l'état d'un homme
qui repréfente, & qui a fa maifon montée
fur un certain ton, & qu'il ne lui refte pas
beaucoup pour fournir à fes fantaifies. Ainfi,
fi Louis XV n'eft pas tout-à-fait du double
plus riche & plus puiffant que Henri IV,
ayant plus d'un double numéraire de reve-

nu , & un plus grand nombre de fujets riches , il l'eft toujours beaucoup davantage.
Quant à l'efprit de fifcalité dont on taxe notre fiecle , il a régné de tout tems , il a toujours plus ou moins énervé , par une mauvaife adminiftration , une partie de la faculté des fujets. C'eft la fievre des Etats ; &
les germes de ces maladies font auffi inévitables , que ceux qui minent la fanté de
l'homme. Il faut cependant chercher les remedes , & ufer de palliatifs , quand on ne
trouve pas de fpécifiques.

Mais j'ofe avancer hardiment , fur le raifonnement confirmé par l'expérience , que
le projet qui a féduit tant le monde , de réduire toutes les taxes à une feule par voie
de capitation , en aboliffant tous autres impôts & fraix de régie , eft une chimere dans
des pays comme la France , l'Angleterre
& la Hollande. On en fit l'effai en Hollande en 1749 , & l'on en fentit l'erreur ; on
trouva qu'il étoit de toute impoffibilité de
lever fur le public les fommes dont l'Etat
avoit befoin , par d'autre voie que fur les
objets de confommation , que l'on confond
avec le prix des chofes. C'eft le moyen le
moins fenfible & le feul poffible ; & les inconvéniens qui en réfultent , quelque grands
qu'ils paroiffent , ne font pas à beaucoup
près auffi funeftes qu'on les repréfente. C'eft
ce que j'ai démontré dans la premiere partie de cet Effai , & que je prouverai encore
dans la fuite.

La Hollande eſt la preuve & la démon-
ſtration, que les principes de M. de Mirabeau ne ſoht pas fondés. Si les impôts ne
devoient ſe prélever qu'immédiatement à la
ſource des revenus, comme le prétend M.
de Mirabeau, & qu'on ne pût jamais exiger
qu'une partie du produit territorial, il y a
longtems que la Hollande n'exiſteroit plus.
Elle a peu de productions alimentaires; elle
eſt preſque entiérement privée de terres labourables, de vignes, de bois; quelques
prés font toute ſa reſſource de ce côté-là.
Cependant cette République paie des troupes, a une marine, & a figuré ſouvent en
Europe à côté des grandes Puiſſances. Les
taxes & les impôts qu'on y préleve ſont
bien plus forts, en tous genres, qu'en France & en Angleterre; & cependant cela n'a
pas cauſé la ruïne de l'Etat: il eſt même
encore dans une grande opulence. Si la jalouſie de ſon commerce ne lui avoit pas attiré tant de concurrens, l'Etat ne ſe reſſentiroit ſeulement pas des taxes exorbitantes
qu'on y paie. Le pain, qui eſt un objet
de premiere néceſſité, paie un impôt qui en
double preſque le prix; tous les objets de
conſommation y ſont plus chargés qu'en
France. Les biens fonds, comme maiſons,
actions, contracts, terres, le ſont davantage;
& malgré cela la Hollande fleurit, & la
machine de la finance va ſon train, par la
magie de la circulation & du crédit qui opé-
re ces effets ſalutaires. Ce crédit & cette

circulation ne font donc pas, dans la pratique, auffi nuifibles que M. de Mirabeau le
foupçonne. On doit fe rendre à l'évidence
d'une expérience conftante, foutenue, &
non équivoque. L'aifance du riche fournit,
par la circulation, au pauvre & au mendiant dequoi payer une taxe à l'Etat par
la confommation du comeftible pour fa fubfiftance. Le mendiant obtient le néceffaire
phyfique à Paris, à Londres, & à Amfterdam, plus facilement qu'à Montauban, à
York, ou en Overyffel. La circulation &
le crédit font deux refforts dont on ne connoît pas encore tout le jeu. Tout l'or &
l'argent de l'Europe & de l'Amérique, qui
va fe perdre dans l'Indoftan, ne rend pas
les habitans riches ; les Indiens font pauvres, les Princes théfaurifent & arrêtent la
circulation ; point de crédit qui la favorife.
Les taxes fur la confommation rendent, par
la circulation, non feulement les mendians,
mais les animaux mêmes utiles au fifc, &
par conféquent à l'Etat.

CEUX qui ont été féduits par la taxe
unique, & la fuppreffion des ramifications
des impôts, ignorent combien, dans les E-
tats les plus riches & les plus opulens, le
nombre de gens qui ont des biens fonds eft
petit (j'entends les gens taxables par capitation, qu'on nomme en Hollande Capita-
liftes) à proportion du refte des habitans ;
au lieu que les gens aifés qui n'ont point
de fonds, & qui font cependant une dé-

penſe plus que bourgeoiſe, ſont en grand
nombre ; mais c'eſt leur induſtrie, leurs
charges, leurs emplois, leurs talens, qui
font tout leurs fonds ; ils dépenſent comme
s'ils étoient riches, & ils ne le ſont pas. Ils
ne ſeroient pas dans le cas d'être taxés dans
la proportion requiſe pour trouver l'équivalent de la ſuppreſſion des fermes. Cela a
été trouvé impoſſible ; je parle d'après un
fait : ce point a été examiné à fond par les
plus habiles financiers de Hollande. Mais
la taxe ſur le comeſtible fait que l'argent
qui circule rentre, en partie, dans la caiſſe
de l'Etat d'où il eſt ſorti, ſe multiplie dans
ſa marche, & circulant ſucceſſivement par
vingt mains différentes, met chacune de
celles dans leſquelles il a paſſé en état de
faire les mêmes dépenſes que l'année précédente, & toujours avec les mêmes eſpeces.
Un Seigneur qui dépenſe 100 mille florins
par an, en fait d'abord entrer, du chef de
cette premiere dépenſe, 20 mille dans la
caiſſe de l'Etat ; mais ce n'eſt rien à proportion de la réverbération des dépenſes
que ſa magnificence met en état de faire,
avec cet argent, les ordres ſubalternes, qui
ſe ſubdiviſent encore en ſous-ordres ; de ſorte qu'au bout de l'an preſque tous les 100
mille florins peuvent avoir paſſé & avoir
arroſé la caiſſe de l'Etat, & en ſortir pour
en nourrir les canaux de la circulation. Les
rentiers contribuent beaucoup à cette heureuſe circulation, malgré tout ce qu'on peut

dire de contraire. Les impôts ne font réellement qu'un revirement momentané de par-
celles de propriété, que les particuliers font
paffer annuellement par le fifc pour leur confervation, & qui reviennent, en tout ou
en partie, aux mains dont elles font forties;
ce cercle fe perpétue par la rétribution du
Souverain au fujet, & des fujets au Souverains. Toutes les déclamations contraires à
cette définition prouvent trop, & menent à
l'abfurde.

On nous répete fans ceffe, que la France
& l'Angleterre font ruïnées; & l'expérience
nous montre, que ces deux Royaumes font
toujours dans un état très floriffant. Il y
a, je l'avoue, des abus énormes; mais ces
abus-mêmes prouvent encore la vigueur de
leur conftitution: le fonds fauve la forme.
Mais on ne les réformera jamais par le
moyen de la taxe univerfelle, encore moins
par la taille réelle; autre chimere dans nos
conftitutions Européennes. Elles pourroient
avoir lieu dans un gouvernement Sacerdo-
tal. Chez un peuple concentré dans un petit pays, un dixieme réel des productions de
la terre, avec une petite capitation, pourroit tenir lieu de tout.

Mais depuis que les Puiffances foudoient
des troupes en tems de paix & des flottes,
pour conferver la tranquillité au dedans &
la fécurité au dehors, un pareil moyen feroit inefficace. D'ailleurs il n'y a plus en
Europe, excepté la Pologne, d'Etats pure-

ment agricoles ; le commerce, les pêcheries, le luxe, les billets de crédit, les fonds
publics, les manufactures diverses, multipliées en tout genre, les richesses factices,
composent la masse des biens ; & dans le
système général, c'est dans la combinaison
de ces objets divers, sans qu'ils se croisent,
que consiste le secret de l'administration.
Vouloir les proscrire, les abolir, les dé-
crier, c'est renverser l'édifice. Mais comme
ce système est, pour ainsi dire, encore nouveau (35), nous en sommes encore aux élémens ; nous marchons à tâtons. De-là les
erreurs de tant de gens d'esprit quand ils
traitent des fonds publics, du crédit & de
la circulation, quand ils appliquent les anciens principes aux finances, aux impôts,
aux taxes, à la population, & à l'agriculture. Un grand génie trouvera un jour la juste proportion de ce nouveau système de politique, en analysant tous les ressorts, & en
développant tout le jeu des rouages. En attendant il arrivera, comme dit M. de Mirabeau, qu'en voulant imprimer le mouvement de la roue, son impression trop forte
sur certaines parties dérangera les autres,
& en arrêtera quelquefois la marche. Dans
l'état où sont les choses, l'objet le plus important, dans toute la science politique,
c'est la perception de la finance, puisque
delà dépend assurément toute sa force, &

(35) Les emprunts n'ont commencé à prendre forme que
vers la fin du siecle passé.

l'harmonie d'un Etat; il eſt queſtion de trouver des regles nettes, exactes, & ſûres: *hoc
opus, hic labor eſt.*

Il y a un grand inconvénient, qui rend
la taxe univerſelle par capitation, dangereuſe, quand elle ne ſeroit pas impoſſible.
Une pareille taxe enleveroit une trop grande quantité d'argent à la circulation dans un
même terme, & rendroit à chaque moment
l'argent extrêmement rare; ce qui n'arrive
pas quand il paſſe ſucceſſivement par les fi-
lieres multipliées de la conſommation. Les
intervalles entre la recette & la dépenſe
ſont par ce moyen en équilibre. Cela eſt
ſi vrai, qu'en Hollande, où l'argent eſt
pour ainſi-dire marchandiſe, tant il y eſt
abondant, il étoit devenu très rare en 1747
par un accident de cette nature; voici le
cas. On avoit imaginé, pour les beſoins
de la guerre, un moyen de trouver dans un
moment une grande ſomme d'argent ſans
emprunt; on porta tous les ſujets de la République à donner, comme une eſpece de
don gratuit, le 50ᵉ denier de leurs biens en
quatre termes. Cette ſomme devoit être
forte. Pour prévenir l'inconvénient dont je
parle, on fut obligé dans la Tréſorerie de
former des récepiſſés, que nombre de particuliers pouvoient prendre pour les termes
reſpectifs du paiement du 50ᵉ denier, afin
de prévenir la ſtagnation, ou l'engorgement, qui ſeroit arrivé dans la circulation,
en dépoſant à la fois une ſi forte ſomme

dans la caiffe de l'Etat : ce papier donna plus d'aifance à la circulation, fans quoi la rareté des efpeces eût encore été plus grande. Vouloir amaffer tout d'un coup dans un terme donné, quelque court qu'il foit, une trop grande quantité d'argent dans la caiffe de l'Etat, ne fauroit qu'engorger la circulation, & entraîner de grands inconvéniens ; ce qui n'arrive pas par la méthode des taxes fur la confommation, qui eft infenfible, journaliere, fucceffive, & donne par-là le tems aux efpeces de fortir de la caiffe de l'Etat pour circuler encore dans le public, comme je l'ai fait voir dans le cours de cet ouvrage. Cent obfervations, que l'expérience confirme, prouvent les vérités que j'avance.

Rien de plus changeant que la fortune des particuliers. Les uns s'enrichiffent, les autres s'appauvriffent. Il faudroit chaque année rectifier cette capitation ou taxe univerfelle, qui devroit être très forte pour pouvoir comprendre toutes les autres. Ce feroit une machine qui fe détraqueroit à tous momens. Quel embarras ! L'impoffibilité d'un pareil projet perce de tout côté ; & une capitation ne peut être qu'un moyen de fupplément, qui ne peut jamais rapporter la dixieme partie de la confommation. On pourroit, tout au plus, racheter les impôts qui arrêtent & interrompent le travail du cultivateur. Ce feul objet feroit peut-être poffible & très utile.

Au reste l'expérience doit être notre guide. Il est indubitable qu'autrefois les fermiers généraux en France faisoient des fortunes rapides & indécentes ; mais cet abus est bien moins grand aujourd'hui qu'il n'étoit alors. Ce n'est plus cette opulente quarantaine ; ce ne font plus des armées d'une partie de la Nation, qui courent pour ruïner l'autre : il y a, parmi les financiers, de vrais patriotes, des gens d'esprit, & de bons citoyens. Leur métier est odieux, mais il paroît nécessaire. Leurs subalternes commettent quelquefois des violences atroces ; mais ce font des abus, comme ceux qui arrivent fous un bon général dans le militaire. Plusieurs de ces financiers & de leurs adhérens, quand ils ne se ruïnent pas par un luxe excessif & insultant, font encore, sans contredit, très utiles à l'Etat. Ils peuvent favoriser la circulation & le crédit ; & ces deux agens combinés étaient la machine des finances, quoi qu'en disent ceux qui n'entendent pas ces principes.

En Hollande on a aboli les fermiers, mais non pas les fermes. On a substitué des collecteurs. En changeant de nom, on a tâché de contenter le peuple, qu'on ne peut jamais contenter ; mais la sagesse, le patriotisme du Stadhouder, secondé du zèle des Magistrats, a amélioré les finances, en corrigeant, en partie, les abus qu'il y avoit, fans abolir cependant les fermes. Voilà ce qu'on doit faire en France, où les abus font plus grands, & peut-être plus difficiles à corriger par la complication des Loix & des privileges de chaque province, & par leur éloignement du centre de l'adminiſtration. J'ai tâché d'approfondir la régie des fermes en France; & il m'a paru qu'on impute fouvent aux fermiers généraux des malheurs auxquels ils ne fauroient remédier, & qu'on exagere toujours. Il feroit cependant à fouhaiter, pour le bien de ce Royaume, qu'on trouvât encore des moyens propres à remédier à ces inconvéniens, qui n'en font pas moins affreux pour paroître inévitables. On leve de grands impôts en Angleterre d'une façon plus fimple & moins couteufe. La conftitution du Gouvernement & le local peuvent favorifer cette méthode. Refte à favoir fi elle feroit praticable en France, ainfi que ce cadaftre dont tout le monde parle, & que perfonne n'entend.

M. DE MIRABEAU prétend que les Magiftrats, les officiers municipaux, font les collecteurs nés des tributs que les fujets de leurs jurifdictions doivent à leur Souverain. Cela paroît féduifant: peut-être ce moyen eft-il bon; mais je ne fais fi, dans la pratique, les difficultés n'en feroient pas infurmontables, & fi, après un laps de tems, on ne diroit pas d'eux ce qu'on dit à préfent de ceux qui font chargés de la perception des impôts. Tout le monde ne convient pas de l'avantage qu'ont en France, fur les autres, les provinces qui font en pays d'Etat. Je ne fuis pas affez au fait de cette régie pour en juger. Mais le Miniftre ne peut l'ignorer, & il fait probablement à quoi s'en tenir; il l'adoptera fi elle eft telle qu'on la repréfente. La fuite de gradins, & de jurifdictions hiérarchiques que M. de Mirabeau veut profcrire, paroît prefque indifpenfable dans la perception des impôts: & cette furcharge fera toujours la pierre d'achopement partout.

Au refte j'avoue, que j'admire & refpecte quelques idées fublimes qui fe trouvent dans la théorie de l'impôt. Tout ce que l'Auteur dit fur le fel, & fur le tabac, me paroît mériter l'attention du Miniftere en France. On a fouvent obfervé, avant M. de Mirabeau, qu'un droit rapporte en raifon de ce qu'il eft léger. Un droit modique paroît devoir arrêter la contrebande, & épargner les fraix difpendieux de la régie. La furcharge de ces fraix retombe fur l'ufage de la denrée; elle diminue la confommation. Ces vérités paroiffent inconteftables; cependant on a vu plus d'une fois en Hollande, que la diminution des droits à la douane n'a pas produit cet effet, ni empêché la contrebande. Les Nations de l'Europe, quoique Chrétiennes, ne fuivent pas toujours l'Evangile; on ne donne pas toujours à Céfar ce qui appartient à Céfar. Toute taxe, tout droit, tout impôt eft payé de mauvaife grace. Il faut tâcher de pré-

venir cet abus; car les principes cités ei-
deffus me paroiffent effentiels. Il n'en eft
pas de même, felon moi, des autres principes de cet ouvrage, tel que la néceffité
qu'il fuppofe d'un tréfor public, chofe nuifible, dangereufe & inutile, comme je le
prouverai dans la fuite. Je penfe la même
chofe de fon projet d'abolir toute impofition fur les biens ftériles, fur les fonds, fur
les maifons, fur la fubfiftance, fur les charges, fur les actes, fur le luxe. C'eft un
enthoufiafme patriotique, fondé fur une métaphyfique idéale qu'on ne fauroit jamais appliquer à nos conftitutions actuelles, à nos
mœurs, ni à la forme de nos Gouvernemens. Telle eft encore fa déclamation
contre les fonds publics, le crédit, & la
circulation : tout cela fe trouve réfuté ci-
deffus.

FAISONS encore une remarque. Les Monarques en Efpagne, avec leurs tréfors du
Pérou & du Mexique, & en Portugal avec
l'or du Bréfil, n'ont jamais imaginé de créer
ces fonds publics, pour leur communiquer
la valeur des efpeces, les arrêter, les fixer,
pendant qu'ils circulent ailleurs, & les attirer de nouveau, en cas de befoin, par là
magie de la circulation & le crédit communiqué à ces fonds. Qui fait fi ce n'eft pas
là précifément la raifon pour laquelle les
mines n'ont pas enrichi ces Royaumes? Il
n'y avoit rien qui étayât l'édifice dans les
tems difficiles où l'on travailloit à la répa-
ra-

ration. Ces Royaumes, dévaſtés par des cauſes morales, auroient, je crois, en partie
réparé la population & l'agriculture, ſi les
richeſſes numéraires de convention avoient
réaliſé le paſſage momentané de l'or & de
l'argent de leurs mines. Les moyens factices auroient produit l'induſtrie, & les fonds
pour mettre en valeur le ſol & les biens au
ſoleil dans des climats heureux. Le commerce, l'opulence & la circulation, auroient
peut-être attiré des habitans que le pays comporte, je veux dire ceux de la Religion Ro-
maine, l'intolérance s'oppoſant à l'établiſſe-
ment des autres. L'intérêt auroit pu franchir cette barriere affreuſe; ces deux Royaumes ſeroient plus riches & plus puiſſans;
au lieu qu'à-préſent les habitans ſont plus
pauvres que ceux de la France & de l'Angleterre, quoiqu'ils paient moins de taxe.

Je ne donne pas cette conjecture comme
la ſeule cauſe de la diſproportion qu'il y a, entre l'état actuel de l'Eſpagne & du Portugal,
& les ſources des richeſſes métalliques que
ces deux nations poſſedent, mais comme une
obſervation de l'avantage que la circulation
produit dans les endroits où les métaux ſont
plus rares. La miſere où les Eſpagnols ſe
trouvent au Pérou & au Mexique, eſt une
bien plus forte preuve que l'or & l'argent
ne ſont rich en eux-mêmes, qu'autant que
ces métaux peuvent procurer promptement,
par des échanges, les objets de néceſſité &
de ſenſualité requiſe. M. de la Condamine

K

attefte, que ceux qui lui montrerent les mines du Pérou, n'avoient pas des fouliers aux pieds, & étoient dans la mifere.

L'Espagne & le Portugal ne font pas dans ce cas-là. Avec un fol très fertile & un climat heureux, fi ces Royaumes avoient la population requife, les produits de la nature & de l'induftrie rendroient, indépendamment de leurs mines, ces pays les plus abondans de l'univers; & l'échange de leurs denrées pourroit leur produire une balance de commerce plus avantageufe que celle que les mines leur produifent. Mais cela n'étant pas, & ne pouvant être de longtems, nous devons en attendant regarder les métaux comme une marchandife de leur cru; & leur exportation leur eft néceffaire & utile, jufqu'à un certain point. Je crois même que fi tous les avantages de l'agriculture, du commerce & des manufactures, étoient en activité en Efpagne & en Portugal, & qu'avec cela ils reftaffent en poffeffion de l'or & de l'argent du Pérou, du Mexique & du Bréfil, pour lors ces métaux, à raifon de leur abondance, pourroient dans ces deux Royaumes faire leurs fonctions prefque toujours en perfonne, fans avoir befoin de fignes fictifs ni de la circulation des papiers de crédit. Mais je fuis perfuadé, en même tems, qu'il réfulteroit de cette réplétion d'efpeces des inconvéniens funeftes aux mœurs, au commerce même, & à la profpérité de ces Royaumes, & que ce n'eft pas par l'effet du hazard que la Providence a donné à ces deux nations la garde, ou plutôt la diftribution de ces tréfors.

Si le Portugal avoit confervé les Moluques & Ceylan, dont il étoit en poffeffion avant qu'il découvrît l'or du Bréfil, l'harmonie du commerce de l'Europe auroit été renverfée. Mais fi la Hollande avoit confervé le Bréfil, cette harmonie fe feroit encore foutenue. Ce pays, comme nous l'avons fouvent obfervé, n'a rien à donner en troc. L'induftrie, le commerce & les efpeces, font toute fon opulence, laquelle fe foutient par les fonds factices qui circulent par le crédit, & qui étendent la faculté contributive pour payer des impôts. Les taxes & les impôts fuivent l'opulence & l'aifance, ainfi que la cherté des vivres par la concurrence des achats & la grande confommation. Il ne faut cependant pas multiplier les taxes fans une grande néceffité; & l'on doit tâcher, par la meilleure police poffible, de prévenir, fi on le peut, la trop grande cherté des vivres. Je reviens à la circulation des fonds publics, & des papiers de crédit.

On a toujours cherché à calculer la proportion qu'il doit y avoir entre les efpeces courantes & les papiers de crédit; & il y a longtems qu'on l'avoit fixée comme 3 eft à 1., c'eft-à-dire qu'il peut y avoir, fans danger, trois fois autant de papier dans la circulation qu'il y a de monnoie. L'expérien-

ce a fait voir évidemment, que cette proportion se soutient aisément sur une masse beaucoup plus grande. Si l'on veut appeller cela disproportion, c'est vouloir se former des
monstres pour les combattre; c'est aller contre l'expérience, d'autant plus qu'on trouvera la même prétendue disproportion entre
l'argent & les richesses quelconques, comme
terres, maisons, vaisseaux, diamans, &c.

Il ne faut cependant point confondre le
papier de banque & de crédit, qui représente la monnoie, avec les papiers qui forment les fonds publics, & qui portent intérêt, quoique leur analogie soit très grande à certains égards. On peut créér beaucoup plus de fonds que de papiers de crédit.
Les fonds publics ne représentent pas exactement les especes, mais ils en augmentent
le numéraire par leur seule création; ils deviennent des biens fonds, tout comme une
terre & une maison; ils portent intérêt sans
exiger ni réparation ni culture; leur plus
grand avantage, c'est de faire circuler l'argent & ce qui le représente avec plus de rapidité, & c'est par-là qu'on peut les envi-
sager partiellement, en un certain sens,
comme de l'argent comptant; ils en font
souvent les fonctions. On peut, sur la place de Londres, convertir en 24 heures
cent mille livres Sterlings d'annuïtés en es-
péces courantes; cela arrive toujours sans
presque en altérer le prix; on en fait pour
des millions à terme. Ce font des faits qu'on

ne fauroit contefter. C'eft de tous les genres de biens le feul qui participe, pour ainfi dire, à la qualité de monnoie, étant effentiellement par fa nature un bien fonds. C'eft une obfervation importante que je ne crois pas que perfonne ait encore faite.

JE n'ajouterai plus qu'une réflexion, c'eft que l'or & l'argent monnoyés ont une valeur arbitraire & de convention; & il n'y a aucune raifon phyfique pour qu'ils foient le repréfentant de toutes les denrées, ainfi que des objets de premiere néceffité, plutôt que les papiers de crédit qui les repréfentent. Les Indiens ont de petites coquilles dont ils font le même ufage; & toutes les objections fpécieufes qu'on peut faire fur la création de ces fignes artificiels, tombent également fur les métaux, qu'on ne peut ni manger, ni boire. Mais l'échange des denrées étant impoffible dans nos mœurs, on a befoin d'un échangeur général qui foit la mefure du tout; & le métal n'a pas plus cette qualité que les fonds & les papiers, quand le crédit & la bonne foi les foutiennent par la circulation, & par un intérêt annuel qu'ils produifent.

LES principes de M. de Mirabeau font à peu près les mêmes que ceux du Bilan d'Angleterre, de réduire tout au produit territorial; mais il me paroît que les dépouillemens même qu'il offre du revenu territorial de la France, combinés avec l'expérience, font voir l'illufion de ces principes;

fon fyftême prête le flanc aux objections,
par les faits qui le contredifent. Comment
feroit-il poffible que la France pût auffi longtems excéder fes forces dans les impôts, fans
que les convulfions politiques ne fuffent encore plus funeftes, & pour ainfi dire, plus
palpables? Je ferai voir dans la fuite, que
les dérangemens qu'on a effuyés en France
ne font point tant l'effet des impôts, que
des longues guerres, & du manque de crédit
dans les emprunts. Le crédit & la circulation peuvent feuls corriger & mitiger la rigueur des taxes, comme je l'ai déja prouvé
dans la première & dans la feconde partie
de cet ouvrage; & l'on en trouvera encore
de nouvelles preuves à la fin de cette troifieme partie. Ces obfervations, ces recherches, ces calculs du revenu territorial pourront être utiles, en les appliquant à propos
fans exagérer, & fans nous conduire à des
conféquences contradictoires aux faits connus, ni à des moyens qui paroiffent impoffi-
bles dans la pratique, & dont les réfultats
ne font point conformes à l'expérience.
Mais comme fans Galilée & Kepler, New-
ton n'auroit peut-être pas analyfé la lumie-
re ni approfondi les principes de la gravita-
tion, il faut efpérer que ces fortes d'ouvrages feront de même développer, avec le
tems, les vrais principes de l'adminiftration
des finances pour le bien & le bonheur du
genre humain.

Nous fommes encore enfans. Nos enfans

deviendront peut-être des hommes. Je ne conçois pas comment M. de Mirabeau peut faire tomber le fardeau de la taxe fur le produit territorial, après avoir fi bien démontré que les vexations faites aux cultivateurs détruifent des richefles, qui, fans ces vexations, feroient toujours renaifantes; que beaucoup de terres reftent incultes, défertes, & en friche; que la population en fouffre, & par conféquent la confommation, qu'il devoit regarder comme la fource du revenu du Prince. La fpoliation, dit-il, deffeche le territoire: la taille arbitraire, les corvées, & autres vexations, doivent être abolies. Mais il a fubftitué la même charge fous une autre dénomination: il ne foulage pas cette partie de la Nation. Il me paroît fe contredire lui-même, puifqu'il veut qu'on établifle les impôts à la fource des productions. C'eft fon principe favori. Peut-être eft-ce ma faute; mais j'avoue mon ignorance: je n'entends pas fon fyftême. Il me femble contradictoire.

Un autre principe qu'il avance, me paroît abftractivement plus vrai & plus effentiel. Il faudroit, dit-il, que ni province, ni ville, ni perfonne ne pût prétendre, en vertu d'aucun privilege ou immunité, à s'exempter d'une contribution générale. Cela eft jufte: mais il eft impoffible, ou infuffifant, de le chercher, comme il veut, dans une capitation, ou dans un impôt perfonnel, proportionné aux logemens ou lo-

K 4

yers d'habitation. Cette capitation ne peut être qu'un moyen de supplément. Les droits fur le comeftible, fur le luxe & fur l'ufuel, qu'il profcrit, peuvent feuls fournir cette proportion. Je l'ai déja prouvé, & je le prouverai encore dans la fuite. On a effayé, encore un coup, tous ces moyens inutilement en Hollande en 1748, pour fubftituer une taxe générale aux impôts fur la confommation. Plus on entretiendra le peuple dans l'efpérance de cette théorie, plus on embarraffera la finance, & plus on payera de mauvaife grace les impôts defquels dépendent fa confervation & fon bien-être.

Le premier principe établi dans la théorie de l'impôt, & dans le Bilan de l'Angleterre, eft, qu'un Etat agricole n'a de revenu que le produit de fes terres, que tout eft englobé dans le revenu territorial. Cela pourroit être, s'il exiftoit en Europe un Etat purement agricole. La France eft, comme l'Angleterre, un Etat agricole, pafteur, pêcheur, chaffeur, commerçant, manufacturier, artifte, militaire. Pourquoi donc réduire tous les provenus de fes branches aux productions renaiffantes du revenu territorial, & repréfenter par-là le coloffe de la France fous la figure d'un fquelette? Ce principe d'envifager le produit territorial comme l'unique fource des richeffes, a féduit bien du monde, & eft abfolument faux, ainfi que le fecond qui en découle, qu'il faut établir les impôts à la fource des productions; maxime destructive de la culture, & opposée au but de son Auteur.

CEPENDANT pour prouver encore plus évidemment ce que j'avance, faisons un tableau simple, analytique de tous les genres de biens qui forment un Etat; par-là nous découvrirons les sources où l'on peut puiser pour former un état juste des finances d'un Royaume; & nous trouverons d'abord les articles sur lesquels peuvent tomber les impôts avec moins d'inconvéniens, & dans quelle classe est chaque état.

LE premier bien est celui des terres. Il est indestructible; mais sa valeur dépend du plus ou du moins de culture: il est ingrat sans le travail: ses productions ne sont ni gratuites, ni spontanées: elles exigent des soins, même des dépenses: elles occupent l'homme & le nourrissent. Mais les fruits toujours renaissans que la terre produit se consomment, & n'existent plus au bout de l'an; quand la consommation manque, ils pourrissent. L'Etat ne s'enrichit que de la consommation intérieure & de l'excédent de ces fruits qu'on exporte chez l'étranger. Tels sont les terres labourables, les bois & les vignes.

LE second genre de richesses, ce sont les bestiaux, & les près qui les nourrissent; ce genre, que M. de Mirabeau a presque oublié, est très considérable. Le bétail donne à la terre plus qu'il ne lui ôte; il y en a qui produit du lait deux fois le jour, & du fromage. Le bœuf laboure la terre, il nous nourrit de sa chair, il nous chauffe de sa peau, & nous sert à plusieurs usages. La brebis nous donne du lait, du fromage, & fournit les premiers élémens de nos manufactures les plus utiles. Les laines font une source de richesses en Angleterre & en Espagne.

Troisieme genre de biens, ce font les pêcheries. La mer nourrit les habitans de la terre autant que la terre même, avec encore moins de dépense; & les grandes pêcheries font un objet considérable du commerce: objet important, omis encore dans la théorie des impôts.

Quatrieme genre de biens, les maisons, dont le loyer ou la jouïssance est un produit réel; objet véritablement périssable; mais que la nécessité & le luxe réparent continuellement; l'ouvrier, l'artisan & l'artiste en profitent.

Cinquieme genre de biens, les vaisseaux, denrées & magazins, & enfin le détail innombrable des objets de commerce & de trafic, qui font subsister un monde prodigieux, & qui produisent tous les ans des sommes immenses, en multipliant la fonction de l'argent par la circulation: c'est un revenu bien autrement considérable que le produit territorial auquel on veut tout réduire.

Sixieme genre de biens, tous les papiers, les fonds publics, actions, papiers ro-

yaux qui portent intérêt, & dont les fruits,
c'est-à-dire les intérêts, ne sont pas anéantis par la consommation comme les fruits de
la terre, mais sont indestructibles & per-
manens, se multiplient, par les mains par
où ils passent, toujours avec la même fer-
tilité sous les auspices de la circulation &
du crédit. Voilà pourquoi, n'en déplaise
à ceux qui ignorent ces principes, il se dépense à Paris & à Londres, avec tant d'ai-
sance, un numéraire qui excede l'argent
qu'il y a en Europe, & que l'Etat peut lever tant d'impôts sans ruïner la Nation;
Paradoxe que les financiers de théorie ne
conçoivent pas, parce qu'ils n'ont pas la véritable notion de la circulation & du crédit. Tout se multiplie, se vivifie, agit,
enfante, produit, se reproduit par la circulation & le crédit. Rien ne croupit, rien
ne s'arrête, rien ne s'obstrue, tout circule.

Il y a un septieme genre de biens, ce
sont les honoraires, les charges, & les emplois, qui mettent un grand nombre de gens
en état de faire de la dépense, de faire
subsister beaucoup de monde, de favoriser
l'industrie & la circulation, & augmentent
ce même fisc qui leur fournit ces moyens à
la charge de qui ils sont.

Huitieme genre de biens, tous les magazins, l'immeuble, les bijoux, joyaux,
diamans, or & argent, orfevrerie, vaissel-
le, curiosités, tableaux, livres, qui augmentent le numéraire, & n'ont qu'une cir-

culation très lente, mais contribuent cependant au crédit & à étayer l'édifice.

NEUVIEME genre de biens, les manufactures, principalement celles dont l'exportation met l'étranger à contribution, & enrichit les sujets. Celles de Lion, & autres, en France, loin de détruire l'agriculture, la favorisent. Ce seroit l'objet d'une autre dissertation, qui me meneroit trop loin. On trouve dans l'éloge de Sully, un des chef-d'œuvres de M. Thomas, un raisonnement à ce sujet qui me paroît hazardé.

DIXIEME genre surnuméraire de biens en France; c'est la foule d'étrangers de toutes les Nations, que la curiosité attire à Paris, & que la volupté y retient; ils y dépensent un numéraire réel, qui non seulement accroît celui du Royaume, mais augmente la matiere & la circulation des especes en même tems. Leur dépense, & celle de ceux par qui cette dépense circule, augmentent le revenu du Prince, qui est toujours momentané, & se trouve toujours dans la Nation. Le loyer exorbitant des hôtels garnis à Paris & sur la route, les carosses de remise payés par l'étranger, font une espece de produit territorial fourni par l'étranger sans fraix d'exportation.

ONZIEME genre de biens; les mines de charbons dans le pays où il y en a; celles d'étain, de fer, qui ont échappé à M. de Mirabeau. Voilà le véritable tableau des richesses d'un pays, bien différent de l'état pauvre que nous offre la théorie des impôts.

CE tableau concilie les contradictions apparentes entre les objets des impôts & leur produit, entre les facultés des sujets & les besoins de l'Etat. La gradation des impôts, d'après le tableau fidele que j'expose, seroit en raison inverse du système de la théorie de l'impôt. La source des productions, la terre, les premieres recoltes, doivent être le moins chargées, & la marche des taxes doit suivre le détail de la consommation, & augmenter sur les objets du luxe. La maniere d'en faire la perception, est un autre objet dont je ne suis pas à même d'examiner les abus. Mais les impôts rentrent presque tous dans les mains dont ils sortent; & je présume que c'est de cette direction que dépend le vrai secret de la finance, & qui pourra se perfectionner avec le tems.

QUANT à présent, il me suffit de faire sentir que le produit des revenus de la France, sous les auspices de la circulation, monte au moins à dix fois plus qu'on ne le prétend dans la théorie des impôts; & qu'il est absurde de dire, que qui n'a que quatre cent millions de revenu en paie six cent. Si la perception en coute près d'un tiers, comme on le prétend, c'est assurément une grande déprédation. Reste à savoir si M. de Mirabeau ne se trompe point encore dans cette assertion. On ne trouvera point dans mes principes, fondés sur des faits &

fur l'expérience conftante de ce qui arrive
en France, en Angleterre, & en Hollande,
ces contradictions qui fautent aux yeux,
qui flattent les peuples, fans les confoler,
ni les fecourir, par l'impoffibilité du foulagement qu'on leur fait efpérer, & que l'on
ne peut jamais réalifer dans la pratique.
C'eft le remede univerfel, c'eft la pierre
philofophale, qu'on cherche toujours, &
qu'on ne trouve jamais. Une nation fur laquelle on leveroit de grands impôts, fans
indifpofer le fujet, & qui les payeroit par
émulation, comme le prétend l'Auteur que
je réfute, & où l'emploi de ces impôts abou-
tiroit toujours au bien public, fans en rien
détourner, une telle Nation, dis-je, feroit
une Nation d'Anges, pour ne point dire
de Dieux ; & cela n'exiftera jamais fur ce
tas de boue que nous habitons.

LE réfultat de mon fyftême fe réduit
donc à ceci, 1°. que le principe prétendu
de réduire la faculté contributive des impôts uniquement au produit territorial, eft
abufif ; cet objet-là, quoique très important
ne formant, comme on a vu, que la moindre partie de la faculté des fujets : 2°. que
l'établiffement des impôts à la fource de
leur production, nuiroit à l'agriculture, qui
doit être protégée, encouragée dans fa fource, par toutes les immunités & récompenfes
imaginables : 3°. que les objets de confommation & de luxe font ceux qui peuvent
feuls produire un revenu proportionné aux

befoins de l'Etat, & que la pratique & l'expérience prouvent, que la circulation répare, en grande partie, les inconvéniens qui
peuvent en réfulter: 4°. que la perception
doit fe faire de la maniere la moins couteufe, & la moins à charge à la Nation, &
furtout fans vexer le cultivateur ; mais ce
point-là eft très difficile. Il faut encore
ajouter 5°. que l'exportation à la douane
eft le thermometre d'un commerce floriffant
chez une Nation agricole & manufactrice;
ces droits doivent être modiques ; il faut
même quelquefois donner des gratifications
fur certains articles.

L'IMPORTATION eft d'une autre nature; c'eft un tribut qu'on paie à l'étranger;
il y a moins d'inconvénient à la charger en
France, & en Angleterre, excepté les premiers élémens des manufactures, qui ne doivent rien payer. Il n'en eft pas de même
en Hollande, Puiffance uniquement commerçante, qui achete pour revendre, & à
qui le cabotage eft effentiel & néceffaire.
Ce pays a une conftitution particuliere &
unique; elle doit avoir fes regles, qui font
des exceptions des autres; c'eft un phénomene politique. L'hiftoire ne fournit pas
de modele de fa conftitution. Le thermometre de l'exportation & de l'importation
à la douane, en Hollande, eft fouvent en
raifon inverfe des autres pays.

JE dois inférer ici une belle obfervation
que j'ai lue depuis peu dans un Auteur An-

glois. On croit que la prime d'exportation
pour le grain, que le Gouvernement d'Angleterre accorde, eſt à la charge de l'Etat,
ou y diminue le revenu du fiſc de la ſomme de 150 milles Livres Sterlings, à quoi
elle ſe monte. C'eſt une erreur, dit cet
écrivain; car la Douane regagne avec uſure
cette ſomme, par l'augmentation du droit
d'importation provenant de cette forte exportation de grains; puiſqu'une grande partie ſe donne en troc de denrées de luxe,
dont la Nation a beſoin, & qui paient de
forts droits à la Douane. Ainſi, en favo-
riſant l'agriculture, la douane même en
profite. Une autre obſervation, non moins
curieuſe, que j'ai de-même trouvée dans un
autre écrit, c'eſt que le prix du grain n'a
pas augmenté en Angleterre depuis l'inſtitu-
tion de cette prime, & même en remon-
tant aux époques plus reculées, juſqu'à E-
douard III, en eſtimant la différence de
prix du marc d'argent de ces tems-là. J'ai
démontré que la France pourroit ſuivre cet
exemple pour protéger l'agriculture, ſans
que l'Angleterre en fût cependant moins
opulente.

L'IMPÔT par tête, dit M. le Préſident
de Monteſquieu, eſt plus naturel à la ſer-
vitude; l'impôt ſur les marchandiſes eſt plus
naturel à la liberté, parce qu'il ſe rapporte
d'une maniere moins directe à la perſonne.
L'impôt par tête ne peut jamais renfermer
tous les autres, par le petit nombre de
gens

gens taxables à proportion de ceux qui, insensiblement, par la consommation, grossissent les impôts avec l'argent même qui leur est fourni en dernier ressort précisément par ceux sur qui seuls on vouloit faire tomber les impôts. Mais la consommation physique, & même celle de luxe, peut, par une circulation multipliée par plusieurs canaux, fournir seule d'aussi fortes sommes, sans en épuiser les sources ni arrêter la circulation.

Il résulte encore de ce que j'ai dit, 6°. que la Caisse de l'Etat restitue au public l'argent qu'elle en a tiré, en augmentant, par les rentes & par les pensions, la faculté contributive, quoique la rétribution ne soit pas toujours également juste sur des objets particuliers, mais se reprend sur la totalité : 7°. que les fonds publics & le crédit augmentent les richesses, le commerce, l'industrie, la consommation, & la faculté contributive ; ils sont nécessaires, & d'une nature très différente de ce qu'on avoit cru jusqu'à présent : 8°. qu'on doit cependant libérer, autant qu'on peut, la dette de l'Etat, pour pouvoir diminuer les impôts, qui paroissent toujours un mal, & que l'opinion rend encore plus grand ; autrement, si on les multiplie trop, l'embarras sera très grand lors des funestes guerres, qui ne reviennent que trop souvent : 9°. que la véritable & juste distribution de toutes les branches de la finance, est une science dont on ne connoît pas encore tous les principes.

10°. CE n'eft pas un renverfement de l'ordre, de faire contribuer à la maffe publique tous les hommes qui ne poffedent rien en fonds, & qui ne vivent que de la rétribution accordée à leur travail : le riche, l'aifé, l'Etat même le leur paient. Ce travail devient un peu plus cher; c'eft un inconvénient; mais il tombe fur ceux qu'on veut charger de cette quotité par l'impôt général. Pour lors la chofe feroit égale & cela revient au même. Vous voulez changer feulement la forme, & cette forme que vous voulez introduire fe trouve impoffible dans la pratique. Ce font les petits ruiffeaux qui font les grandes rivieres; c'eft le grand nombre de fubdivifions de claffes, qui peut feul fournir de fortes taxes ; ce font les chofes & non les individus qui fourniffent, en confondant avec le prix des dènrées l'excédent de l'impôt. C'eft l'ordre même, & non pas le renverfement de l'ordre.

LA puiffance, dit l'Auteur de la théorie de l'impôt, ne peut pas s'étendre au-delà des forces, & les forces excédées jettent dans l'impuiffance : cela eft vrai; mais ces principes-mêmes démontrent, que M. de Mirabeau les a mal appliqués. La preuve en eft, que la France, l'Angleterre, & furtout la Hollande, fubfiftent encore, & fubfiftent depuis longtems, par cette méthode fi décriée ; elles fubfiftent dans un état af-

fez floriffant , malgré les rêves des hypo-
condres. Cela n'empêche pas, je le répete,
qu'on ne doive travailler perpétuellement
avec foin , avec zele, & avec ardeur, au
foulagement des peuples , par tous les moyens poffibles, & profcrire à jamais la dé-
teftable maxime qu'on avoit en France dans
le fiecle paffé , que la vexation & la furcharge faifoient travailler le peuple , que
l'aifance rendoit indolent & pareffeux. Les
guerres civiles dont on fortoit pouvoient
feules dicter ce principe barbare. 11º. Les
manufactures doivent être confidérées comme une des principales arteres du revenu
de l'Etat. L'immunité des premiers élémens
augmente leur produit au fifc même.

12º. Vouloir nier , comme fait M. de
Mirabeau , que la jouiffance fucceffive que
le crédit & la circulation procurent à tous
les individus avec les mêmes efpeces , ou
ce qui les repréfente, foit réelle, & traiter
cette vérité d'hypothefe féduifante & illufoire , c'eft avancer qu'il n'y a d'autres
biens que le pain & l'eau, fous prétexte que
tout le refte eft fuperfluïté de convention
& d'opinion. On peut dire également ,
qu'un homme qui poffede mille arpens ne
poffede que deux pieds de terre quand il
eft debout, & fix quand il eft couché, car
il ne fauroit occuper qu'un efpace qui lui
foit égal; c'eft un fophifme du même genre. L'or & l'argent n'ont aucun avantage
phyfique & réel fur les objets qui les mul-

tiplient par la circulation, & les repréfentent par le crédit.

13°. La Capitale eft, dans tous les pays, le foyer central de la confommation & du luxe; cela fait fleurir le voifinage de cette Capitale, procure quelques biens; mais on prétend qu'elle caufe auffi fouvent de grands maux. Si la population de la Métropole n'eft pas à proportion du refte du Royaume, elle peut faire languir les provinces, & deffécher les membres du Corps: on verra ce que j'en penfe dans la quatrieme partie. L'adminiftration qui corrigera les effets de ce mal, en vivifiant les provinces, rendra un grand fervice à l'Etat.

14°. L'Etat de dépenfe accumulé de tous les fujets de l'Etat par les refforts de la circulation, eft la fource des impôts. Si le total eft, comme M. de Mirabeau le prétend, de feize cent vingt-cinq millions qui circulent dans l'Etat, c'eft le bloc fur lequel on taille les taxes. Il dit avoir prouvé ailleurs, que la maffe du pécule dans un Etat ne doit jamais être qu'au niveau de la totalité des revenus; que c'eft une vérité dont tous les hommes inftruits en ce genre font convenus depuis longtems. Tout le refte, continue-t-il, n'eft que circulation. Je ne fuis pas affez inftruit dans ce grand principe, qui pourroit bien fe trouver faux. Mais on a prouvé, que la totalité des revenus étoit beaucoup plus grande que n'eft le produit territorial; & le reflet de la circulation, dont il forme l'état de dépense, est infiniment plus grand que la maſſe des eſpeces; & il exiſte également par ſucceſſion dans ſon paſſage momentané dans la caiſſe de l'Etat. Les eſpeces n'y croupiſſent pas, & leur circulation diſſipe les funeſtes conſéquences qui n'exiſtent que dans l'imagination.

15°. Par tout ce que je viens de dire, on ne doit pas croire que je nie en aucune façon, que l'agriculture ne ſoit un grand objet qu'on ne ſauroit aſſez protéger ; mais je ſoutiens que d'en faire l'objet unique, l'inſtrument univerſel, l'agent général, c'eſt une marote, une *agriculturomanie*, un être idéal, une abſtraction mentale, enfantée par un patriotiſme mal entendu, qui a dégénéré en enthouſiaſme, & qui pourroit renverſer le vrai principe de la finance, ce mal auſſi néceſſaire au corps de l'Etat que le beſoin de manger l'eſt à l'homme, quoi qu'en mangeant trop on gagne des indigeſtions, des crudités & autres maladies.

16°. Une longue paix, ſuivie d'une bonne œconomie dans l'adminiſtration des finances, & dans leur deſtination, eſt l'unique choſe qui puiſſe ſoulager les peuples. La paix leve les barrieres qui arrêtent l'abondance, & augmente la conſommation qu'une plus grande population produit néceſſairement ; elle augmente encore le commerce, & la culture ; ceux-ci augmentent les revenus ; les impôts peuvent pour lors être diminués fur les fujets, fans diminuer les revenus du fifc, qui n'en aura pas non plus un auffi grand befoin.

17°. Une capitation ne fauroit jamais être dans la pratique qu'un impôt de fup-plément.

18°. Le principe fpécieux de la théorie de l'impôt, que l'oifiveté eft à la charge de l'Etat & le travail à fa décharge, eft un axiome vuide de fens. Ce font de grands mots, qui annoncent beaucoup, & ne fignifient rien. Un homme oifif, qui fait une honnête dépenfe, qui paie les impôts, qui donne des gages, dont l'argent circule, qui fait une confommation utile, & fournit aux autres de quoi en faire, cet homme, dis-je, n'eft pas à charge à l'Etat. C'eft un fophifme, fous le mafque d'une fentence. Le travail eft utile & néceffaire, mais il n'eft pas toujours à la décharge de l'Etat, à moins que ce ne foit un genre de travail analogue au bien public, & utile. C'eft l'induftrie honnête plutôt que le travail, qui eft une mine pour l'Etat. Il y a un très grand nombre d'hommes qui travaillent à leur propre ruïne, & à celle de l'Etat. Tant il eft vrai que des fentences fpécieu-fes, quand on les approfondit, ne font fou-vent que de grands mots! On peut ranger dans la même claffe l'autre apophtegme de la théorie des impôts, que tout travail eft recette pour le fifc, & que toute oifiveté eft dépenfe. Beaux mots fans réalité.

19°. JE répéterai encore, que la circulation & le crédit doivent, dans nos conſtitutions, être mis au premier rang des élémens de la proſpérité.

20°. LES contradictions éternelles qu'eſſuient les impôts les plus néceſſaires, les rendent & plus onéreux, & moins utiles.

21°. DE tous les genres de biens d'un Royaume, les manufactures ſouffrent le plus par les impôts ; car, pour peu que la main d'œuvre enchériſſe, ainſi que les élémens des fabriques, l'exportation devient impoſſible en concurrence avec l'étranger. Cependant il y a des cas où une Nation agricole, avec une grande étendue territoriale, peut fleurir & devenir auſſi puiſſante que ſon état le comporte, par l'induſtrie d'un commerce domeſtique, ſans qu'il ſoit d'une grande extenſion au dehors.

22°. LA où il y a plus de richeſſes, tout y eſt plus cher, indépendamment des taxes & des impôts. C'eſt ce qui me fait conjecturer que l'Angleterre eſt plus riche que la France. Je crois que la petite Nobleſſe en Angleterre l'eſt beaucoup plus qu'en France. La grande Nobleſſe l'eſt, ſi je ne me trompe, davantage en France, en y comprenant les Princes du Sang. L'état moyen en Angleterre eſt, ſans contredit, plus riche. Le payſan, l'artiſan, le laboureur, y ſont beaucoup plus aiſés ; les richeſſes en général ſont plus éparſes & plus répandues dans le peuple Anglois que dans le peuple François. Cela n'empêche pas que, dans des cas particuliers, il ne puisse y avoir des exceptions. Une manufacture peut tomber; deux cent artisans oisifs, & misérables, criant misere, font un bruit & un tapage, comme si tout le monde mouroit de faim. L'écho se répete de tous côtés, les frondeurs y font *chorus*, & tout paroît perdu aux gens qui entendent ces clameurs. Mais c'est sur la masse totale qu'on doit porter ses regards.

23°. La politique économique, dit M. de Mirabeau, consiste en ce que le peuple paie le plus qu'il est possible, & pense payer le moins. Cela ne se trouve que sur les objets de consommation, dès qu'on les confond avec le prix.

24°. Ruiner le laboureur, c'est, dit-il, renverser la police alimentaire. Le soc de la charue doit être aussi sacré que l'encensoir; on n'y doit porter la main qu'avec respect. *Sed est modus in rebus.*

25°. La dévastation qui résulte des vexations faites aux cultivateurs, & de la dépopulation que cause l'intolérance, est assurément la plus ruïneuse. Les ravages de la guerre font quelquefois plus passagers, & peu-à-peu le sol renaît de ses propres ruïnes. Un brigandage fiscal peut anéantir sa valeur, & je crois que cela est arrivé quelquefois en France. Mais la sagesse du Gouvernement est occupée à remédier à cet abus,

26°. Encore un grand principe, dit M. de Mirabeau, c'eft qu'il vaut mieux vendre brutes les matieres premieres, que de leur faire perdre fur le prix de la premiere main, en faveur des manufactures, qui n'ont d'autres objets pour le profit que le prix de la fabrication; profit qui, dans le vrai, n'eft que la rentrée du prix qu'elle a couté. Cela mérite attention.

27°. Le pouvoir indéfini, dit M. de Mirabeau, de créer des taxes, éteindroit toute propriété, & s'enchaîneroit lui-même après avoir ruïné la Nation. On ne peut donner au-dela de fes forces. Si un droit arbitraire exiftoit, il ne pourroit que s'anéantir lui-même. Il faut qu'il y ait une proportion entre l'impôt, & la nature de la chofe fur laquelle il tombe, ainfi que fur les fujets qui en font ufage, foit pour leur befoin, ou pour leur luxe. Le produit de la terre provient affurément de deux agens combinés, du travail de l'homme & des dons de la nature; M. de Mirabeau dit que les féparer eft la grand-œuvre de la finance. Il croit, par fa méthode, pouvoir diftinguer la gerbe qui appartient à l'exploitation, de celle qui appartient au revenu. Mais fa métaphyfique fur la finance ne paroît pas praticable.

28°. La guerre, obferve M. de Mirabeau, eft le plus grand & le plus funefte accident d'un Etat; le revenu de la Nation diminue, & fes dépenfes augmentent ; il faut qu'elle contribue davantage, quand elle a le plus de befoin. L'éviter autant qu'il eft poffible, en eft le feul remede. Celui d'un tréfor public, qu'indique l'Auteur, pour les cas imprévus, augmenteroit le mal, par l'obftruction qu'un amas confidérables d'efpeces renfermées, cauferoit à la circulation, dont la proportion n'eft pas en raifon de la fomme, comme on l'a vu, mais de fon activité. Ce tréfor devroit être très grand, ou il feroit inutile : or s'il étoit capable de faire face pour deux années feulement de guerre, il feroit fans comparaifon plus de tort à la Nation que le mal qu'on tâche d'éviter.

L'HISTOIRE prouve encore que les tems de diffipation, qui fuccedent aux tems d'épargne, caufent de grands maux dans l'Etat. M. de Mirabeau n'allegue aucune raifon valable contre ces objections. Il prétend que ces inconvéniens exiftent fans utilité, par la fortune des financiers, & leurs déprédations. Ce qui n'eft pas ; car leur prétendue fortune circule toujours dans le public.

29°. LA filiere & les canaux détournés, par où paffent les impôts, doivent être fimplifiés pour éviter les fraix de perception ; mais ce n'eft pas en renverfant la maifon qu'on en étaie les fondemens.

30°. CE n'eft pas le crédit qui a ruiné les finances en France, comme le prétend M. de Mirabeau ; au contraire, c'eft le manque de crédit dans l'occasion qui lui a fait un grand tort, & paroît avoir été la cause principale de ses derniers revers. Si l'on avoit soutenu le crédit comme on auroit pû le faire, la France se seroit moins endettée. Au commencement de l'année 1715 le Roi fut obligé de faire négocier 32 millions de billets, dit M. de Voltaire dans son histoire du siecle de Louis XIV, pour en avoir huit en especes. Si la foi des emprunts avoit été en France aussi sacrée qu'en Angleterre, la moitié des dettes n'auroit pas été nécessaire; le taux de l'intérêt auroit été à moins de la moitié, & l'Etat auroit profité infiniment plus qu'il n'a profité par toutes les opérations forcées qui ont anéanti le crédit. Les opérations couteuses des finances, les intérêts exorbitans, que le discrédit seul a enfantés, ont produit bien des dettes qui se sont contractées à pure perte; attendu que, d'un côté, les fonds pour la guerre coutoient davantage d'intérêts, & les objets qu'on achetoit pour cette fin, étoient, par le manque de crédit, aussi plus chers. Voilà un double inconvénient du manque de crédit, sans compter la perte du tems, qui est une suite du discrédit, & qui rend toutes les opérations infructueuses. Trouver les fonds dans le moment décisif, ou le moment d'après, décide du succès d'une Campagne. Le crédit est assurément l'une des principales causes des autres avantages que l'Angleterre a eus sur la France dans cette derniere guerre ; car il a fait valoir tous les autres , en les mettant en activité. On a vu, dans la premiere partie de ce Traité , d'autres preuves qui confirment cette vérité. Il n'eût tenu qu'à la France de rétablir ce crédit; pourvu que la paix , dont toute l'Europe a un si grand besoin, se fût consolidée.

On peut établir comme des principes certains, que le fondement du crédit des fonds publics dépend des réglemens & des circonstances suivantes: 1°. Que les emprunts doivent être Nationaux, c'est-à-dire que tout le corps de la Nation doit en répondre, comme en Angleterre; & quoique le Parlement , en France , n'ait pas à beaucoup près le même poids dans l'Etat qu'en Angleterre , cependant la création parlementaire des fonds, & la garantie de cet auguste Corps , contribueroit beaucoup au crédit : 2°. qu'on doit hypothéquer d'une façon imperturbable, les fonds pour payer les intérêts , sur une partie des taxes & des impôts, séparément pour chaque emprunt; 3°. que la caisse d'amortissement soit exactement employée à la libération; que sa marche soit constante & imperturbable; 4°. que tous les objets soient publics, & qu'on bannisse tout mystere, pour gagner la confiance : 5°. que, pour inspirer cette confiance, on tâche de rassurer le public & l'étranger sur les opérations à-venir, afin qu'on ne puisse plus craindre que, sous quelque prétexte que ce puiſſe être, il arrive jamais plus de réduire les intérêts, ſans préſenter le rembourſement du Capital, & que les Capitaux ne puiſſent, à l'avenir, être jamais réduits & élagués, comme par le paſſé ; qu'on procédera deſormais à cet égard à l'exemple des Anglois, & qu'un fonds qui a été créé à cent ſera toujours rembourſé à cent, quelque ſpécieuſes que puiſſent paroître les raiſons de réduction ; que cet article eſſentiel ne dépendra plus de la façon de penſer d'un Miniſtre ; mais étant intimement lié au Parlement, pour lors la confiance pourra ſe rétablir.

L E crédit & la confiance étant établis ſur des fondemens auſſi ſolides, on profitera incomparablement plus en France en ſuivant inviolablement cette méthode, qu'on n'a profité par les opérations contraires. Le taux de l'intérêt baiſſera beaucoup, & l'on trouvera avec facilité l'argent à un intérêt modique, lorſqu'on en aura beſoin. Je ne parle que pour l'avenir. Tout ce que je dis eſt fondé ſur l'expérience ; ce n'eſt pas une théorie ſpéculative. C'eſt l'hiſtoire du crédit que j'expoſe ſimplement, avec zele, & dans une bonne intention. Sans cette méthode on pourra bien parvenir à libérer une grande partie des dettes, à rétablir pour un tems le crédit, mais il ne ſe ſoutiendra pas dans les occaſions eſſentielles & importantes. Je crois que la France auroit eu des avantages ſur l'Angleterre qui euſfent pû balancer, en partie, la conftitution du Gouvernement pour avoir un crédit & une circulation prefque auffi grande que les Anglois, fi l'on y avoit employé férieufement les moyens analogues à un fyftême fi falutaire, & que l'on confervât la paix affez longtems pour l'exécuter; mais ce n'eft pas l'affaire d'un jour, attendu les défordres qu'on a effuyés par le paffé.

31°. J'ai fait voir plus d'une fois, qu'un luxe exceffif eft auffi ruïneux à une Nation quelconque, que la dépenfe proportionnée aux richeffes des particuliers, & à leur état repréfentatif, eft utile. Un homme ruïné eft une plante fertile defféchée pour le public. Son numéraire ne fe trouve pas en entier dans la Nation, comme croient ceux qui ne conçoivent pas les loix de la circulation & la nature des biens fictifs: Le luxe exceffif paroît protéger l'induftrie un moment, & l'abandonne pour toujours: Avec cela le luxe corrompt les mœurs, amollit le corps, & a été de tout tems une des principales caufes de la ruïne de l'Etat: Ce feroit encore un grand fecret de la légiflation, de trouver ce terme moyen, pour empêcher le luxe exceffif, fans que par des loix fomptuaires on génât la dépenfe honnête qui doit être permife à chaque citoyen en raifon compofée de fes facultés pécuniaires, & du rang qu'il tient dans le monde.

On trouve encore, dans l'Efprit des

„ Loix, l'Article fuivant comme une regle gé-
„ nérale. On peut lever des tributs plus forts,
„ à proportion de la liberté des fujets ; &
„ l'on eft forcé de les modérer, à mefure
„ que la fervitude augmente. Cela, dit-
„ on, a toujours été, & cela fera toujours.
„ C'eft une regle tirée de la nature, qui
„ ne varie point; on la trouve dans tous
„ les pays, en Angleterre, en Hollande; &
„ dans tous les Etats où la liberté va en
„ dégradant, jufqu'en Turquie. La Suiffe
„ femble y déroger, parce qu'on n'y paie
„ point de tribut; mais on en fait la rai-
„ fon particuliere; & même elle confirme
„ ce que je dis. Dans ces montagnes fté-
„ riles les vivres font fi chers, & le pays
„ fi peuplé, qu'un Suiffe paie quatre fois
„ plus à la nature, qu'un Turc ne paie au
„ Sultan."

Si le principe de l'Efprit des Loix eft
auffi évident que l'Auteur l'affure, on
pourroit en tirer des conféquences qui con-
firmeroient mon fyftême fur les impôts.

Il réfulte de tout ce que je viens de dire, que fi l'Angleterre pouvoit, à la faveur
d'une longue paix, de fon *Sinking fond* &
de l'augmentation de fon Commerce, parvenir à rembourfer prefque toute la Dette
Nationale, on ne devroit pas le faire, &
qu'il feroit très nuifible à ce Royaume de
ne pas conferver au moins 60 millions Sterling de fes tréfors fictifs, dont j'ai démontré l'utilité & la néceffité. Si jamais

on parvenoit à ce point, le Parlement devroit d'abord décharger la Nation des impôts qui paroissent le plus à charge, & employer le reste du *Sinking fond*, à favoriser les manufactures, les colonies, & à d'autres objets utiles. Je crois la libération totale absolument contraire aux intérêts de la Nation. Je penserai la même chose de la France, dès qu'elle aura rendu les papiers Royaux plus circulables, & rétabli la confiance & le crédit de ce papier à un taux d'intérêt plus modique; ce qui pourroit bien arriver dans peu d'années, si dans les opérations des finances, on suivoit une marche plus analogue à mon Systême.

Le Ministere en France est trop sage pour ignorer les facultés intrinseques du Royaume, & trop humain pour en exiger plus qu'elles ne comportent. Il paroît qu'il y a un moyen tout simple pour former, autant qu'il est possible, un tableau ou Barometre de ses facultés, en travaillant sur le plan que Louis XIV marqua l'an 1698 pour l'instruction du Duc de Bourgogne. Voici ce qu'on en lit, dans l'histoire du siecle de ce Monarque. ,, Il ordonna que ,, chaque Intendant fît une description dé- ,, taillée de sa province. Par-là on pou- ,, voit avoir une notice exacte du Royau- ,, me, & un dénombrement juste des peu- ,, ples. L'ouvrage fut utile, quoique tous ,, les Intendans n'eussent pas la capacité, ,, & l'attention de M. de Lamoignon de Bas- ,, vil-

„ ville. Si l'on avoit rempli les vues du Roi
„ sur chaque province, comme elles le fu-
„ rent par ce Magistrat dans le dénombre-
„ ment du Languedoc, ce recueil de mé-
„ moires eût été un des plus beaux monu-
„ mens du Siecle. Il y en eut quelques-uns
„ de bien faits; mais on manqua le plan,
„ en n'assujettissant pas tous les Intendans
„ aux mêmes ordres. Il eût été à désirer
„ que chacun eût donné par colonne un état
„ du nombre des habitans de chaque Elec-
„ tion, des Nobles, des Citoyens, des La-
„ boureurs, des Artisans, des Manœuvres,
„ des bestiaux de toute espece, des bonnes,
„ des médiocres, & des mauvaises terres,
„ de tout le Clergé régulier & séculier,
„ de leurs revenus, & de ceux des Villes
„ & des Communautés. Tous ces objets
„ sont confondus dans la plupart des mé-
„ moires qu'on a donnés. Les matieres y
„ sont peu approfondies & peu exactes: il
„ faut y chercher souvent avec peine les
„ connoissances dont on a besoin, & qu'un
„ Ministre doit trouver sous sa main, &
„ les ressources. Le projet étoit excellent,
„ & son exécution uniforme seroit de la
„ plus grande utilité."

Je crois, avec M. de Voltaire, que ce plan, bien exécuté, seroit d'un très grand secours. Mais on ne doit pas se flatter qu'il soit possible de le pousser assez loin pour savoir l'état des particuliers riches & aisés de chaque ville. L'état d'un Négociant &

d'un Citoyen doit toujours être un myſtere pour le public; ainſi ce Cadaſtre, dont on parle tant, ne peut ſe former qu'imparfaitement, & par ſa nature eſt ſujet à bien des reſtrictions.

COMME on a parcouru dans cet ouvrage toute la ſphere de la Finance, on doit dire un mot au ſujet du Clergé. Je ne ſaurois mieux faire que d'inſérer ici ce que M. de Voltaire dit à ce ſujet dans ſon hiſtoire univerſelle.

,, ON s'étonne, dit-il, en Europe & en ,, France, que le Clergé paie ſi peu; on ſe ,, figure qu'il jouït du tiers du Royaume. ,, S'il poſſédoit ce tiers, il eſt indubitable ,, qu'il devroit payer le tiers des charges; ,, ce qui ſe monteroit, année commune, à ,, près de trente millions, indépendamment ,, des droits ſur les conſommations, qu'il ,, paie comme les autres ſujets: mais on ſe ,, fait des idées vagues & des préjugés ſur ,, tout. On dit que l'Egliſe poſſede le tiers ,, du Royaume, comme on dit au hazard ,, qu'il y a un million d'habitans dans Pa- ,, ris. Si l'on ſe donnoit ſeulement la pei- ,, ne de ſupputer le revenu des Evêchés, ,, on verroit par le prix des Baux, faits il ,, y a environ cinquante ans, que tous les ,, Evêchés n'étoient évalués alors que ſur ,, le pied d'un revenu annuel de quatre ,, millions; & les Abbayes Commandatai- ,, res alloient à quatre millions cinq cent ,, mille livres. Il eſt vrai que l'énoncé de

„ ce prix des Baux fut un tiers au - deſſous
„ de la valeur : & ſi l'on ajoute encore
„ l'augmentation des revenus en terres, la
„ ſomme totale des rentes de tous les Béné-
„ fices Conſiſtoriaux ſera portée à environ
„ ſeize millions; & il ne faut pas oublier
„ que de cet argent il en va tous les ans à
„ Rome une ſomme conſidérable, qui ne
„ revient jamais, & qui eſt en pure perte.
„ C'eſt une grande libéralité du Roi en-
„ vers le St. Siege : elle dépouille l'Etat,
„ dans l'eſpace d'un ſiecle, de plus de qua-
„ tre cent mille marcs d'argent ; ce qui
„ dans la ſuite des tems appauvriroit le
„ Royaume, ſi le commerce ne réparoit
„ pas abondamment cette perte.

„ A ces Bénéfices qui paient des Anna-
„ tes à Rome, il faut joindre les Cures, les
„ Couvens, les Collégiales, les Communau-
„ tés & tous les autres Bénéfices enſemble.
„ Mais s'ils ſont évalués à cinquante mil-
„ lions par année dans toute l'étendue ac-
„ tuelle du Royaume, on ne s'éloigne pas
„ beaucoup de la vérité.

„ Ceux qui ont examiné cette matiere
„ avec des yeux auſſi ſéveres qu'attentifs,
„ n'ont pu porter les revenus de toute l'E-
„ gliſe Gallicane, ſéculiere & réguliere,
„ au-delà de quatre-vingt millions. Ce n'eſt
„ pas une ſomme exorbitante, pour l'en-
„ tretien de quatre-vingt-dix mille perſon-
„ nes Religieuſes, & environ cent & ſoixan-
„ te mille Eccléſiaſtiques, que l'on comp-

„ toit en 1700. Et fur ces quatre-vingt-
„ dix mille moines, il y en a plus d'un
„ tiers qui vivent de quêtes & de meffes.
„ Beaucoup de Moines Conventuels ne cou-
„ tent pas deux cent livres par an à leur
„ Monaftere : il y a des Moines Abbés ré-
„ guliers, qui jouïffent de deux cent mille
„ livres de rente. C'eft cette énorme dif-
„ proportion qui frappe, & qui excite les
„ murmures. On plaint un Curé de Cam-
„ pagne, dont les travaux pénibles ne lui
„ procurent que fa portion congrue de trois
„ cent livres de droit en rigueur, & de
„ quatre à cinq cent livres par libéralité,
„ tandis qu'un Religieux oifif, devenu Ab-
„ bé, & non moins oifif, poffede une for-
„ tune immenfe, & qu'il reçoit des titres
„ faftueux de ceux qui lui font foumis. Ces
„ abus vont beaucoup plus loin en Flandre,
„ en Efpagne, & furtout dans les Etats Ca-
„ tholiques d'Allemagne, où l'on voit des
„ Moines Princes.

„ LES abus fervent de loix dans prefque
„ toute la terre ; & fi les plus fages des
„ hommes s'affembloient pour faire des loix,
„ où eft l'Etat dont la forme fubfiftât en-
„ tiere?

L'ESQUISSE du tableau que je préfente
à mes lecteurs, les aura, je crois, convain-
cus que les abus qu'il y a partout dans la
perception des impôts, font fouvent exagé-
rés ; que les moyens de corriger ces abus ne
font pas toujours ceux que le public ima-

gine. J'infifterai encore, dans la quatrieme partie, fur la multiplicité des claffes qui forment le tableau de l'Etat, & fur les fréquentes guerres qui ont dépeuplé l'Europe. Un convalefcent, qui fort de maladie, aura beau prendre des reftaurants, s'il continue à fe faire faigner tous les jours, ni les confommés, ni les œufs fraix, ni le lait d'aneffe, ni les cordiaux ne rétabliront pas fes forces, & fa fanté. C'eft précifément le cas où eft l'Europe par rapport à la population. Tous les écrits modernes fur la population, l'agriculture, le commerce, les impôts, déplorent le mal, indiquent des analeptiques; mais on oublie le régime, fans lequel ces remedes ne fauroient agir. Ce régime eft la paix: c'eft une vérité qu'on ne fauroit trop répéter, ni mettre dans un jour affez lumineux.

FIN DE LA TROISIEME PARTIE.

QUATRIEME PARTIE.

Nouvelles Confidérations fur les mêmes Objets.

ON prétend depuis longtems que le Ro-yaume de France, agrandi par l'acquifition de la Franche-Comté, de l'Alface, de la Lorraine, & de la Flandre Françoife, n'a pas plus d'habitans qu'il n'en avoit avant cette époque. On prétend encore que l'iné-galité de la répartition des impôts, les défordres que caufent les Aides & Gabelles, la taille arbitraire, les corvées, font les vraies & uniques caufes de la dépopulation de la France. C'eft aux vexations & aux impôts qu'on attribue que quantité de ter-res, qui avant le regne de Louis XIV étoient d'un grand rapport, font actuellement en friche. Le cri général de la Nation ne fau-roit être fans quelque fondement. La rai-fon, le bon fens & l'expérience nous en-feignent, que lorfque le cultivateur eft vexé, & que l'exploitation de la terre lui coûte fi cher que le revenu peut à peine le nourrir, il eft forcé de l'abandonner. On fe plaint que tous ces droits de paffage de province à province, ainfi qu'à la douane pour l'exportation, font autant d'entraves au débouché & à la confommation; ce qui doit diminuer le revenu du fifc, par les moyens-mêmes qu'on emploie pour l'augmenter pendant un tems.

Il n'eft pas douteux qu'il n'y ait beaucoup de vrai dans ces plaintes, & que ce ne foit-là une des caufes qui a concouru & contribué aux non-valeurs de tant de terres; mais je ne me perfuade pas que ces vexations en aient été les principales caufes. C'eft plutôt une diminution fubite de la confommation, provenue d'une violente & continuelle dépopulation; & cette violente & continuelle dépopulation tire fa principale fource des longues guerres que Louis XIV a foutenues avec des armées plus nombreufes, qu'aucun de fes prédéceffeurs n'en avoient jamais mis fur pied. Une feule campagne, depuis cette époque, eft devenue plus meurtriere que trois ne l'étoient du tems de Henri IV. La marine, la navigation & les colonies s'oppofent encore aux progrès de la population; la révocation de l'Edit de Nantes, l'intolérance, le grand nombre de Religieux, & de Religieufes, le luxe exceffif ont fait le refte. Les guerres & les colonies ont auffi dépeuplé l'Angleterre, mais dans une proportion moins forte: 1°. parce que les réfugiés ont réparé, en partie, cette bréche; 2°. parce que le nombre des célibataires y eft moins grand; 3°. parce que les Armées Angloifes, beaucoup moins nombreufes, étoient compofées d'étrangers. Malgré ces avantages, la dépopulation commence déja à s'y faire fentir. Et l'on aura beau faire des projets pour la prévenir, ce grand mal ne fauroit fe réparer qu'avec le tems & qu'à la faveur d'une longue paix, fans quoi tous les autres moyens deviendront impraticables, infuffifans & inutiles.

LA France & l'Angleterre font auffi riches en argent & en terres, qu'elles peuvent l'être; leur puiffance & leurs richeffes ne fauroient acquérir plus d'accroiffement qu'en concentrant leurs forces vers le cœur de l'Etat. Un plus grand nombre de confommateurs caufe une plus grande circulation; & une plus grande circulation vivifie toutes les richeffes de l'Etat, & crée de nouvelles valeurs. Un million de fujets de plus, dans la Grande Bretagne, augmenteroit le revenu de la Nation & du fifc, & la puiffance du Monarque, plus que tout le Canada, & le refte des Colonies, ne peuvent lui en rapporter. La France pourroit nourrir 3 à 4 millions d'habitans de plus. La circulation que produiroit la confommation de cette population, feroit plus profitable au Monarque que la poffeffion du Mexique & du Pérou. La circulation des efpeces devient plus rapide à mefure qu'elle paffe par les claffes fubalternes. C'eft la grande confommation du petit peuple qui augmente le fifc. Cette maffe eft diminuée en France par les guerres, & par l'intolérance. Les impôts & les taxes ont fait fentir le dommage, l'ont empiré, mais n'en ont pas été la caufe. Les

guerres du fiecle de Louis XIV, & la révocation de l'Edit de Nantes, ont couté plus
d'hommes que les guerres des deux fiecles
précédens. La dépopulation de l'Allemagne
fe fera encore reffentir en France & en Angleterre, tant pour le commerce que pour
les manufactures; un fiecle entier ne fauroit
réparer ces pertes. Voici ce que M. de
Voltaire dit à ce propos dans un article fur
la population de l'Angleterre, en réponfe à
un libellifte.

„ Le Chevalier Petty a prouvé qu'il faut
„ les circonftances les plus favorables, pour
„ qu'une Nation s'accroiffe d'un vingtieme
„ en cent années; & ce calcul fait voir le
„ ridicule de ceux qui peuplent la terre à
„ coups de plume, & qui couvrent le glo-
„ be d'habitans en un fiecle ou deux. Le
„ libellifte demande, comment l'Angleterre
„ a eu un tiers de plus de citoyens depuis
„ la Reine Elizabeth? On répondra à cet
„ homme, que c'eft précifément parce que
„ l'Angleterre s'eft trouvée dans les circon-
„ ftances les plus favorables; parce que des
„ Allemands, des Flamands, des François,
„ font venus en foule s'établir dans ce pays;
„ parce que foixante mille Moines, dix
„ mille Religieufes, dix mille Prêtres fé-
„ culiers, de compte fait, ont été rendus
„ à l'Etat & à la propagation; & parce
„ que la population a été encouragée par
„ l'aifance. Il eft arrivé à ce Royaume le
„ contraire de ce que nous voyons dans l'E-

„ tat du Pape, & en Portugal. Gouvernez
„ mal votre baſſe-cour, vous manquerez de
„ volaille; gouvernez - la bien, vous en au-
„ rez une quantité prodigieuſe."

La population n'eſt pas l'affaire d'un
jour; on peut la protéger dans la paix; mais
les guerres continuelles, dans le goût qu'on
les fait de nos jours, feront échouer tous
les moyens que l'adminiſtration la plus par-
faite peut mettre en œuvre pour cet important objet.

Disons un mot ſur un ouvrage très curieux & tres rare qui m'eſt tombé ces jours-
ci entre les mains. Il eſt intitulé *le Détail
de la France ſous le regne préſent*, & imprimé
à Bruxelles en 1712. Cet ouvrage fut écrit
dans le ſiecle paſſé; j'en ignore la datte;
mais il avoit déja été imprimé à Rouen en
1698 ſous le titre de *Détail de la France, ou
Traité de la cauſe de la diminution de ſes biens,
& des moyens d'y remédier*; en 1707, il s'y en
fit encore une édition fort augmentée; elle fut
reproduite en 1708, ſous le nouveau titre
de *Teſtament politique de M. de Vauban*, ſans
lieu d'impreſſion. Cet ouvrage, qui eſt at-
tribüé à Bois-Guillebert Avocat Général au
Parlement de Rouen, contient tout ce qu'on
trouve dans la *Théorie de l'impôt*, & les diverſes remontrances des Parlemens, ainſi
que dans toutes ces Brochures des viſions
de finance dont Paris & la France ſont
inondés au ſujet des taxes & des impôts,
des aides, des tailles, des douanes, de la

culture, des corvées : &c. Je commencerai par une obfervation préliminaire.

CET ouvrage, écrit avant les revers que la France effuya dans les dernières années de Louis XIV, nous repréfente ce Royaume comme fur le penchant de fa ruïne. Il s'eft écoulé depuis un efpace de 68 ans, dans lequel il y a eu, fous le Miniftere du Cardinal de Fleuri, une époque où le Commerce a été à fon apogée ; tout floriffoit dans le Royaume. De trois guerres qui ont fuccédé, la feconde a été ruïneufe malgré de brillans fuccès, & la derniere très malheureufe. Cependant je fuis très convaincu que l'état de la France, après tous les revers qu'elle a effuyés, n'eft pas inférieur à ce qu'il étoit en 1698 que cet ouvrage parut pour la première fois ; quoique peut-être il le foit à ce qu'il étoit en 1660, abftraction faite des conquêtes. Une partie des abus (entre autres celui des tailles arbitraires) a été corrigée depuis ce tems ; mais le fond des vexations qui empêchent le progrès de l'agriculture & du commerce, n'a occupé férieufement le Miniftere que depuis peu. Je crois qu'on retirera, avec le tems, de grands avantages des mefures qu'on prend ; mais fans une longue paix, qui produife une plus grande population, & une plus grande confommation, & par conféquent une circulation encore plus grande, je foutiens que tous les moyens qu'on emploiera ne feront que blanchir. La forme

dévorante que les guerres par mer & par
terre ont prife depuis la fin du fiecle paffé,
eft la caufe primordiale & la fource de la
dépopulation ; & le manque de confommation diminue le revenu relatif du Monarque
& la force de la Nation. J'ajoute que,
fans la circulation factice que les emprunts
ont caufée, les dévaftations de la guerre &
de l'intolérance, qui ont tant nui à la population & à l'agriculture, auroient été encore plus fenfibles. Examinons encore une
fois cet important objet, que l'on ne fauroit trop approfondir, ni affez tourner de
tous les biais poffibles.

Tout le monde fait, à l'envi, l'éloge
du Duc de Sully. A Dieu ne plaife que je
veuille déprimer le mérite éminent de ce
grand homme. Mais on doit faire attention
aux circonftances qui ont fecondé fes bonnes intentions, & qui n'ont plus exifté dans
la fuite. La France fortoit des horreurs des
guerres civiles : elle étoit dans l'état d'un
jeune homme robufte & vigoureux, qui,
après une violente maladie, fort avec de nouvelles forces, & une meilleure fanté, d'entre
les bras de la mort. Le Royaume ne s'é-
toit point appauvri, parce que la guerre fe
faifoit prefque dans le pays, ou vers les
frontieres, avec de petites Armées. L'Efpagne, pour foutenir la Ligue, avoit répandu tant d'argent en France, qu'elle avoit
enrichi le Royaume. Les Huguenots avoient
fait fortir beaucoup de vaiffelle d'argent des

Eglifes, & des Monafteres, pour la faire circuler en monnoie dans le public. Les germes de l'opulence exiftoient partout. Il ne manquoit qu'une bonne adminiftration, & de la tranquillité, pour les développer & les mettre en activité. De grands abus s'oppofoient à cette œuvre falutaire. Sully les corrigea ; il anima tout. Les befoins étoient petits, les reffources étoient grandes. Il profita de tout; la fplendeur de fon Miniftere brille encore, & ne s'éclipfera jamais aux yeux de la poftérité. Mais il feroit injufte d'exiger que fes fucceffeurs, dans des circonftances plus difficiles, fiffent les mêmes progrès en auffi peu de tems. La France étoit comme une belle femme mal vêtue; on n'avoit qu'à lui paffer une belle robe pour la faire paroître avec éclat. Henri IV n'avoit pas le fafte qui femble à préfent effentiel à l'éclat de la Couronne. Verfailles, Marli, Belle-Vue, & les autres gouffres de dépenfes, n'exiftoient pas ; les befoins fe font depuis augmentés. Quand les maladies & les fréquentes faignées ont affoibli la conftitution, la convalefcence eft plus difficile.

Qu'on faffe encore attention que le Miniftere de Richelieu, qui fuivit de près celui de Sully, eut felon le *Détail de la France* les mêmes progrès par rapport aux finances; le revenu du Roi ayant doublé fous ce Miniftere. Il s'en faut de beaucoup que Richelieu eût le mérite de Sully ; mais le nerf de l'Etat étoit dans toute fa vigueur.

Sully l'avoit mis en évidence. C'eft de lui
qu'on doit dire ce que M. de Montefquieu
dit au fujet de Richelieu : il tira du cahos
les principes de la Monarchie, apprit à la
France le fecret de fa force, & à l'Efpagne
celui de fa foiblefle. Malgré les abus de
l'adminiftration , les progrès de ces circonftances fe manifefterent de plus en plus,
jufqu'à ce que Colbert y mit la derniere
main. C'eft l'époque de l'apogée de la
France. Ce fut alors que l'abus de fes forces les affoiblit infenfiblement au milieu &
par le moyen même des fuccès les plus brillans. Ces fuccès furent achetés au prix de
tant d'hommes, que le Monarque, en étendant toujours le terrain de fa domination ,
& en reculant fes frontieres, n'augmentoit
pas le nombre de fes fujets. Les terres ref-
terent de plus en plus fans valeur, faute de
cultivateurs & de confommateurs. Les taxes
fur cette partie devinrent encore plus funeftes ; & fi le commerce & la circulation
des papiers Royaux n'euffent en partie réparé ce dommage, tout feroit prefque dans
l'état déplorable où l'on dépeint le Royaume , & dont les tableaux qu'on fait dans
tant d'écrits, font trop chargés. La vérité
eft, que la France n'a pas l'accroiffement
de puiffance que fes conquêtes devoient lui
avoir procuré ; que les vexations faites aux
cultivateurs, & les entraves que l'on a mifes au Commerce intérieur & extérieur,
augmentent le mal ; que le manque de cré-

dit pour les emprunts l'a empiré ; que la circulation qu'il y a encore, répare en partie le mal ; que ces abus peuvent & doivent être corrigés ; mais que, fans une longue paix, tout devient inefficace. Je reviens au *Détail de la France.*

J'y ai trouvé le principe, *Tout fe réduit au produit territorial*, dont j'ai démontré la fauſſeté. Cet ouvrage contient d'ailleurs d'excellentes chofes ; mais elles font prefque défigurées par des exagérations, & par des applications défectueufes. L'Auteur y voit tous les objets avec des yeux microfcopiques ; & les erreurs, dont les vérités qu'il expofe font pour ainfi dire pêtries, rendent fon ouvrage moins utile.

Il peut être vrai que la façon de lever les impôts, tant pour les tailles que pour les aides & droits de douane, foit plus funefte que ne le font les impôts-mêmes ; & toutes ces vexations peuvent être regardées comme une des caufes qui ont fait qu'il y a en friche tant de terres qui autrefois étoient d'un grand rapport. La confommation, le commerce, & la population même, en fouffrent.

Bois-Guillebert prétend, qu'en 1696 la France avoit déja perdu la moitié de fes biens ; qu'elle avoit cinq cent millions de revenu de moins que 40 ans auparavant. Il obferve, que depuis la mort de Charles VII, arrivée en 1461, jufqu'en 1660, les revenus du Royaume avoient doublé graduelle-

ment tous les 30 ans; mais depuis 1660,
on ne trouvera pas, ajoute-t-il, que les revenus du Roi aient augmenté que d'environ
un tiers, même en y comprenant les conquêtes du Roi, qui font au dixieme par
tout le Royaume, & ceux de la Nation à
moins de la moitié. Il prétend que la diminution des revenus des fonds a toujours
caufé celle des revenus de l'induftrie. Il ne
faut que découvrir, dit-il, la caufe de la ruïne de la confommation. Il y en a deux effentielles: l'incertitude de la taille, & les aides
& douanes fur les forties & paffages du Royaume. Les denrées périffent dans les endroits où elles croiffent, la confommation
intérieure étant diminuée, & l'exportation
devenant impoffible. Ceux qui par leurs
charges font exempts des tailles, font tomber tout le fardeau fur les artifans & les
marchands, qui n'ont d'autres fonds que
leur induftrie. Il fait voir d'une façon in-
génieufe & folide, que le dommage réjaillit
même fur ceux qui s'exemptent des impôts.
Ce n'eft pas les impôts qu'il blâme, mais
la façon de les percevoir. Il établit pour
principe, que confommation & revenu font
la même chofe, & que la ruïne de la confommation eft la ruïne du revenu. Cela eft
vrai; mais il n'applique pas toujours bien
ce principe, parce qu'il ne voit rien que
le territorial; & tout le refte n'exifte point
à fes yeux. Tout ce qu'il dit, à quelques
exagérations près, eft exactement vrai pour
la

la partie de la culture, dont le produit peut être réduit à la moitié, fans que cette proportion de décadence fe répande fur tout le Royaume. Il fe trompe en croyant que ces abus foient les feules caufes de la dépopulation; les longues guerres en font la principale, comme je l'ai démontré. Je crois qu'il y a encore de l'exagération dans ce qu'il dit, qu'un impôt qui ne rapporte au Roi que cent mille livres, diminue de deux millions la confommation fur le prix, ou fur la quantité. Cela fignifie réellement, & dans le fait, deux millions de diminution dans le revenu. Chaque Province perd, dit-il, faute de pouvoir communiquer fes denrées l'une à l'autre; & la confommation eft devenue impoffible. Cet abus étoit, affurément, des plus affreux. Tout le détail fur cette matiere eft très bien traité & démontré.

Il y a d'ailleurs quelques principes hafardés. Il dit, par exemple (pag. 6), qu'il eft certain, & fans contredit, que la diminution des revenus des fonds a caufé celle des revenus d'induftrie. Ce principe n'eft pas univerfellement vrai. En Hollande & en Suiffe, la ftérilité du fonds a augmenté l'induftrie & le revenu des habitans. C'eft une obfervation que je fais, par paranthefe, pour faire fentir combien les regles univerfelles font fautives.

L'Auteur de cet ouvrage a vu que la province de Normandie, & l'élection de

N

Mantes, étoient tombées dans une grande décadence par le concours de plusieurs circonstances; les tailles, les droits de province à province, & autres exactions en étoient une des principales causes. Il a vu plusieurs vérités abstraites sur la circulation, sur la consommation, sur l'enchaînement des intérêts & l'harmonie de tous les ordres de l'Etat; il a envisagé les traits d'histoire du siecle précédent comparé au sien. Toutes ces idées, dont chacune en particulier étoit vraie, ont fermenté dans son esprit par un zele patriotique; & les objets ont grossi de volume, sans augmenter de masse: il a tout exagéré, & avec les principes les plus sûrs, & les connoissances les plus profondes, il a fait un ouvrage abusif. Il a jugé de l'état de tout le Royaume, d'après ce qu'il voyoit dans l'élection de Mantes, & dans la province de Normandie.

La difficulté, dit-il, de transporter les denrées d'une province à l'autre, a mis ces denrées au rabais; & le droit d'exportation a anéanti le commerce, & fait grand tort au Royaume. Tout cela peut être vrai en partie. Mais prétendre que cela a diminué de la moitié le revenu du Royaume, causé quinze cent millions de perte annuelle, fait périr des millions de sujets, & que tout cela peut se rétablir en 24 heures de tems & quelque jours de travail, l'idée est de la derniere extravagance. Ceux qui ont écrit après lui, ont mitigé beaucoup ces exagérations, que le tems avoit démenties. Mais prefque tous ceux qui ont traité cette matiere, ont encore outré, ne pouvant fe départir du faux principe de réduire tout au produit territorial ; fans faire attention, que les guerres fucceffives furent les principales caufes de la dépopulation, & que par conféquent la confommation devoit diminuer faute de confommateurs.

Au refte, il y a dans cet Ouvrage de belles & bonnes chofes, pourvu qu'on les réduife à leur jufte valeur. L'auteur avoit une idée affez nette de la circulation ; mais il outre auffi. Il dit, par exemple, (page 111) que cent écus ôtés à un laboureur pour les frais d'une collecte, caufent une perte de 50 à 60 mille livres au corps de l'Etat. Telle eft cette autre affertion qu'il répete fouvent ; qu'il y avoit de fon tems en France pour quinze cent millions, & davantage, de diminution de revenu depuis 40 ans ; & cela, pour faire recevoir cent millions feulement au Monarque. Tout cela prouve trop. S'il eft vrai qu'il y ait en France tant de terrain entiérement abandonné parce que le produit ne peut répondre aux frais de la culture, je crois qu'il y auroit des moyens de le remettre en valeur pour le compte même du Monarque ; & je fuis furpris que perfonne ne fe foit encore avifé de former un plan réfléchi pour exécuter ce projet ; peut-être feroit-ce le plus utile & le plus praticable qu'on eût encore imaginé. Quelques millions employés d'abord pour rétablir ses propres sujets, qui sont dans la misere, & des étrangers à qui l'on feroit un sort, pourroient, à la faveur de la paix, du commerce, & de cet encouragement, rétablir la population, la consommation, la circulation, vivifier toutes les parties paralitiques du corps de l'Etat, & augmenter considérablement dans quelques années le revenu du Prince, en diminuant les impôts. L'Angleterre pourroit encore plus promptement, & avec plus de facilité, exécuter ce plan d'agriculture. En France on a plus d'obstacles à écarter. Les décombres des anciennes ruïnes embarrasseroient d'abord la construction du nouvel édifice. Les embarras de transporter les denrées de province à province, & les entraves de l'exportation, devroient, au préalable, être levés. Toutes les vexations faites au cultivateur devroient cesser ; & les libertés accordées, ainsi que le sort qu'on devroit faire aux étrangers, devroient être bien établis. Ce plan pourra être mis au rang des visions politiques ; mais il y aura plus d'un Lecteur qui en sentira le prix, surtout lorsqu'il en verra l'heureux succès dans l'exemple que voici.

FREDERIC GUILLAUME II de Prusse forma ce projet ; & il eut le bonheur de l'exécuter. Son pays étoit un vaste désert, il dépensa seulement 12 millions de florins à faire défricher ses terres, à bâtir des villages, & à les peupler; il y fit venir des familles de Suabe, & de Franconie; il y attira des émigrans de Saltzbourg, leur fournit à tous de quoi s'établir, & de quoi travailler; il se forma un nouvel Etat, il créa une nouvelle puissance. L'Europe en a senti le poids; que ne profite-t-elle, de cet exemple? Il vaut plus que cent traités sur les impôts, sur l'agriculture, sur la population, sur la circulation, & sur le crédit.

Ce que Frederic Guillaume fit dans ses Etats en Europe, les Anglois l'ont fait en plusieurs endroits en Amérique. Les avantages qui en ont résulté pour la Nation sont très grands. La population prématurée de leurs Colonies n'a pas, jusqu'à-présent, beaucoup affoibli la Grande Bretagne, parce que les circonstances accessoires ont favorisé les Anglois. La quantité de réfugiés, qui après, la révocation de l'Edit de Nantes se sont établis en Angleterre, & le grand nombre d'émigrans Allemands & autres, ont fourni aux Anglois de quoi peupler leurs Colonies sans trop dépeupler ce qu'ils appellent la Mere Patrie. Je crois cependant que si les Anglois avoient commencé à l'instar de Frederic Guillaume, à défricher entiérement tout leur sol en Europe & à rendre leur pays aussi peuplé que l'étendue du terrain, & les avantages de leur commerce le comportent, je crois, dis-je, que leur puissance auroit eu un fondement encore plus solide; les établissemens des Colonies auroient suivi après

avec un progrés d'autant plus rapide, que
ce débouché d'hommes feroit devenu auffi
néceffaire qu'utile au Royaume. Ces tems
peuvent venir tant pour l'Angleterre que
pour la France, fi le divin Syftême de la
Paix gagne les principales Cours de l'Europe. En attendant il eft abfurde de vouloir
nier, que l'Angleterre ne retire déjà de grands
avantages de ces Colonies.

Les craintes que les établiffemens en A-
mérique ne fe rendent indépendants de la
Mere Patrie, font pour le préfent tout-à-
fait chimériques, ou au moins on ne fauroit
envifager cet événement que dans une perfpective très éloignée. Indépendamment de
l'exemple des Efpagnols, au fujet defquels
il y a longtems qu'on a gratuitement fait
ces fortes de prophéties; on a démontré que
les établiffemens Anglois en Amérique ne
fauroient jamais faire des alliances dangereufes à la Patrie, tant par la connexité de
leurs intérêts avec la Grande Bretagne, que
par la rivalité, & la jaloufie qui regne parmi
les divers établiffemens Anglois en Amérique, Aucun de ces pays, féparé des autres,
ne fauroit parvenir à cette indépendance;
& leur union eft prefque impoffible. Ainfi,
pour peu que le Syftême de l'adminiftration
en Europe foit bien fuivi, la Grande Bretagne tiendra longtems dans fa dépendance
ces vaftes établiffemens, qui dans la théorie
étonnent la politique, mais dont un Gouvernement fage peut très bien venir à bout.

Cette petite digreſſion m'a paru eſſentielle, je reviens à l'Avocat Général de Rouen.

L'histoire de la finance, dans le *Détail de la France*, eſt très curieuſe. L'Auteur prétend qu'après la mort du Roi François I, Catherine de Medicis, Princeſſe qui aimoit le faſte & le luxe, fit venir des Italiens en France pour adminiſtrer les revenus du Roi, & qu'ils enſeignerent la ſcience des finances & des emprunts. Sully les chaſſa; la Reine Marie de Medicis les rappella; Richelieu les écarta; mais après ſa mort ils remonterent ſur le théatre.

Les paralleles que l'Auteur fait de pluſieurs époques qui ont précédé les financiers, & principalement des traits d'hiſtoire du tems de François I, ſont des traits ſéduiſants, & ſpécieux. Il attribue tout à une ſeule & unique cauſe, comme Deſcartes explique tout avec la matiere ſubtile; il dit, comme par maniere de grace, que François I. n'avoit pas des Armées auſſi nombreuſes qu'on en a de nos jours. N'eſt-il pas ridicule & extravagant, de comparer les beſoins de l'Etat & l'éclat de la Couronne du tems de François I, à celui d'à préſent?

On trouvera encore dans ce Traité tout ce qu'on peut dire de plus ſenſé & de plus profond ſur l'exportation des bleds. On y prouve, que plus on enlevera de bleds de France, & moins on aura à craindre les extrêmes chertés; que l'aviliſſement du prix des grains eſt une eſpece d'indigeſtion d'Etat, caufée par fa trop grande abondance, qui attaque toutes les conditions: & c'eſt, dit-il, un ver & un chancre qui le rongent & le minent peu à peu. Tout ce qu'il dit fur cet article me paroît profond, & confir- mé par l'expérience de l'Angleterre & de la France. Auffi la fageffe du Miniſtere, en France, donne-t-elle toute fon attention à cet article important. Je crois qu'on l'au- roit fait plutôt fi ces vérités avoient été ex- pofées avec moins de chaleur, & qu'on n'eût pas avancé des chofes abfurdes, en difant que les abus fur cet objet avoient fait per- dre d'abord à la France cinq cent millions de réel, puis quinze cent millions; & autres exagérations de cette nature qui ont bar- bouillé un tableau d'ailleurs frappant & vrai.

Le même vice regne dans les ouvrages qui ont été calqués fur celui-là; & c'eſt la caufe peut-être qui a retardé l'emploi du re- mede, par la façon empirique dont on l'a toujours repréfenté. On a voulu réduire à une feule caufe un mal qui prend fa fource dans une complication de maux divers, dont les fréquentes guerres, & la nouvelle mé- thode de les faire, font les plus puiſſantes. Il réfulte encore de cet empirifme, qu'en voulant guérir la plaie, on provoque trop la partie léfée à fe heurter de nouveau contre l'objet d'où le coup eſt parti; l'on empire toujours la caufe du mal, & l'on rend le remede de plus en plus impraticable. Ce re- mede c'eſt le régime, fans lequel les autres n'operent pas , & ce régime c'eſt la paix.

L'EXPÉRIENCE démentant toujours les exagérations outrées, les vérités-mêmes riſquent de paſſer pour-lors pour des viſions de théorie , que la pratique ne confirme pas. Si une perſonne d'une famille Eſpagnole, ou Portugaiſe, de la Nation Juive, établie à Conſtantinople, ou à Amſterdam, avançoit que l'expulſion injuſte qu'ont eſſuyée en Eſpagne ceux de ſa religion du tems de Ferdinand & d'Iſabelle, a fait un grand tort à ce Royaume, ainſi qu'au Portugal, cet homme auroit raiſon. Les Juifs en Eſpagne & en Portugal, étoient de très bonnes gens, de bons ſujets, d'excellens citoyens, utiles à ces deux Royaumes. Ils entretenoient le commerce & l'induſtrie; ils étoient en très grand nombre; pluſieurs d'entr'eux étoient très inſtruits, & très conſidérés; ils avoient même part au Miniſtere. Abarbanel a ſervi avec zele, fidélité & capacité Alphonſe V. Roi de Portugal, qui lui confia les emplois les plus importans. Notre Juif Eſpagnol, ou Portugais, pourroit encore ajoûter, que cette expulſion a contribué à la dépopulation de l'Eſpagne & du Portugal ; tout cela feroit exactement vrai. Il pourroit encore obſerver , qu'il y a telle ville dans ces Royaumes que la retraite des Juifs a tout-à-fait ruïnée. Cela eſt très poſſible: mais ſi d'après de telles vérités, l'enthouſiaſme l'emportoit à ſoutenir, que cette violence faite aux Juifs fut la ſeule & unique cauſe de la

N 5

dépopulation de l'Efpagne, ce feroit une abfurdité infoutenable. Voilà précifément le raifonnement de l'Avocat de Rouen, qui jugeoit de tout le Royaume de France d'après ce qu'il voyoit en Normandie & dans l'Election de Mantes, où l'effet des vexations fifcales fut plus fenfible. Son enthoufiafme l'a emporté au-delà de la vérité, comme feroit le raifonnement de notre bon Ifraélite au fujet de l'Efpagne. C'eft l'exil des Juifs, la découverte de l'Amérique, l'expulfion des Maures, le grand nombre de Moines, les guerres fréquentes de Charles V, de Philippe II & de fes fucceffeurs, qu'on doit confidérer comme les principales caufes de la prodigieufe dévaftation de ce Royaume. Vouloir les réduire à une feule, c'eft une chofe ridicule & fauffe. Un Réfugié peut également foutenir, que le maffacre de la St. Barthelemy, la révocation de l'Edit de Nantes, ont fait un grand tort à la population, au commerce, à la confommation, & à l'induftrie en France; cela eft inconteftable. Mais il feroit auffi ridicule, & également faux, de prétendre que ç'en fut la feule & unique caufe. Les vexations faites aux cultivateurs, détaillées dans l'Ouvrage que je cite, peuvent y avoir beaucoup contribué, mais pas autant que la révocation de l'Edit de Nantes, ni à beaucoup près autant que l'Auteur le prétend; le luxe exceffif y entre pour quelque chofe, les Religieux pour beaucoup. Mais les

guerres meurtrieres doivent être regardées
comme la caufe la plus prochaine & la plus
efficiente de la dépopulation en France,
quoique cette dépopulation ne foit pas comparable à celle de l'Efpagne ; & cela parce
que plufieurs des caufes qui ont dépeuplé
l'Efpagne, n'ont jamais exifté en France.
Tant il eft vrai qu'il y a fouvent plufieurs
caufes qui concourent à produire un même
effet ; & celui qui n'en voit qu'une, ébloui
d'une vérité dont il s'entête, en fait une
caufe générale, univerfelle, & unique, qui
le mene à des abfurdités infoutenables !

Un Lecteur fenfé, en rectifiant les erreurs provenues des exagérations de l'Auteur du *Détail de la France*, trouvera des chofes très curieufes, très utiles, très profondes
même ; & c'eft dommage que l'enthoufiafme ait égaré l'Auteur en partant de principes vrais & de notions fublimes. Je doute
que les écrits qui lui ont fuccédé fur cette
matiere, contiennent rien d'effentiel qui ne
fe trouve dans ce Traité. Il eft vrai que
les idées ne peuvent que fe rencontrer fouvent quand on traite précifément les mêmes
matieres, & cet Ecrit eft de tous ceux qui
font venus à ma connoiffance, celui dont
les idées approchoient le plus des miennes
fur la circulation. Je fuis même obligé de
dire que c'eft le feul & unique ouvrage où
j'aie trouvé des notions nettes fur cet objet : tout ce que j'ai vu ailleurs ne m'a pas
paru toucher au but. Cela n'empêche pas

qu'il ne puiffe y avoir de bons ouvrages fur
cette matiere, qui me foient inconnus, vu
que je m'en étois toujours tenu à une pratique approfondie, & à mes propres médita-
tions ; ce n'eft qu'après avoir couché mes
idées par écrit, dans la premiere partie de
mon Effai, que j'ai cherché à m'inftruire
par des écrits analogues à mon fujet. Je
me flatte que mon travail ne fera pas entiérement infructueux. Le bien du genre humain eft mon feul but ; la gloire & l'intérêt n'y ont aucune part ; je touche au bout
de ma carriere, & le monde a pour moi
peu d'appas ; je n'afpire qu'à la tranquillité.
Je reprends mon fujet.

La plus jufte répartition des tailles dans
le milieu du Royaume, & l'attention de ne
pas mettre de grandes recettes à peu de
chofe, pendant qu'un miférable, qui n'a que
fes bras pour vivre lui & toute une famille,
eft abimé & réduit à vendre jufqu'aux uften-
files de fon exiftencé, eft un objet fi important, que je ne me perfuade pas qu'on
n'y ait point apporté de remede depuis fi
longtems qu'on s'en plaint. L'Auteur du
Détail de la France prétend, que de fon tems
cet abus coûtoit tous les ans la vie à 300
mille ames, qui, de notoriété publique, pé-
riffoient de mifere, furtout dans l'enfance ;
n'y en ayant pas la moitié à cet âge, dit-il,
qui pût fubfifter ; les enfans à la mammelle,
nourris par des meres exténuées par la difette d'alimens & l'excès du travail, man-

quant de lait ; & ceux d'un âge plus avancé n'ayant que du pain & de l'eau, fans lit,
fans vêtemens, & fans aucun remede dans
leur maladie, n'éprouvoient pas un fort
moins funefte. Quand, au lieu de 300 mille, que dit l'Auteur, il n'en périroit que 20
mille tous les ans, quelle gloire, quel plaifir, quelle fatisfaction, quel bonheur pour
un Prince, de remédier à tous ces maux !
Quoi de plus grand que de devenir le Pere
& le Dieu tutélaire de tous ces malheureux,
& de faire leur bonheur ! Ce feroit le plus
grand des attraits de la couronne, & le feul
capable d'en alléger le poids ; *fon fardeau
ne paroîtroit léger qu'en cette feule occafion.*
Voilà comme je penferois, quand cela devroit fe faire uniquement aux frais & dépens du Monarque, par pur amour pour
l'humanité ; à plus forte raifon quand fon
intérêt ne l'y invite pas moins. En effet
cette opération le rendroit infailliblement
& plus riche, & plus puiffant.

L'Auteur du *Détail de la France*, fen-
tant bien les refforts de la circulation, obferve judicieufement, qu'un écu enlevé à
un homme puiffant n'auroit jamais été (il
auroit dû dire fouvent) qu'un écu, tant à
l'égard du particulier, que de tout le Corps
de l'Etat ; mais enlevé au pauvre cultivateur, au petit négociant, par un coup ino-
piné, il anéantit cent écus de confommation pendant le cours de l'année. Tout roule affez fouvent fur un écu dans cette claffe

de gens, par le renouvellement continuel &
journalier qu'essuie cette modique somme.
Si tous ses calculs étoient aussi justes, il
n'auroit point porté la perte annuelle de l'E-
tat à quinze cent millions; somme qui, malgré les correctifs qu'il ajoute, est toujours
très exagérée. Si la dixieme partie de ce
que les Puissances dépensent dans les guerres qui détruisent le genre humain, pour
faire la fortune de cent ou deux cent personnes, étoit appliquée pendant dix ans à
faire le bonheur de leurs propres sujets &
régnicoles étrangers, qui voudroient employer leurs bras & leur industrie à mettre
le sol en valeur, cette somme répareroit
sensiblement la dépopulation, mettroit les
terres en valeur, favoriseroit les manufactures; & les revenus du fisc même, en diminuant les impôts, ne pourroient qu'augmenter considérablement, par l'accroissement
prodigieux dans la consommation, & par
la circulation dans tous les ordres de l'Etat.
Tant que l'Europe tiendra de son origine fabuleuse, la dépopulation se fera sentir. Cadmus aura beau semer les dents du
Dragon pour faire venir des hommes, pendant qu'ils s'entre-détruiront eux-mêmes,
ce mal existera. Les Princes, de même que
les particuliers, cherchent le bonheur &
l'agrandissement loin d'eux, quand souvent
l'un & l'autre se trouvent à leurs portes.
Vivre en paix avec ses voisins, & mainte-
nir l'ordre & la tranquillité au-dedans, c'est

le feul moyen d'augmenter la puiffance.

Il vient de paroître un Ouvrage nouveau, qui a pour titre *le Philofophe Rural*, dans lequel il y a de très belles chofes offufquées par l'Enthoufiafme Aratoire. Le fond de cet Ouvrage peche par le même principe que j'ai combattu dans le Traité dont je viens de rendre compte. Tout fe réduit au territorial; c'eft le cri ou la devife de l'Auteur: tout le refte, felon lui, eft illufoire & deftructif. Les rentiers font des loups dévorans; on leur fait l'honneur de les ranger dans la claffe des mendians: les manufactures font nuifibles: l'argent eft une chimere. En un mot c'eft un véritable enthoufiafme coloré par des efpeces de Talifmans de calculs. Ces calculs arbitraires, fur des matieres qui n'en font pas fufceptibles, font déraifonner la raifon même. Quand M. de Mirabeau paroît embarraffé dans fon Syftême par l'exemple, par les faits, & par l'expérience des Nations comme la Hollande, il dit que ce pays, qu'on veut appeller Nation, eft un Comptoir libre, où les engagemens de l'argent ne font que momentanés. C'eft traiter bien incongrument une Nation qui défendit autrefois fa liberté contre la premiere Puiffance de l'Europe, qui dans l'ancien & dans le nouveau Monde a enlevé à l'Efpagne, fous Philippe II, prefque toutes les Indes Orientales & le Brefil, & qui a affez fouvent balancé le deftin de l'Europe. La République, fans les

emprunts & les richeſſes fictives, n'auroit
pu faire un ſi grand commerce, ni tant de
dépenſes au dehors: l'Angleterre non plus.
Les faits & l'expérience ſe trouvent toujours
en oppoſition aux regles générales de M.
de Mirabeau; &, ſi la dette publique, dit-
il dans ce nouveau Traité, étoit portée à
l'excès où l'état de rentier fût l'état de
choix & de préférence, adieu la dépenſe,
les rentiers, le commerce, les terres, tout
ſera aliéné, tout ſera dérouté, tout tombera
en ruïne. Obſervez cependant que les terres, en Angleterre, ont hauſſé de prix, &
ſont mieux cultivées, depuis que la Dette
Nationale a augmenté le nombre des rentiers, ou plutôt de ceux qui ont des rentes.
Ce ſont, pour la plupart, des Seigneurs qui
font auſſi cultiver la terre, de grands Négocians, & même des marchands. Il prétend alléguer comme une preuve de fait,
que les rentes ſont au profit de qui les reçoit, & au détriment de qui les paie.

  „ Quelle eſt l'honnête maiſon, dit-il, où
„ l'on ne regarde comme le premier objet,
„ en fait d'affaire, celui de rembourſer les
„ contrats dont la maiſon eſt chargée ?
„ Quel eſt le pere de famille, deſireux d'u-
„ ne fortune indépendante quant à la dé-
„ penſe, & d'une vie oiſive quant au ſé-
„ jour, à qui l'on n'ait ouï dire, depuis
„ l'extenſion de ce malheureux uſage, que
„ pour être à ſon aiſe il faut avoir au moins
„ le tiers de ſon bien en contrats. Preu-
    „ ve

„ ve donc que chacun voudroit avoir des
„ rentes, & que personne n'en voudroit
„ payer; preuve que les rentes sont au pro-
„ fit de celui qui les reçoit, & au détri-
„ ment de celui qui les paie; preuve donc
„ que l'argent prêté à intérêt est désavanta-
„ geux à ceux qui l'empruntent. Ce qui
„ choque l'intérêt d'une famille, choque
„ l'intérêt de toutes les familles. Un Etat
„ n'est autre chose qu'une grande famille,
„ composé de plusieurs familles réunies. Ce
„ qui ruïne les familles, ruïne l'Etat & la
„ Nation. L'Univers n'est qu'un Etat com-
„ posé de plusieurs de ces grandes familles
„ qu'on appelle Nations. Ce qui ruïne une
„ Nation, ruïne l'Univers & l'humanité en-
„ tiere. "

Voila un beau sermon, qui, malheureusement, porte à faux. Le principe n'est
pas universellement vrai, & l'application
est vicieuse. Un argent prêté à intérêt, loin
d'être désavantageux à ceux qui l'empruntent, est très avantageux aux Négocians &
au Commerce. En Hollande, en Angleterre, & dans toutes les places commerçantes, grand nombre de Négocians, & même
des plus riches, empruntent des Rentiers
à 3 & à 4 pour $\frac{0}{0}$ pour faire valoir leurs
fonds dans le commerce, & en tirer le double & le triple. Cet avantage que les Négocians ont d'abord trouvé en Hollande, n'a
pas peu contribué à faciliter le commerce,
à la gloire & au bien de l'Etat. M. de

O

Mirabeau n'a pas une vraie notion de ces objets. Les lettres de change, l'intérêt qu'on paie aux avances des correspondans, sont autant d'emprunts particuliers, au grand avantage de ceux qui les font. Ce n'est que lorsqu'un pere de famille se range dans la classe de simple rentier (ce qui est très rare) qu'il renonce aux affaires, qu'il devient désireux d'une fortune indépendante, qu'il est question de rembourser les contrats, dont la maison est chargée. Voilà combien ce principe a besoin d'être rectifié même pour le particulier. Quant à son application à l'Etat, il est absolument faux. Ce qui ruïne un particulier, ne ruïne pas toujours l'Etat. Toutes les dépenses qu'un particulier fait hors de sa famille, pour sa subsistance, & pour son luxe, ne rentrent plus dans sa maison; toutes les dépenses que le Monarque & l'Etat font dans la Nation, rentrent dans la Nation, & protegent la Nation, qui en profite. La Nation en bloc les paie, ou plutôt les prête pour son propre avantage; elle soutient les dépenses d'une guerre avec de petits impôts, en comparaison de ceux qu'elle feroit obligée de payer autrement, & elle double son numéraire, comme on l'a prouvé; la circulation en est augmentée, comme on l'a démontré; &, si d'autres obstacles ne s'opposoient à la population & à la culture, l'une & l'autre seroient favorisées par le mouvement prompt & aisé que les emprunts im-

priment aux reſſorts d'une bonne adminiſtration. Il n'y a que ces emprunts ſenſés
& bien employés, qui puiſſent, à la faveur
de la paix, rétablir ces deux importants objets, la population & la culture des terres.

Il n'eſt pas vrai que, dans la Loi révé-
lée, le Pere univerſel des humains proſcri-
ve abſolument, comme uſure, tout intérêt
du prêt d'argent. Cet endroit de la Sᵗᵉ.
Ecriture n'a jamais été bien entendu, & a
donné lieu à des calomnies atroces contre
les Juifs; ſans faire attention qu'au lieu d'attaquer les Juifs, on blaſphême contre la
parole de Dieu. Il y a deux termes en
Hébreu נשך *neſſeg*, & תרבית *tarbit*. L'un eſt
intérêt, & l'autre uſure. Combien de fois
M. de Voltaire (36) n'a-t-il pas dit que
dans les malédictions que Moïſe prononce
contre les Juifs, il les menace qu'ils em-
prunteront à uſure, & qu'ils ne ſeront pas
en état de prêter de même. Cela eſt faux
& calomnieux, le texte Hébreu dit, dans
le Chapitre des Bénédictions; *tu prêteras aux
Nations diverſes, & tu n'emprunteras pas;* &
dans le Chapitre des Malédictions, *tu emprunteras des peuples divers, & tu ne prêteras
pas.* Il n'y a pas un ſeul mot d'uſure, ni
d'intérêt. Je dois relever ici cette erreur
groſſiere. Au reſte il eſt vrai que tout intérêt étoit interdit aux Iſraélites riches à
l'égard des pauvres. Moïſe ne paroît pas

(36) M. de Voltaire a ſuivi une verſion fautive.

le défendre entre les aifés. D'ailleurs leur
Gouvernement étoit un Gouvernement Théo-
cratique, vraiment agricole, où la vraie égalité étoit obfervée dans le partage des terres. La légiflation avoit établi un jubilé
pour l'abolition des dettes, & pour la rentrée de chaque famille dans les terres alié-
nées. Mais auffi les créanciers infolvables
payoient de leur liberté cet avantage jufqu'à ce terme. La conftitution de ce gouvernement n'eft nullement applicable à l'Europe. C'eft dans ce même efprit que Moïfe
permet l'intérêt pris de l'étranger; mais il
eft abfurde de dire que l'ufure ait jamais été
ordonnée. *Lanochry taffig.* Le mot de *taffig* vient de *neffeg*, qui ne peut fignifier
probablement qu'un intérêt légal, qu'il étoit
permis de prendre de l'étranger; & *tarbit*
fignifie augmentation, ufure; ce qui n'a jamais été ordonné de Dieu à fon Peuple.
Un pareil reproche eft un blafphême dans la
bouche d'un chrétien, & une folie dans
l'efprit d'un Philofophe. Revenons à notre
objet.

Un égal partage des biens étoit affez
l'efprit de la légiflation, même chez les
Grecs, & chez les Romains. On fait combien la loi *agraria* a agité ces derniers.
On a renoncé à un fyftême chimérique dans
nos conftitutions; & les différentes claffes
nouvelles que l'induftrie, le commerce, &
l'abondance ont enfantées, établiffent une
efpece de partage inconnu aux anciens. Les

emprunts Nationaux font, en partie, ce partage co-ufufrutier territorial très utile, très avantageux à l'Etat, quand il eft bien entendu ; en multipliant le numéraire & la circulation, il favorife le commerce, les manufactures, l'agriculture, les finances, & la population, comme il paroît par l'enfemble de tout cet ouvrage.

L'OR & l'argent, dans un défert, font inutiles; mais ces métaux, & ce qui les repréfente, dans un pays peuplé, où il y a des Nations voifines, & policées, procurent tout, & vivifient tout, par une convention univerfelle. C'eft pourquoi le Sage a dit, que *l'argent répond à toutes chofes.* Nier ces vérités, c'eft abufer de l'efprit & de la vérité, & embrouiller les notions les plus fimples. Tout le monde ne peut pas être propriétaire. Profcrire toutes les autres Claffes, c'eft une abfurdité infoutenable, auffi injufte, que ridiculement anathématifée par le Philofophe rural. Les rentiers font en très petit nombre : leur prétendue oifiveté n'eft pas nourrie par le travail des autres, puifque par leur dépenfe, ils alimentent ce travail; & ces rentiers oififs non propriétaires, fans charge ou autre emploi civil ou militaire, font très rares. L'intérêt de l'argent eft utile & néceffaire à tous; l'ufure eft deftructive & affreufe. Confondre ces deux objets, c'eft comme fi l'on vouloit défendre & profcrire l'ufage utile du feu, parce qu'il brûle & confume ceux qui s'en approchent de trop près.

Le Philofophe rural maltraite fort les manufactures. Il eft vrai que le manufacturier, le fabriquant, le marchand, le négociant, le banquier, peuvent plus facilement fe tranfporter ailleurs, attendu que leur bien n'eft pas fi intimement attaché à l'Etat ou plutôt au fol, que celui des poffeffeurs des terres. Leurs biens font, dit-il, difperfés & inconnus. Toute richeffe de tête & de poche, continue-t-il, ne donne point de prife à la Souveraineté. Cependant cette regle n'eft pas univerfellement vraie. Elle ne fauroit avoir lieu que pour l'individu, & nullement pour le corps. Je m'explique: un, deux, ou dix fabriquans de Lyon, quelques Négocians de Marfeille, de St. Malo, ou du Havre, un banquier de Paris, peuvent, du jour au lendemain, quitter leur Patrie fans inconvénient, & aller s'établir ailleurs: de même un agricole peut vendre fa terre, & en achetter une dans un autre pays. Mais il eft abfurde de croire que toute la fabrique de Lyon, que tous les négocians de Marfeille ou de Bordeaux, que tous les banquiers de Paris, puiffent trouver où exercer ailleurs leur commerce, leurs talens & leur induftrie.

Malheur à l'agriculteur fi le négociant, le fabriquant, le rentier, les grands Seigneurs, les artifans-mêmes de la volupté,

n'augmentoient pas la circulation & la confommation, pour donner une valeur vénale
à l'excédent du produit de la terre. Pour
décider cette queſtion, ou la réduire à des
termes ſenſés, je voudrois que ces profonds
& éternels calculateurs, qui prétendent connoître ſi bien l'art de l'agriculture, fiſſent
un calcul ſimple, exact, & non exagéré,
du monde qu'il faudroit pour mettre en valeur & exploiter tout le ſol en France,
c'eſt-à-dire la partie qui eſt propre à produire des grains, & celle qui eſt propre aux
vignobles. Il faut laiſſer les bois, ſi néceſſaires à divers uſages, & qui n'occupent pas
grand monde. Le défrichement des Landes
de Bordeaux ne doit pas être mis en ligne
de compte, pendant que tant de bonnes
terres ſont abandonnées. Je ſais d'avance
qu'on ſera étonné, combien un petit nombre de cultivateurs peut tirer d'un bon ſol
de quoi nourrir un grand nombre de con-
ſommateurs. La terre eſt ſi fertile, la nature ſi féconde, que peu de bras ſuffiſent
pour procurer la ſubſiſtance à beaucoup
d'hommes. Le commerce, le tranſport,
l'exportation non gênée, peuvent donner
une valeur vénale à tout cet excédent; &
tout ce qui s'y oppoſe nuit au Corps de
l'Etat, & à la population univerſelle des
autres claſſes. Le commerce, le tranſport,
& cette exportation, deviendront moins
néceſſaires, quand la conſommation intérieure
d'un Etat ſera plus grande par la multipli-

cité des classes proscrites & anathématisées
par M. de Mirabeau. Plus les manufactures floriront, plus le commerce sera libre,
plus les rentiers, les banquiers, les négocians, & d'autres Citadins feront circuler
l'argent & employeront de monde dans le
trafic mercantil sur ce prétendu pavé sté-
rile ; plus la population augmentera ; & la
population résultant de ces classes protege
beaucoup plus l'agriculture, que l'agriculture ne protege la population. Je reviens
au calcul ; on trouvera, d'après celui que
j'ai indiqué, que si les guerres, les colonies,
& certaines causes morales, n'avoient pas
dépeuplé l'Europe, les terres seroient universellement mieux cultivées, & plus en
valeur ; que cette consommation, & cette
valeur proviendroient du grand nombre de
Citadins utiles & industrieux, qui donne-
roient le branle à tout par la dépense &
par la circulation. L'Angleterre est, à proportion, plus peuplée que la France, le sol
beaucoup plus cultivé. On fait cependant
l'exportation immense de ses grains. Sa consommation intérieure, & sa population, pourroient donc être encore beaucoup plus grandes. Cette population, qui augmenteroit
celle de la classe du cultivateur, ne sauroit
croître qu'en multipliant proportionnellement toutes les classes proscrites & anathématisées par l'enthousiasme des Apôtres de
l'agriculture.

Je me rangerois volontiers de leur parti

s'ils exaltoient l'immenſe utilité de cet objet, ſans en exclure ceux qui ſont également
utiles, & néceſſaires à la culture même. Un habile calculateur pourroit encore
démontrer, que ſi l'on ne chicanoit pas la
Hollande ſur l'appanage de ſon induſtrie,
ſon vrai patrimoine, Amſterdam, Rotterdam, Middelbourg, Dort, Horn, pourroient contenir le double de leurs habitans.
Tout ſeroit dans une plus grande opulence
dans cette République. La population, qui
y eſt proportionnellement la plus grande de
l'Europe, le ſeroit encore davantage ; &
les Puiſſances agricoles en profiteroient prodigieuſement. Cette ſeule réflexion rectifie
les exagérations que je combats, & réduit
la queſtion aux termes politiques & ſenſés
que je tâche d'établir.

DÉTROMPONS - nous ; l'harmonie d'un
Etat dépend de l'accord de pluſieurs parties.
Elles ſe prêtent toutes des ſecours mutuels.
En vouloir protéger une ſeule & proſcrire
les autres, c'eſt diſſoudre l'Etat. Le tems,
qui conſomme tout, détruira bien des erreurs. Le nouveau monde, qui paroît à-préſent, aux yeux du Philoſophe, inutile, nuiſible & dangereux à l'ancien, pourra un
jour devenir néceſſaire, quand la population
en Europe ſera à ſon comble. On ſait qu'à
la Chine la légiſlation eſt contrainte de la
diminuer ; & la Chine & la Hollande prouvent tout ce que j'avance. Je ſuis perſuadé que ſi toutes les terres de l'Europe é-

toient cultivées en grains, une grande partie de ces grains pourriroit faute de confommateurs ; & ce n'eſt qu'en multipliant la population des grandes Villes, des Bourgs & Villages, qu'on peut procurer une confommation équivalente à une culture étendue. Il ne peut & il ne doit y avoir en France qu'un Paris, en Angleterre qu'un Londres; mais il pourroit y avoir, comme à la Chine, 50 villes plus peuplées que Lyon, Nantes, la Rochelle & Bordeaux ; & tous les Villages pourroient l'être davantage. Ce feroit ce qui accroîtroit la puiſſance du Prince, & la valeur des terres, objet qui ne ſauroit jamais être rempli que par une longue paix, & en levant les obſtacles moraux qui s'oppoſent à l'aiſance du cultivateur & à la population. L'immunité de l'exportation des biens de la terre eſt eſſentielle; le reſte eſt l'affaire du tems & d'une bonne adminiſtration, dans laquelle le commerce, les manufactures, la circulation, le crédit public, ſont néceſſaires, & concourent à cette fin. Mais chaque partie a des bornes, & des proportions relatives entre elles. Tant que ces proportions ſont gardées, elles s'entre-aident; autrement elles s'entre - détruiſent.

CEUX qui habitent les Villes, dit M. de Monteſquieu, jugent de l'opulence d'un Royaume par l'éclat du luxe de ceux qui le détruiſent. Ces gens-là ſe trompent; mais on ne doit pas juger non plus de l'état de

tout un Royaume par la décadence d'une
feule Province. On prétend que l'opulence
ftérile de la Capitale n'eft que le magazin
des dépouilles des Provinces, comme étoit
l'ancienne Rome; mais la différence eft très
grande. Paris & Londres font peuplées de
claffes induftrieufes, qui favorifent la culture, le commerce & la confommation; leur
étendue excede la proportion actuelle de
l'Etat, dépeuplé par d'autres caufes; c'eft
pourquoi Paris paroît aux yeux du Philofophe une maffe de plufieurs villes tranfplan-
tées, qui feroient plus utilement placées
ailleurs. Cette tranfplantation ne fauroit,
dit M. de Mirabeau, être que par extrait,
attendu la perte de tout le fuc alimentaire
qui s'eft imbibé par les canaux qu'il traverfe avant que d'arriver à la Capitale. Cet
excédent eft peut-être mal-affis, précaire,
variable & fugitif, par le concours de plufieurs vices qui s'oppofent à la population
proportionnée de la Nation & à la culture
des terres. Mais je foutiens que la France
pourroit être plus peuplée, fes terres mieux
cultivées, & Paris auffi grand & plus peuplé encore qu'il ne l'eft actuellement: & fi
l'harmonie, & la proportion régnoient dans
les autres parties, la grandeur de la Capitale, & la multiplicité des Citadins, ne feroient que protéger l'agriculture, qui eft inutile fans un grand nombre de confommateurs
dans les claffes des Citadins. Voilà, en
deux mots, mon fentiment fur cette importante queftion.

Je pourrois citer nombre d'exemples pour appuyer ces principes, mais il me faudroit entrer dans un grand détail des proportions & de l'équilibre qui doivent régner dans chaque claſſe; car de l'invaſion d'une claſſe ſur l'autre réſulte un préjudice réciproque & commun. Le premier avantage eſt ſpécieux; faute d'harmonie & de proportion, il devient fugitif & deſtructeur. Les traits d'Hiſtoire, qui démontrent les inconvéniens politiques d'une trop grande population, nous méneroient trop loin. La Providence, par des Loix éternelles, a établi le germe de la perpétuïté & de la génération de chaque ſubſtance; mais elle paroît auſſi avoir mis des bornes à ſa multiplication. Tout s'entre-dévore ici-bas; tout eſt tombeau ou pâture; & les cauſes finales ſont inconnues aux foibles mortels. On conſomme une quantité prodigieuſe de glands; il s'en perd beaucoup; & il y en a fort peu qui ſervent à produire des chênes. Tout a ſon uſage. De mille grains de melons à peine un ſert à perpétuer cette plante. L'attrait que l'Auteur de la Nature a attaché aux actes qui perpétuent tout être vivant, eſt plus ſouvent un rêve de volupté, qu'une production qui tend à immortaliſer l'eſpece. Si la Nature nous paroît quelquefois trop prodigue, c'eſt que nous ignorons les Loix immuables de ſon œconomie. Cette Amérique, après avoir tant dépeuplé l'Europe, ſervira peut-être un jour à remédier à ſa trop grande population.

POUR faire fentir qu'il y a un *maximum* & dans la population & dans l'agriculture, je prie le lecteur de promener fon imagination fur les obfervations fuivantes. Suppofons d'abord toute l'Europe auffi peuplée qu'elle eft fufceptible de l'être; elle contiendra par eftimation quatre ou cinq fois autant d'habitans qu'il y en a actuellement d'établis. Dans ce cas-là, il faudroit de toute néceffité que tout fon fol fût exactement cultivé pour nourrir tant de monde. Nous voulons encore accorder, que par une légiflation & par une adminiftration fupérieures, tous les gradins des claffes fuffent bien diftribués, en un mot qu'il y eût une proportion, & une harmonie exacte dans toutes les parties des divers Etats & Gouvernemens.

L'EUROPE parvenue à ce point de population & de culture, qu'en arriveroit-il? Arrêteroit-on le progrès ultérieur de la population? Comment l'arrêteroit-on? On feroit forcé d'envoyer des Colonies en Amérique & ailleurs. Mais cette reffource ne fuffiroit pas; il eft à craindre qu'on ne fût contraint de fufciter de cruelles & funeftes guerres en attendant la pefte & la famine. Ce dernier fléau ne tarderoit pas à faire des ravages; il feroit amené naturellement par cette grande & univerfelle population qu'on fuppofe établie. Les fruits annuels de la terre feroient fans contredit annuellement confumés par les habitans refpectifs de chaque Pays. Or il eſt certain que, ſelon le cours de la Nature, les récoltes manquent dans tous les pays après un certain nombre d'années. Toutes les contrées feroient donc forcément réduites tour-à-tour à mourir de faim; chaque pays, ayant beſoin de ſes propres productions pour nourrir ſes propres habitans, ne pourroit pas pourvoir ſes voiſins. Pouſſons plus loin nos obſervations.

Il y a des Naturaliſtes qui prétendent que notre globe terreſtre n'a qu'une croute végétale, qui s'épuiſe par la culture, & devient enfin aride & ſtérile. On prétend que les déſerts de l'Arabie ont autrefois été des contrées fertiles, & les premieres habitations du genre humain.

Sans approfondir cette queſtion, tout le monde ſait que la terre rajeunit par le repos; il lui eſt ſouvent néceſſaire pour conſerver ſa fécondité. Perſonne n'ignore l'impatiente végétation dont une terre neuve ſe preſſe de récompenſer les premiers ſoins du laboureur. Il faut donc des alternatives de repos & de culture; il faut des vivres de réſerve, des terres incultes, des pays inhabités, pour l'ordre, l'harmonie & la conſervation du tout. Il paroît probable qu'il n'entre point dans le deſſein de la Providence, que le globe que nous habitons ſoit partout également cultivé & peuplé. Cet état momentané de perfection & d'opulence, s'il pouvoit exiſter, ameneroit donc les plus grands malheurs. Nous ne connoiſſons pas

le fouverain bien ; les imperfections apparentes confpirent fouvent à la confervation
du tout. Nous ne voyons qu'une partie
du tableau; de faux jours nous éblouïffent ;
la perfection n'eft pas l'apanage d'une feule
partie, mais le réfultat du tout.

La population exceffive a toujours enfanté la guerre, qui, en fe tournant contre
fa caufe, la diminue & la détruit.

Multiplier les hommes, dit M. de
Mirabeau, fans multiplier les fubfiftances,
c'eft les vouer au fupplice de la faim. Ce
phénomene eft rare, & ne peut arriver que
par un vice d'adminiftration & de police ;
mais, d'un autre côté, multiplier les fubfiftances fans multiplier les confommateurs,
c'eft une chimere deftructive, & qui ne
peut jamais exifter au-delà d'une année.
Les bornes phyfiques de la population
d'un pays ne font pas invinciblement affu-
jetties aux productions de fon territoire,
quand le commerce & la navigation, fecon-
dés du crédit, de la circulation, & des
biens fictifs, font en bon état : témoin la
Hollande. C'eft plutôt la culture qui eft
invinciblement affujettie à la confommation
intérieure, ou à l'exportation précaire Nationale. Quand la population excede les richeffes, le vice eft inhérent au corps de
l'Etat. C'eft que toute la machine politique eft détraquée. Il faut pour-lors porter
fes regards partout, & remédier à tout à la
fois. Il faut pour-lors, comme Mylord Bo-

lingbroke dit à un autre sujet, imiter les grandes opérations de la nature, & non celles de l'art, toujours lentes, foibles & imparfaites. Nous ne devons pas procéder comme fait un ſtatuaire en formant une ſtatue, dont il travaille tantôt la tête, tantôt une autre partie; mais nous devons nous conduire comme la nature agit en formant un animal, ou toute autre de ſes productions; *Rudimenta partium omnium ſimul parit & producit;* elle jette à la fois le plan de chaque être & les principes de toutes ſes parties. Tous les végétaux & les animaux croiſſent en volume, & augmentent en forces; mais ils ſont les mêmes dès le commencement. Il faut une puiſſance coërcitive, qui contienne les ordres de l'Etat, comme la clef d'une voute contient le corps du bâtiment. Dans un grand Royaume, l'agriculture, le commerce, les manufactures, la circulation, le crédit public, la police intérieure, la finance, l'état de guerre, les colonies, la navigation, la marine, le luxe modéré, tout doit marcher dans une proportion réciproque, pour conſerver l'harmonie de l'Etat, le bon ordre & la proſpérité d'une Nation.

L'ÉTENDUE des frontieres ne fait pas ſeule la puiſſance d'un Etat; mais c'eſt un grand avantage, qui comporte un plus grand nombre de ſujets qui peuvent trouver leur ſubſiſtance. Le grand nombre ſeul, avec une ſubſiſtance phyſique, n'eſt pas encore le tout;

tout ; il faut que l'aifance s'y trouve ; & cette aifance, dans le grand nombre, exige plufieurs claffes, & ne fauroit être confinée aux feuls travaux de l'agriculture. Si la population en France étoit à fon comble, le débouché extérieur, ou l'exportation des grains, feroit prefque inutile.. Elle doit être regardée comme un fupplément ou comme un remede au manque de population pour l'article de la culture, & comme un véhicule de commerce pour foutenir l'agriculture, & favorifer la population. Mais ce n'eft pas l'accroiffement de la population, qui eft le vrai fecret de l'Adminiftration ; c'eft l'harmonie de toutes les parties, & l'équilibre de toutes les claffes.

FIN DE LA QUATRIEME PARTIE.

ADDITION à ces mots de la page 158. l. 19. *Le résultat de mon syflême fe réduit donc à ceci : que le Principe prétendu de réduire la faculté contributive des impôts uniquement au produit territorial, eft abufif,* &c.

PENDANT que cet Ouvrage étoit fous preffe, il m'eft tombé entre les mains un Livre nouveau, dont le titre eft, *Dialogues fur le Commerce des Bleds.* J'y ai trouvé des chofes excellentes, utiles, lumineufes, profondes & inftructives. C'eft-là où l'objet important de la culture & de l'exportation des bleds eft mis dans fon véritable jour, fans enthoufiafme. Malgré le ftile, trop familier, du Dialogue, tout y eft traité d'une maniere analytique. J'y ai trouvé des idées analogues aux miennes, & d'autres qui rectifient celles que je n'entrevoyois encore que confufément. On y lit les paroles fuivantes au fujet des Impôts. „ Depuis, „ le grand Colbert on connoît la nature de l'impôt. „ On diftingue entre l'impôt de profit & l'impôt d'en„ couragement. On connoît la vertu, l'efficacité du „ Tarif. On fait que par le moyen de certains impôts „ qui ne font que de véritables éclufes politiques, on „ dirige les niveaux des canaux du Commerce. On „ fait qu'il faut impofer fur les entrées des manufactu„ res étrangeres, fi on veut encourager les nationa„ les : on fait qu'il faut impofer fur la fortie des ma„ tieres brutes nationales, pour le bien des manu„ factures intérieures."

LETTRE

SUR LA

JALOUSIE DU COMMERCE

Où l'on prouve, que l'Intérêt des Puiſſances Commerçantes ne ſe croiſe point,
mais qu'elles ont un intérêt commun à
leur bonheur · réciproque & à la conſervation de la paix

Ces tems où l'homme perd son domaine, ces siècles de barbarie, pendant lesquels tout périt, sont toujours préparés par la guerre, & arrivent avec la disette & la dépopulation. L'homme, qui ne peut que par le nombre, qui n'est fort que par sa réunion, qui n'est heureux que par la paix, a la fureur de s'armer pour son malheur & de combattre pour sa ruine: excité par l'insatiable avidité, aveuglé par l'ambition encore plus insatiable, il renonce aux sentimens d'humanité, tourne toutes ses forces contre lui-même, cherche à s'entredétruire, se détruit en effet: & aprés ces jours de sang & de carnage, lorsque la fumée de la gloire s'est dissipée, il voit d'un œil triste la terre dévastée, les arts ensévelis, les nations dispersées, les peuples affoiblis, son propre bonheur ruiné, & sa puissance réelle anéantie.

BUFFON Tome XII de la Nature, premiere Vue.

LETTRE

SUR LA

JALOUSIE DU COMMERCE.

Vous exigez donc absolument, Monsieur, que je traite sérieusement, & par écrit, la proposition que j'avançois chez vous l'autre jour. Mais permettez que je vous fasse souvenir du correctif que j'y ajoutai. J'ai dit que pour la prouver, il falloit une tête mieux organisée que la mienne. Mes lumieres ne sont pas assez étendues, & mes connoissances sont trop superficielles, pour démontrer une vérité si compliquée, que je la sens, quoique je ne sois pas en état de la rendre évidente. Telle est cette proposition :

Les intérêts essentiels des Puissances commerçantes, rivales & voisines, ne se croiseroient pas, au moins autant qu'on le pense, si l'intérêt particulier ne venoit souvent à la traverse.

C'est l'intérêt particulier qui prend ordinairement le masque du bien public. Je crois qu'il est possible de concilier les vrais intérêts des Puissances avec leur avantage commun & réciproque ; & dès ce moment le Système de l'Abbé de St. Pierre ne seroit plus regardé comme le rêve d'un homme de bien. Le bonheur d'un Etat consiste dans l'aifance & le nombre des fujets, & dans la puiffance du Prince. Cette Puiffance eft au comble, lorfqu'on en tire tout le parti que le terrain comporte, pour que chaque claffe ou gradation d'habitans jouïf-fe de fon état, & que toutes ces claffes fe trouvent dans une proportion politique. Si la nature du terrain ou du climat refufe quelque chofe à l'aifance ou à l'opinion, c'eft au commerce & à l'induftrie d'en cher-cher le fupplément chez l'étranger, chez qui l'on doit auffi tâcher de placer fon fu-perflu, tant du produit que la nature du fol fournit à l'entretien des habitans, que de celui de leur induftrie. C'eft, je crois, l'i-dée la plus nette de l'origine, de l'utilité & de la néceffité du commerce.

D'ABORD c'étoit la néceffité de tirer de nos voifins ce qui manquoit chez nous pour fournir à nos befoins, enfuite à notre fen-fualité, & enfin à notre luxe. Si de notre côté, nous avons un fuperflu qui leur man-que, il ne fe fait qu'un échange. Mais comme cette mefure ne fauroit être toujours égale, le fuperflu fait la balance du com-merce, par l'argent que la partie la plus indigente fournit au bout du compte à celle qui dans ce moment-là fe trouve la plus ri-che. Le befoin étant réciproque, & les parties gagnantes ne faifant leur profit que vis-à-vis de quelqu'un qui leur fournit le furplus en argent qui produit cet avantage, elles ne fauroient détruire ce quelqu'un, fans

tarir la source de leur propre bonheur. Que
diroit-on d'un homme qui couperoit le pis
d'une vache, pour en tirer plus de lait ?
Toutes les professions dans une contrée travaillent les unes pour les autres, & se main-
tiennent réciproquement, non seulement
pour la fourniture de leurs besoins, mais
pour leur propre existence. Une profession
ruinée altéreroit l'harmonie de la Société,
ou le bien-être de presque toutes. Personne
n'achette la denrée ou le fruit du travail
de son voisin, qu'à une condition tacite,
savoir que le vendeur en fera autant de
celle de l'acheteur, ou par lui-même ou par
l'interposition de plusieurs mains qui inter-
viennent dans la circulation; l'argent est le
gage de cette clause. Si l'intérêt ou l'utilité n'est pas réciproque en quelque sens,
l'avantage est illusoire; c'est comme un mé-
téore, qui disparoît & épouvante au moment qu'il brille. Or ce qui arrive parmi
les diverses professions dans un même pays,
arriveroit entre les Puissances voisines commerçantes.

Le commerce est un jeu; & ce n'est pas
avec des gueux qu'on peut gagner. Si l'on
gagnoit longtems en tout avec tous, il faudroit rendre de bon accord les plus grandes
parties du profit, pour recommencer le jeu.
Ce commerce dévorant se détruiroit lui-même. Nos voisins, dans la misere, n'auroient plus de quoi payer ni nos denrées ni
notre industrie. Ce principe fait voir que

le commerce univerfel, & les avantages tout-
à-fait exclufifs ou exceffifs, font auffi abfurdes qu'injuftes. Si l'harmonie politique
confifte dans un partage proportionné, quoiqu'inégal, de plufieurs avantages, le plus
grand de chaque partie feroit de poffeéder
celui qui lui convient le mieux fans nuire
aux autres; & je fuis perfuadé que certains
avantages fpécieux qu'on ambitionne, feroient nuifibles, s'ils étoient arrachés d'entre
les mains d'un voifin dont on eft jaloux fans
raifon; puifque fouvent le profit qui nous
en revient par bricole, eft affez honnête,
& peut-être plus grand & moins embarraf-
fant, que fi nous les poffédions en propre.

Il eft clair comme le jour, que la confervation & le bonheur de tous fait le bonheur & la confervation de chaque partie.
Voilà un principe incontestable. Un autre
qui n'eft pas moins vrai, c'eft que tel avantage de commerce, qui eft prefque inutile
à une puiffance, eft néceffaire & effentiel
à l'autre pour fa confervation. La poffeffion des Ifles Moluques feroit auffi inutile
au Portugal, depuis qu'il a les mines
du Bréfil, que ces Ifles font néceffaires à
la République de Hollande. Le Portugal
jouït déja de trop de métal: fi la culture
& les autres avantages de ce Royaume é-
toient en activité, il y auroit une réplétion
de métal. L'or peut y être regardé comme
une marchandife dont l'exportation eft utile; au lieu que la Hollande, privée des

biens territoriaux, & de la concurrence dans les manufactures, à cause de la cherté de la main-d'œuvre, seroit bientôt abîmée, sans un article important pour rétablir l'équilibre de l'argent, & pour avoir une balance avantageuse, dont tous les autres Etats profitent, comme on le verra dans la suite.

De ces deux principes il en résulte un troisieme, que j'oserois hasarder: c'est qu'il est souvent de l'intérêt de toutes les Puissances commerçantes, qu'un certain avantage soit le partage d'un tel, préférablement à tout autre. Et loin qu'un pareil avantage doive exciter la jalousie des autres Puissances, elles ont au contraire intérêt à le conserver. Un quatrieme principe, qui me paroît encore évident, quoique peu connu, c'est qu'on possede rarement un objet de commerce dans sa totalité. On est obligé de recourir à ses voisins & de partager pour ainsi dire le gâteau; & celui qui en paroît tenir la possession, en profite souvent le moins. Un autre principe, dont je suis persuadé, c'est que l'Europe étant une famille ou un corps composé de plusieurs membres, aucun ne peut être détruit que les autres n'en souffrent; & la Hollande est de toutes les Puissances celle où l'application de ce principe est le plus manifeste. C'est ce que j'espere prouver clairement par la suite.

Je préviens d'abord, que j'envisage l'Europe telle qu'elle se trouve constituée, &

le genre humain dans les mœurs actuelles, sans en faire la critique : autrement il faudroit examiner philosophiquement, si le commerce, qui fait la marotte du siecle, est si essentiel au bonheur de l'humanité ; à quel point le luxe est utile ; à quel degré il devient nuisible ; combien on en a abusé. Il s'agit seulement de saisir l'esprit du siecle où nous vivons, & de tâcher de combiner dans la plus juste proportion possible, toutes les branches du besoin réciproque des différentes Nations, pour se procurer l'importation des productions étrangeres, & l'exportation des Nationales. Il est constant que si l'on réussissoit à obtenir ce qu'on paroît chercher partout, savoir de se procurer une subsistance entiérement Nationale ; dès ce moment cet Etat pourroit exister comme isolé ; ne faisant plus partie du tout, le commerce lui seroit inutile. Mais un tel Etat est incompatible avec nos mœurs, quoiqu'il ne répugne pas à la nature, dont nous nous sommes trop écartés. Car dans l'état primordial, la chasse, la pêche, & l'agriculture, fournissoient à la subsistance universelle. Les besoins factices, multipliés, ont donné naissance au Commerce & aux manufactures, enfans de l'industrie & de la volupté. Mais on a beau faire ; il y a un tel enchaînement dans les intérêts du commerce, qu'on ne sauroit le faire seul ; il faut forcément avoir recours à des voisins, qui en partagent souvent le bénéfice.

VENONS à quelque exemple particulier.
L'Angleterre vient de faire l'acquisition du
Canada. On croit cette partie du monde entiérement perdue pour le commerce de la
France ; je crois qu'on se trompe. Il y a
quantité de choses sans lesquelles il me paroît que le commerce de cette colonie lan-
guiroit, & que les Anglois sont obligés de
tirer de la France. Les vins, les eaux de
vie, dont les Sauvages, malheureusement
pour eux, font une si grande consommation,
doivent être fournis par la France. J'ob-
serverai par parenthese, que, quelque grande que soit l'opulence de l'Angleterre & de
toute autre Puissance commerçante, cette
partie résultante du commerce & du crédit
est toujours plus précaire que celle qui provient de la nature du sol ; elle est plus ca-
suelle, & dépend d'une suite d'accidens
heureux, que des accidens contraires peuvent renverser.

LA base peut devenir disproportionnée au
reste de l'édifice : le noyau intérieur, si j'o-
se m'exprimer ainsi, ne pourroit peut-étre
à la longue fournir assez au besoin de l'é-
corce extérieure, Il faudra souvent avoir recours à ses voisins, & partager avec eux.
Les Anglois ne sauroient jamais faire que
leur sol produise du vin ; & pour se procurer cette volupté & approvisionner leurs colonies, ils enrichiront toujours la France.

LES Anglois ne saisiront vraisemblable-
ment jamais le goût de cette Nation pour

inventer des modes, & ne détruiront jamais celui des autres pour les adopter. Les Manufactures Françoises seront toujours préférées par caprice, par fantaisie, par mode, & parce qu'elles font toujours à meilleur marché; attendu que la main-d'œuvre en France n'est pas aussi chere qu'en Angleterre, & le feroit encore moins, si par une longue paix on parvenoit à rétablir les finances & la population, & à diminuer les impôts. Le tribut immense des frivolités que le reste de l'Europe paie à la France, s'accroîtra à mesure que les manufactures feront à meilleur marché. Il suffit de faire sentir que la France tire déja un profit réel des Colonies Angloises en général, & de celles qu'elle paroît avoir entiérement perdues pour son Commerce. Les Anglois tireront désormais sans contredit de la France, plus de vins, plus d'eaux de vie, plus de sel, plus de vinaigre, plus d'huile de Provence, plus de toiles, de fil, d'étoffes de soie, de rubans, même de sucre, & d'indigo, qu'ils n'en tiroient; le Canada ne pouvant se passer de toutes ces denrées. Ajoutez à cela l'épargne que la France fait en hommes, (bien plus précieux que les denrées) que l'entretien de cette Colonie lui coutoit; & l'on trouvera que la France n'a pas tout perdu, quoique l'Angleterre puisse avoir beaucoup gagné.

L'Isle de Grenade & les Grénadilles, qui avec le tems seront d'un grand rapport

à l'Angleterre, mais dont la conquête a
coûté tant de tréfors dans la guerre, a été
achetée une feconde fois par les Anglois à
la paix, puifqu'ils ont payé de grandes fommes à la France pour en acquerir les planta-
tions, & les établiffemens des François,
qui, en quittant l'Ifle, ont vendu le fol
aux Anglois, le double de ce que ces plan-
tations valoient avant la derniere guerre.
Cette circonftance devroit bien guérir les
Nations de la fureur des conquêtes. La France a gagné un numéraire, réel & folide,
qui eft rentré dans le Royaume; & le profit des Anglois étoit encore en herbe (37).
Il faut obferver, que quand je dis, que cette poffeffion a coûté de grandes fommes aux
Anglois, c'eft que j'eftime que les poffef-
fions qui leur ont été cédées par la paix,
doivent être confidérées comme le feul équivalent de toute la dépenfe de la guerre, &
de la perte de tant d'hommes. Ainfi il faut
mettre d'un côté le Canada, la Floride, les
Grénadilles, le Sénégal, & de l'autre toute
la dépenfe de la guerre, & la perte des hommes, & calculer. Je ne fais pas fi le Gouvernement d'Angleterre retirera de longtems
un accroiffement de revenu proportionné à
la charge des intérêts qu'il doit fur de nouveaux emprunts; & fi la Nation en général
aura un équivalent, qui aille d'abord beaucoup au-delà de la furcharge des impôts, &

_____

(37) Ces Ifles rapportent à préfent beaucoup à l'Angleterre.

des intérêts qu'on paie à l'étranger intéref-
fé dans les fonds publics. Abftractivement
le Royaume perdroit, fi une partie de fes
impôts, ou plutôt le tout, ne rentroit derechef dans les mains de la Nation, & fi
fon numéraire n'étoit augmenté par l'accroiffement même de la Dette Nationale, comme je l'ai démontré ailleurs. Sans cette
compenfation, & la fécurité de leurs anciens établiffemens, l'avantage de l'Angleterre dans cette paix auroit été très mince.

MAIS fans réfoudre entiérement ce problême, continuons à examiner l'intérêt actuel des Puiffances. La France profite *in-
dubitablement* du commerce du Canada, &
des autres Colonies Angloifes, par cette connexité d'intérêts inféparables dans un Syftême de commerce. Plus ces Colonies fleuri-
ront, plus la France fournira de fes denrées
devenues néceffaires. D'un autre côté, plus
la France fera heureufe, plus fes récoltes
feront abondantes, plus auffi elle fournira
fes denrées à meilleur marché ; & le bonheur de la France réjaillira encore fur l'Angleterre. L'intérêt effentiel des Puiffances
commerçantes, rivales & voifines, loin de
fe croifer, fe foutient donc réciproquement.
La France, encore plus opulente, tirera de
la Grande-Bretagne, davantage de charbon
de terre, de cuirs, de bled, de plomb, d'é-
tain, d'alun, de fuif, de fromage, de ris,
de tabac, de bœuf falé, de favon, &c.
Voilà donc une réverbération réciproque

d'intérêts mutuels, qui met dans un beau
jour mon Syſtême, le plus utile à l'humanité, s'il peut être démontré, & le plus heureux, s'il eſt ſuivi. Le bien de l'un faiſant
celui de l'autre, on a un intérêt mutuel &
commun à s'entre-aider réciproquement.
Tout monopole exercé ſur nos voiſins, ſur-
charge & détériore les produits qui doivent nous être offerts en échange des nô-
tres. La cupidité aveugle détruit ſon ouvrage, dit un Sage. Paſſons à un autre
point.

La Pêche, par exemple, eſt phyſique-
ment & même moralement utile & néceffaire à la France. Le François eſt ichtyo-
phage, non ſeulement par volupté, mais encore par principe de Religion; & il eſt ef-
ſentiel de fournir du poiſſon à un peuple
obligé ſouvent à faire maigre. Cet art nourricier eſt en même tems une pépiniere de
marins; c'eſt leur occupation en tems de
paix. Mais exercer la pêche pour former
des matelots pour la guerre, eſt un motif
meurtrier, qui tend à la deſtruction de l'efpece; au lieu que de l'exercer pour nourrir
ſes habitans, c'eſt un motif de conſervation.
Je préſume donc que pour l'ordre harmoni-
que des intérêts réciproques que je cherche,
la France doit conſerver une ample pêche
de morue. Elle ne ſauroit s'en paſſer, non
plus que la Hollande de la pêche du Hareng, qui eſt preſque auſſi eſſentielle à cette République, que le commerce des épice-

ries. Sa conſervation en dépend, & de ſa conſervation, celle de preſque tout le commerce de l'Europe.

La Hollande eſt un pays très riche, dont preſque toutes les richeſſes, artificielles, factices & de convention, n'exiſtent que par le commerce, par les pêches, par le crédit, & par la circulation. L'argent comptant qui s'y trouve, étaie une infinité de richeſſes imaginaires en vaiſſeaux, en denrées, en papiers, & en fonds publics; & les Puiſſances commerçantes de l'Europe ſont ſi fort liées avec les Hollandois, que ceux-ci ſont, pour-ainſi-dire, leurs Facteurs, leurs aſſociés, &, ſi j'oſe le dire, leurs Banquiers. Le numéraire artificiel de la Hollande fait valoir le numéraire artificiel de la France & de l'Angleterre; & ſi, par quelque malheur, la Ville d'Amſterdam venoit à décheoir, ce qui arrivera dès que ſon commerce, ſes pêcheries, & ſon crédit tomberont; dès-lors tout le numéraire de l'Angleterre & de la France tomberoit prodigieuſement. On a vu en 1763, que la chûte d'une maiſon commerçante ou de deux, a entraîné des pertes partout. Le Commerce de l'Europe paroiſſoit pour-ainſi-dire ébranlé. Les fonds en Angleterre ont baiſſé de 10 pour ⅜. La convulſion que ce petit accident a cauſée dans les places commerçantes, fait voir ce qui arriveroit ſi la décadence étoit plus univerſelle. Il n'en eſt pas de la République de Hollande comme des autres Etats. Il eſt

aſſez

assez indifférent à l'Europe, par exemple, que la Siléfie soit à la maison d'Autriche, ou au grand Prince qui l'a su conserver après l'avoir si glorieusement conquise; mais la perte de tant d'hommes, que l'Europe a essuyée dans cette guerre à l'occasion de cette Province, ne lui est pas indifférente. Le commerce s'en ressent; moins d'habitans, moins de consommation. Si la République de Hollande venoit à être conquise, ce ne feroit plus le même Etat; le sol est presque nul; les richesses de la Hollande s'évanouïroient; Amsterdam, Rotterdam, Middelbourg, ne feroient plus un pont de communication, l'entrepôt de l'Europe, les magazins de l'Univers; leur papier, qui fait valoir celui de tous les autres Etats, seroit anéanti, & causeroit un engorgement dans la circulation; plusieurs milliards de numéraire se fondroient tout d'un coup; la moitié des commerçans de l'Europe se trouveroit ruïnée; les Puissances s'en ressentiroient, & un demi-siecle ne suffiroit pas pour réparer ce désordre. Il arriveroit une grande révolution. J'ose donc assurer, comme un principe incontestable, que presque toutes les Puissances de l'Europe sont intimement intéressées à la conservation de la République. La Hollande est assurément le chef-d'œuvre de l'industrie & du travail; son état cependant est très précaire: elle ne doit sa conservation qu'à la sagesse intérieure de son Gouvernement, & à la modération de

ſes voiſins. Je dis modération ; car je ſup-
poſe qu'on n'eſt malheureuſement pas aſſez
pénétré de mon grand principe, que l'opulence de la Hollande en communique à ſes
voiſins, & que le préjudice qu'ils recevroient
de ſa deſtruction & de ſa décadence ſeroit
immenſe. Les cauſes qui ont opéré la grandeur de la République n'exiſtent plus. La
concurrence du Commerce, qui s'eſt étendu, Hambourg, qui eſt devenu l'entrepôt
du Nord, & d'autres circonſtances, ont
non-ſeulement arrêté les plus grands progrès
de la République, mais ont déja cauſé ſa
décadence. L'œconomie, qui a été le germe de ſa puiſſance, dégénere en un luxe
incompatible avec ſa conſtitution. Les ſeuls
avantages qui lui reſtent pour ſa conſervation, & pour ſoutenir le commerce de concurrence, c'eſt le commerce excluſif des
Epiceries & la pêche du Hareng. Ce ſont
les deux pivots ſur leſquels roule encore le
reſte de la machine. Le Cabotage, ſi néceſſaire à ces Républicains, ſe perd de plus
en plus. La Hollande, par ſon commerce
d'œconomie, étoit en état d'acheter dans
un pays pour revendre dans un autre, à
meilleur compte ſouvent, que ſi ces pays le
faiſoient venir en droiture. Un grand Royaume peut ſe paſſer de ce commerce. *Nolo
eumdem populum imperatorem & portitorem eſſe
terrarum.* ,, Je n'aime point, dit Cicéron,
,, qu'un même peuple ſoit en même tems
,, le Dominateur, & le Facteur de l'Univers."

PLUS la Hollande & son commerce seront floriffants, plus elle tirera de la France
des vins de toute efpece, des eaux de vie,
du vinaigre, du fel; des huiles de Provence, des fucres, de l'indigo, du caffé; de
toutes fortes de draperies, merceries, quincailleries, glaces, horlogeries, montres, é-
toffes de foie & de cotton, toiles, dentel-
les, tapifferies. Toute l'Europe étant intéreffée à la confervation actuelle de la République, doit donc concourir à la foutenir
dans la poffeffion de ces deux objets. De
tous les Etats de l'Europe la Hollande eft
celui dont la valeur & le produit excedent
le plüs le produit & la valeur territoriale,
dont on tire plus de parti que la nature ne
paroît comporter. C'eft une efpece de création politique. La France & l'Angleterre
font encore très éloignées d'avoir mis tout
leur fol en valeur, & d'avoir toute la population dont ces deux Royaumes font fufceptibles; & jufqu'à-ce qu'on foit parvenu
à ce point, le commerce excentrique & les
colonies éloignées font moins néceffaires.
Vérité peu connue, ou peu pratiquée, mais
néanmoins très fenfible.

JE reviens à la Hollande, que je confi-
dere comme le gouvernail du vaiffeau du
Commerce de l'Europe. Elle en fournit encore les voiles. C'eft, pour-ainfi-dire, par
le vent du crédit factice, qu'elle facilite le
mouvement léger d'une machine très lour-
de. Tout tomberoit en paralyfie par fa

deſtruction ; & elle a beſoin de l'appui &
du ſecours de ſes voiſins. C'eſt un vieux
Chêne dont les feuilles paroiſſent encore
vertes , mais dont la racine commençant à
pourrir, il eſt à craindre que ſa chûte n'é-
craſe ſes voiſins ; c'eſt moins un rival dangereux, qu'un aſſocié utile. Un pays de
peu d'étendue, qui n'a preſque point de terres labourables , point de bois, point de
vignes, point de mines, un ſol ingrat, ſtérile & coûteux, ne devroit pas être en but-
te à la jalouſie ; lui envier ſon commerce
& ſes pêches , c'eſt une injuſtice criante.
L'Apologue du Prophete Nathan à David
pourroit lui être appliqué. Cette injuſtice
paroîtroit d'autant plus grande, qu'elle ſeroit contre l'intérêt même de ceux qui la
feroient, vu la conſommation qui ſe fait en
Hollande de leurs denrées, & de leurs manufactures. Le numéraire artificiel de la
Hollande ſoutient celui de la France & de
l'Angleterre, *& vice verſa.* Par l'harmonie
réciproque de ces trois Puiſſances, elles
participent toutes au commerce de l'Eſpagne leur mère nourriciere, qui ſe reſſent
peut-être d'allaiter ces trois enfans. La
France tire un grand avantage des richeſſes
de la Hollande, on y fait une grande conſommation de ſes vins, c'eſt un grand débouché pour ſes manufactures en tout genre ; & ſans contredit la France profite beaucoup plus de l'opulence de la Hollande,
qu'elle n'en auroit profité ſi Louis XIV eût

réuffi à détruire la République. L'Angleterre en profite auffi, elle vend aux Hollandois plus qu'elle n'en achete. La République lui fournit des fonds en tems de guerre; la Hollande a été un pont de communication dans la derniere guerre, & ce pont
de communication n'a pas été moins utile
à la France qu'à l'Angleterre : il eft vrai
que la Hollande en a profité; mais faut-il
en être jaloux? c'eft un tribut d'accident
qui lui étoit néceffaire. Sans ces profits ca-
fuels & les épiceries, il y a longtems que
le commerce de la République auroit été
anéanti. La fortune des Hollandois venant
à tomber, réjailliroit fur le commerce de
la France & de l'Angleterre, & leur porteroit un préjudice fenfible. Jufqu'à-préfent
ceux qui ont concouru avec les Hollandois
pour le commerce, ont fouvent réuffi, en
leur nuifant, parce que les Hollandois é-
toient prefque fans concurrent, & par la
combinaifon de plufieurs hafards, ils ont joui
pendant un tems d'un commerce prefque
univerfel & exclufif. Mais ces tems font
paffés; fi on les chicane fur le peu qui leur
en refte, cela ne pourroit être qu'au préjudice de l'Europe en général, & particuliérement de ceux qui en feroient la caufe.

Il paroît donc affez clairement, par tout
ce qu'on vient de dire, qu'il eft de l'intérêt
de toutes les Puiffances que la Hollande
conferve fon état actuel; & cela n'eft pas
poffible fi on la traverfe dans les objets qui

font effentiels à fa confervation. Le commerce de la République eft plus précaire
que celui de toute autre Puiffance. On en
a eu un tableau parfait dans les remontrances réfléchies que des Négocians habiles ont
faites à ce fujet au feu Stadthouder de glo-
rieufe mémoire, peu de tems avant fon dé-
cès. On a remonté aux caufes primordiales qui ont autrefois fi prodigieufement favorifé ce commerce fi effentiel à la conftitution de l'Etat, & l'on a en même tems
fait fentir & diftingué les caufes inévitables
de la diminution de ce commerce, d'avec
celles auxquelles on pourroit encore remédier. Voici, autant que je puis me le rappeller, fur quoi rouloit cet important mémoire.

On expofoit le changement total du fyftême du commerce en Europe, en examinant les caufes qui ont concouru autrefois
à l'établir avec tant d'avantage dans la République. Parmi les caufes primordiales,
on diftinguoit 1°. des caufes naturelles &
phyfiques, 2°. des caufes morales, 3°. des
caufes accidentelles qui avoient concouru
avec les précédentes. Les caufes naturelles & phyfiques font, par exemple, la fituation avantageufe du pays. La République, placée entre les mers du Nord & du
Sud, eft comme le centre de l'Europe, &
par conféquent fe trouve à la bienféance de
tous les commerçans pour faire un entrepôt
univerfel ; on venoit de tous côtés faire
échange de marchandifes, en fourniffant,

avec un avantage réciproque, le néceſſaire aux uns par le ſuperflu des autres.

La ſtérilité du pays n'y a pas moins contribué, en obligeant les habitans à exercer leur induſtrie pour ſe procurer le néceſſaire phyſique. Ils ſont donc devenus par là-même plus induſtrieux, plus laborieux, & ont été chercher dans d'autres pays ce qu'ils ne trouvoient pas dans le leur.

La ſituation de la République l'a miſe encore à portée de profiter de la pêche dans les mers voiſines, dont l'abondance du poiſſon ne l'a pas ſeulement miſe en état de ſe pourvoir pour ſa propre ſubſiſtance, mais d'en fournir aux étrangers, & de trouver dans le produit de cette pêche un équivalent, pour compenſer la diſette de vivres qui réſulte de la ſtérilité du terrain & du peu d'étendue de ſes campagnes.

Parmi les cauſes morales, on peut regarder la liberté de conſcience comme un des moyens qui a le plus contribué à peupler ces Provinces en y attirant un grand nombre d'étrangers. La protection que ces étrangers ont trouvée contre les violences des Puiſſances perſécutrices, a été encore une ſource d'opulence; on a profité des perſécutions qu'on faiſoit ailleurs, & ceux qui trouvoient leur aſile dans ce pays, y ont apporté non ſeulement leur bien & leur argent, mais leur induſtrie, en y introduiſant pluſieurs fabriques, manufactures, trafics, arts & ſciences, & cela malgré la difficulté qu'ils rencontroient, se trouvant dépourvus de tous les élémens ou matieres premieres de manufactures, que le pays ne produit point, & qu'on est obligé de faire venir d'ailleurs à grands fraix.

La constitution du Gouvernement, & la liberté qui en résulte pour la vie civile, n'ont pas peu contribué à rendre le commerce florissant.

L'administration de la justice dans le pays a toujours été sans tache, sans acception de personnes. Il seroit à souhaiter qu'on eût autant lieu de se louer de la prompte expédition des procédures, attendu que ce point influe beaucoup sur le commerce.

On pourroit encore ajouter aux causes morales & politiques qui ont fait autrefois fleurir le commerce des Hollandois, la sage politique & la circonspection d'éviter la guerre & d'affermir la paix, sans songer à trouver dans des guerres ruïneuses des avantages chimériques.

Voila les maximes politiques qui ont fait la gloire de la République, & inspiré aux étrangers la confiance qu'ils ont toujours eue dans le Gouvernement, & par conséquent ce qui a attiré un si grand nombre de citoyens utiles, qui ont augmenté son commerce & ses richesses.

Parmi les causes accidentelles & externes qui ont contribué à rendre son commerce florissant, on peut observer ce qui suit.

DANS le tems que la République mettoit en pratique les sages maximes qu'elle avoit adoptées pour protéger son commerce, celui de ses voisins étoit presqu'entiérement négligé. On n'a qu'à lire l'histoire de ces tems-là, pour voir combien les persécutions en matiere de Religion en Espagne & en Flandres, & dans d'autres Royaumes, ont contribué à l'avancement du commerce de la République.

LES guerres civiles de France, d'Allemagne, & dans la suite celles de l'Angleterre, n'ont pas peu contribué à l'établissement de ses manufactures.

AU plus fort de la guerre que la Hollande a soutenue contre l'Espagne & le Portugal, époque d'ailleurs ruïneuse pour le commerce, ces deux Puissances avoient négligé leur marine, pendant que celle de la République se rendoit formidable, & se trouvoit en état de protéger son commerce & de ruïner celui de ses ennemis.

TELLES sont les causes principales qui ont établi & favorisé le commerce de la République. Avant de parler de l'état actuel de ce commerce, il est à propos d'examiner quelles sont celles d'entre ces causes qui subsistent encore, & quelles sont celles qui se sont évanouïes; c'est la voie la plus sûre de découvrir les moyens d'avancer le commerce dans ses différentes branches.

QUANT aux causes naturelles & physiques, il est constant que tout est à-peu-près

dans le même état, fi ce n'eft quelque alté-
ration arrivée dans les embouchures des rivieres, dont les fonds s'étant plus élevés
par l'amas des fables, la fortie des vaiffeaux
en eft devenue plus difficile : & pour les
Mers, les Hollandois étoient feuls en poffeffion de la pêche; maintenant ils la partagent avec leurs voifins. C'eft delà que provient la diminution de leurs pêches de harengs, de cabillaux, & de baleines.

MAIS quant aux caufes accidentelles, &
aux changemens arrivés aux Puiffances qui
environnent la République, on ne fauroit
difconvenir qu'il n'y foit furvenu des révolutions fatales à fon commerce, qui s'étoit
accru par les perfécutions qu'on faifoit dans
d'autres pays, & par le mépris que fes voifins avoient pour le commerce, la négligence avec laquelle ils le faifoient, & l'i-
gnorance dans laquelle ils étoient à cet
égard; tout cela a fenfiblement changé.

LES Puiffances de l'Europe ont toutes
adopté les maximes de la République: avec
les avantages du fol & des productions ter-
ritoriales, elles fe difputent encore à l'envi à qui protégera le plus le commerce,
les manufactures, les fabriques & la pêche;
ce qui n'a pu qu'avoir une influence fatale
fur le commerce d'un fi petit Etat, qui
ne fe fent que trop du progrès de fes voifins.

NOS Négocians Hollandois fe plaignent
qu'autrefois ils pourvoyoient les peuples du

Nord & de l'Orient des productions, fruits
& denrées de la France, de l'Espagne, du
Portugal & de l'Italie, & alternativement
les derniers des productions des premiers;
au lieu qu'à-présent l'on se passe d'eux pour
ménager les fraix de Convois, & autres
dépenses.

IL n'y a encore que fort peu d'années,
que la ville d'Amsterdam étoit un magazin
général, entr'autres de l'indigo & d'autres
drogues servant à la teinture; l'on n'en
trouve presque plus aucun vestige à présent.

L'ALLEMAGNE commence depuis quelques années à faire venir directement de
France, d'Espagne, de Portugal & d'Italie,
les marchandises dont elle a besoin, & les
fait passer par Altena & par Hambourg.

LES Négocians ont observé, que par les
derniers registres de l'exportation du sucre,
caffé & indigo de Bourdeaux depuis le 1
Juin 1750, jusqu'au dernier Mai 1751, &
par la comparaison de ces mêmes denrées,
de Nantes à Amsterdam & Hambourg depuis le 1. Octobre 1750 jusqu'au 1. Août
1751, il paroît constant qu'il n'y a eu qu'un
quart de ces marchandises qui ait été embar-
qué pour ce pays-ci, & que les trois quarts
ont été embarqués pour Hambourg. Proportion qui peu de tems auparavant étoit en
raison inverse.

Où voit-on embarquer à-présent, disent-
ils, le chanvre, la filasse, & autres mar-

chandifes de la Baltique, pour les envoyer
en Efpagne, en Portugal, & en France,
comme on le voyoit autrefois? On n'a qu'à
confulter les liftes & les regiftres du Sund,
pour voir que toutes Nations fe paffent de
nous en voiturant ces marchandifes. On ne
voit plus de Maifons Hollandoifes en Efpagne;
il eft étonnant combien peu d'intérêt la
République a dans les gallions, & combien
fon commerce eft tombé au Levant. Le
grand nombre des imprimeries de coton,
rafineries & autres fabriques qui fe font établies depuis peu à Hambourg & à Brême,
& tout récemment en Flandres & en Bra-
bant, font toutes des preuves de la décadence du commerce de la République. Autrefois elle faifoit feule le commerce de toute l'Europe. Les étrangers payoient, fans
examiner, toutes fes impofitions; leur ignorance en fait de commerce ne leur permet-
toit pas de fonger à ménager ces fraix par
le moyen d'une navigation directe. Mais
depuis le fiecle paffé le Syftême de l'Europe eft tout-à-fait changé. Les Nations
étrangeres ont obfervé, que la République
n'étoit parvenue à ce point de puiffance
que par le commerce. Cette confidération,
jointe à celle qu'elles ont faite touchant des
taxes qu'elles payoient en Hollande, leur a
fait naître l'idée non-feulement de s'appliquer au commerce, mais de fe paffer entiérement des Hollandois en faifant tranfporter
le fuperflu de leurs denrées ou productions

directement aux endroits où la consommation étoit la plus grande, & par contre en
allant chercher à la source ce qui leur étoit
nécessaire.

VOILÀ en général les causes principales
de la grandeur & de la décadence du commerce de la Hollande. Les taxes excessi-
ves, les droits à la douane, & autres impôts dont les besoins publics & pressans ont
chargé le commerce, sont des causes accessoires qui ont augmenté, & augmentent
tous les jours le déchet. C'est-là où les
Négocians ont prétendu qu'on devoit chercher le remede ; au moins qu'il falloit prévenir, par la diminution des droits, les progrès de la décadence. Le détail approfondi
de ces articles nous méneroit trop loin, &
ne regarde pas le reste de l'Europe.

JE répéterai seulement qu'on a fait observer, que l'augmentation du droit d'importation à la douane est illusoire ; en voici
la preuve. Après le rude hiver de l'année
1740, tout le bien de la terre du pays ayant
été ruïné, la mortalité des bestiaux qui s'en
est suivie a augmenté considérablement le
revenu de la douane, par une plus grande
introduction des denrées du dehors, & un
grand nombre de bestiaux étrangers pour
subvenir à la consommation intérieure. On
se tromperoit lourdement, si l'on attribuoit
ces sortes d'accroissemens à une augmentation de commerce. Les Anglois donnent un
drawback, c'est-à-dire la restitution du Droit

d'importation, aux denrées & marchandises
de tranfit, pour favorifer l'exportation &
le débit dans les pays étrangers, qui eft le
fymptôme d'un commerce floriffant. La Hollande a cette différence avec les autres pays
commerçants, que malheureufement n'ayant
prefque rien de fon propre crû, fon commerce, autant que cela regarde la navigation, confifte uniquement dans l'échange des
denrées étrangeres qu'on introduit feulement
pour les envoyer au dehors ; & c'eft cette
opération qu'on doit favorifer & encourager dans la République par tous les moyens
imaginables. Si un luxe exceffif n'avoit al-
téré les mœurs des Hollandois, ce pays feroit le feul qui fût propre pour cette foire
générale. L'œconomie des habitans, les bas
intérêts de l'argent, font deux moyens qui
mettent les Hollandois en état de faire leur
profit & celui de leurs voifins, en étant
leurs colporteurs fur certains articles de commerce ; furtout la pêche du hareng, qu'eux
feuls favent faire avec l'œconomie, & la propreté requifes.

A LA fituation de la République, aux
Rivieres & canaux dont le pays eft entre-
coupé, fe joint l'œconomie de fes habitans,
qui paffe celle des gens de mer de toute autre Nation ; ils équipent un vaiffeau avec
dix-huit hommes, tandis que les autres Nations en ont befoin de 26 à 28. Avec cela
le ménage des équipages, la conftruction
des vaiffeaux, & le long ufage qu'ils en fa-

vent faire par une propreté qui paroît vé-
tillarde, toutes ces chofes, réunies, font
que les Hollandois pourroient faire le tranfport & le cabotage de certains articles à
meilleur marché qu'aucune Nation. On a
tort de leur envier cet avantage ; l'abondance de l'argent, le gain modique qui fuffit aux Hollandois, font des avantages dont
leurs voifins profitent par contrecoup. C'eft
donc injuftement qu'on les chicane toujours
là-deffus, & qu'on leur enleve tous les jours
ces foibles avantages, dont il ne leur refte
qu'une petite partie. Mais fans entrer dans
un plus grand détail, je me flatte que ce
tableau fait voir que le commerce de la
Hollande, loin d'être, fur le pied préfent,
un objet de jaloufie pour des voifins, doit
au contraire être regardé comme un néceffaire à leur propre confervation & profpérité, & qu'une plus grande décadence dans
le commerce de la République pourroit entraîner fa ruïne, laquelle cauferoit par contrecoup un dommage irréparable au refte de
l'Europe, dont le commerce profite beaucoup par cette confommation & cette circulation, que la Hollande entretient plus
qu'aucune autre Nation.

Il convient encore, fi je ne me trompe,
que ce foit l'Efpagne qui foit en poffeffion,
ou plutôt le gardien des tréfors de l'Amérique. La France eft en poffeffion de tout
ce qui peut rendre fon Royaume heureux &
opulent ; elle a affez de forces pour en im-

poſer à tous ceux qui voudroient la troubler. L'Angleterre a toutes les poſſeſſions, & tous les avantages imaginables pour faire fleurir ſon commerce, qui eſt à ſon apogée; & un plus grand accroiſſement feroit plutôt un bourſoufflement qu'un embonpoint. Il y a une meſure qu'on ne ſauroit excéder; & quand on la paſſe, on s'éloigne du but. Dès que la conſommation d'une denrée eſt montée à ſon période de gradation, on ne ſauroit l'augmenter ſans faire languir ou décliner le commerce. Comme la Nature, dit un Auteur moderne, a donné des termes à la ſtature des hommes, paſſé leſquels elle ne fait plus que des géans ou des nains, il y a de même, eu égard à la meilleure conſtitution d'un Etat, des bornes à l'étendue qu'il peut avoir, afin qu'il ne ſoit ni trop grand ni trop petit. Il y a dans tout corps politique un *maximum* de forces qu'il ne ſauroit paſſer, & duquel ſouvent il s'éloigne à force de s'agrandir : il y a aſſurément des cas où la moitié vaut plus que le tout. Le Midas de la fable pourroit ſe retrouver dans l'hiſtoire. Une Nation quelconque doit être, ce me ſemble, diviſée en pluſieurs claſſes. Il faut encore qu'il y ait dans chaque ordre de la Société un certain nombre proportionné entr'eux, c'eſt-à-dire, que les ordres ſubalternes doivent être en plus grand nombre ; ſans quoi l'harmonie politique eſt dérangée. Cette proportion doit être comme dans un Edifice Piramidal ;

midal, qui devient plus étendu à mesure qu'on s'approche de la base. Un corps, trop grand pour sa constitution, s'affaisse & périt écrasé sous son propre poids. Imaginons, pour un moment, un Etat où tout le monde fût riche ; il ne pourroit subsister sans faire venir des étrangers indigens pour le servir. Le pouvoir souverain est comme le point supérieur, qui doit être unique, soutenu graduellement par tous les ordres inférieurs, dont le peuple fait la base. Trop de richesses, trop accumulées ou trop répandues, ce seroit vouloir faire une pyramide en en détruisant l'essence, ou vouloir que des corps existassent sans pieds. Je laisse là le désordre qui en résulte dans la morale, qui a plus de part qu'on ne pense dans tout le Système politique. Une Nation très riche pourra subjuguer une Nation moins riche ; mais les Nations pauvres subjugueront toujours les Nations très opulentes.

Que l'Angleterre fasse donc attention (& des personnes respectables en Angleterre sont de ce sentiment) qu'un plus grand commerce pourroit lui devenir nuisible, & même funeste : les branches gourmandes affoiblissent l'arbre. Vous avez beaucoup d'or, disoit-on à Crésus Roi de Lydie ; mais celui qui se servira du fer mieux que vous, vous enlevera tout cet or. Trop de richesses éteignent l'industrie ; la corruption des mœurs gagne tous les Etats; & dès-lors tout est perdu. Je me flatte que l'imagi-

R

nation fublime & profonde des Anglois, en
couvant ces principes, les fera germer; ils
deviendront plus fertiles, & l'humanité en
profitera. J'entrevois cette vérité, je la
fens, mais je n'ai pas toute la force néceffaire dans l'expreffion, pour la mettre dans
tout fon jour & la faire également fentir
aux autres.

La même marche politique peut être appliquée aux autres Puiffances; & l'on re-
connoîtra, que fi les hommes vouloient vivre en freres, chacun y trouveroit fon
compte. On ne fauroit difconvenir que la
puiffance politique ne confifte dans un grand
nombre de fujets aifés, qui font une grande
confommation, & qui font valoir le fol, &
emploient leur induftrie pour fe paffer, le
plus qu'il eft poffible, de l'étranger, à qui
ils fourniffent encore & les fruits de leur
terre & le travail de leurs mains. Le travail & l'induftrie de plufieurs font infiniment
plus utiles au Monarque, que les richeffes
accumulées d'un petit nombre. Ainfi il y
a encore un *maximum* pour les richeffes. La
trop grande population feroit même nuifible: elle produiroit des maladies, des épidémies, la famine, des révoltes, & la pefte.
Tout excès eft dangereux.

En Politique très fouvent rien n'eft moins
vrai que le vraifemblable; une profpérité
apparente mafque fouvent la ruïne d'un Etat,
& un grand malheur amene quelquefois de
grands avantages. En voici un exemple.

La perte que les Anglois avoient faite de
Mahon au commencement de la guerre, paroiſſoit leur annoncer les plus grands déſaſtres & leur être très déſavantageuſe. Point
du tout. Outre que cet événement extraordinaire réveilla la Nation, dont l'heureuſe
conſtitution rend les fautes courtes, & où
la concorde naît ſouvent de la déſunion même, comme l'harmonie dans la muſique réſulte des diſſonances qu'on ſauve ; cette perte les a rendus encore plus marins, en les
forçant à braver toutes les ſaiſons dans la
Méditerranée. Autrefois les Eſcadres Angloiſes s'accoquinoient à Mahon, & les
portiers de la Méditerranée laiſſoient très
ſouvent la Clef à la porte. Dans la guerre
de 1744 on a vu ſouvent les Eſcadres Françoiſes & Eſpagnoles ſe joindre, ſortir &
entrer dans la Méditerranée pendant que les
Anglois étoient à Minorque. Dans cette
guerre-ci, en 1757 ou 1758, une Diviſion
de l'Eſcadre de M. de la Clue, deſtinée pour
le Cap Breton avec des troupes & des mu-
nitions, fut interceptée au milieu de l'hiver
devant Carthagene par l'Eſcadre Angloiſe,
qui probablement auroit été à Mahon dans
une ſi rude ſaiſon, ſi les Anglois avoient
été en poſſeſſion de cette Iſle. Peut-être de
cet événement ſeul ont dépendu preſque
tous les ſuccès ultérieurs des Anglois en
Amérique. Les malheurs ſont donc ſouvent
le germe du bonheur, qui peut à ſon tour
ramener les plus grands déſaſtres. Leçon

importante, & trop peu appréciée!

Les Symptômes de l'opulence d'un Etat font très équivoques. L'augmentation des revenus de la Douane eft, par exemple, un Barometre très fautif pour juger fi le commerce eft floriffant. L'Exportation feule en eft la bouffole. J'ai fait voir que depuis 1740 les revenus de la Douane, qu'on appelle l'Amirauté en Hollande, avoient beaucoup augmenté, & que cette augmentation ruïnoit l'Etat, puifqu'elle provenoit de la mortalité des bêtes à corne, dont on faifoit venir des recrues confidérables du Dannemarck, contre de l'argent qui fortoit de Hollande fans retour. Ainfi fi l'Angleterre achete plus de denrées pour fournir à fes colonies, le revenu de la douane peut s'augmenter, & être nuifible au Royaume ; à moins que le retour des Colonies n'apporte en échange une furabondance de denrées qu'on revende à l'étranger, & qui bonifie ce déchet, & le convertiffe en profit réel. C'eft ce que le tems prouvera, & ce qu'une bonne adminiftration pourra procurer. Les débouchés d'un accroiffement des manufactures du pays, font un avantage réel, parce qu'ils augmentent néceffairement le nombre d'artifans, par conféquent la population & la confommation. Les Manufactures attirent ordinairement un plus grand nombre d'étrangers, qui réparent la breche que les Colonies font à la population de la Métropole. La combinaifon de tous ces principes eſt néceſſaire pour juger de l'importance & de l'utilité d'une nouvelle Colonie.

Si donc il eſt preſque problématique ſi de grandes acquiſitions, fruits des grands ſuccès dans la guerre, peuvent à peine compenſer les maux qu'elle cauſe ; à plus forte raiſon ne doit-on jamais la commencer dans l'incertitude de ces ſuccès. En raiſonnant conſéquemment, ce ſiecle devroit être deformais le ſiecle de la paix, ſi l'on veut, comme il paroît, protéger le commerce dans les principaux pays de l'Europe, comme en France, en Angleterre, en Eſpagne, en Hollande, en Portugal, & dans tout le Nord. Ces Puiſſances ont un intérêt commun à entretenir une profonde paix, à aſſoupir & éloigner toutes les tracaſſeries Royales qui pourroient allumer une guerre chez leurs voiſins ; & les Puiſſances commerçantes étant réunies, & éludant toujours la guerre, elle pourra être facilement évitée.

D'un autre côté, j'avoue qu'il ſe préſente une grande difficulté : c'eſt que la Nation Angloiſe pour ſa propre ſûreté, pour conſerver ſa ſplendeur & exercer ſon goût pour la dépenſe, & cette généroſité naturelle à la Nation, ainſi que cet eſprit de liberté & de puiſſance, croit devoir conſerver une prépondérance dans la Marine, que ſa ſituation & la conſtitution de ſon Gouvernement ſemblent exiger, ainſi qu'un Commerce très étendu, dont elle paroît

avoir plus befoin que toute autre Puiffance. Mais il n'eft pas tems encore de détailler ce point important. Difons auparavant encore un mot du commerce de l'Inde.

Le commerce des Indes eft fuppofé deftructif par l'argent qu'on y envoie, fi une
grande partie des retours n'eft revendue à
l'étranger. Mais le grand principe, univerfellement cité, ,, que fi l'on eft obligé
,, d'acheter les denrées Indiennes de con-
,, fommation chez l'étranger, il vaut enco-
,, re mieux les faire venir par foi-même,"
pourroit bien fouffrir quelquefois exceptions:
en voici la raifon. L'argent qui va fe perdre en Afie, eft perdu pour l'Europe: l'argent qu'on apporte chez fes voifins, augmente la circulation générale, & on en
profite. Plus nous envoyons de concurrens
en Afie, plus nous hauffons le prix de leurs
denrées, plus nous courons de rifques, &
plus nous nous faifons réciproquement tort.
Ce commerce, qui étoit d'abord fi lucratif
à une ou deux Puiffances, eft devenu à la
longue peu important, pour ne rien dire de
plus, aux autres qui s'en font mêlées. Il ne
convient donc pas que toutes les Puiffances
fe mêlent de ce Commerce ; je veux dire
que cela n'eft pas de l'intérêt de l'Europe
en général. Je n'ofe prefque dire mon fentiment là-deffus. Je laiffe à des gens plus
habiles, & à l'expérience, à développer
& approfondir ces principes. Je crois feulement pouvoir affurer, qu'il convient à

toute l'Europe que ce foient les Hollandois qui confervent une grande partie de ce
commerce, & particuliérement celui des épiceries & de la canelle. Si la France ou
l'Angleterre avoient les Moluques, Ceylan,
le Pérou, le Mexique, le Bréfil, en peu de
tems ils auroient l'argent de toute l'Europe, & ils deviendroient malheureux par
des difproportions dans les claffes inférieu-
res, fources de cabales & de divifions, &
par la jaloufie de tous leurs voifins, qui
feroient d'autant plus redoutables qu'ils feroient plus pauvres. Dans un grand Royaume, il faut que les gradations de l'opulence à la mifere foient nombreufes; & à
chaque degré qu'on defcend, le nombre des
individus doit augmenter de beaucoup.

La République de Hollande n'eft pas une
Puiffance active dangereufe; c'eft une Puiffance paffive vivifiante. Dans fes marais
defféchés, elle n'a d'autre reffource que le
commerce, d'autre fubfiftance que l'induftrie. La paix eft fon élément, & la confervation de fon état toute fon ambition.
Elle eft utile à fes voifins; elle ne peut jamais leur faire ombrage quand on la laiffe
en repos. Mais elle pourroit encore devenir redoutable, fi on la pouffoit à bout.
Cependant fans la pêche des harengs, qui
eft diminuée de deux tiers depuis la guerre
de Cromwel & de Charles fecond, & fans
le commerce des Indes & le cabotage, la
République ne fauroit fubfifter long-tems.

Ainfi il eft de l'intérêt de l'Europe de la conferver dans la poffeffion de ces trois objets, pour le bien général & pour celui du Syftême actuel de l'Europe, Syftême de commerce, Syftême de crédit, Syftême de circulation, Syftême de fonds publics, Syftême de richeffes imaginaires & artificielles, Syftême de manufactures, Syftême du luxe. Un des arcs-boutans de cet édifice, que peu connoiffent, c'eft la Hollande foutenue dans un état floriffant. Si jamais, comme il y a grande apparence, les mines du Pérou & du Mexique viennent à tarir, comme il eft arrivé à celles d'Efpagne, tout ce Syftême tombe. Dès-lors le commerce des Indes deviendra tout-à-fait pernicieux, appauvrira l'Europe ; tout le numéraire de crédit en papier s'évanouïra ; tous les états & les fortunes des particuliers feront renverfés fucceffivement & avec précipitation. Il y aura pour-lors un bouleverfement dans le fyftême univerfel. Mais cet événement n'exiftant pas encore, il eft conftant que les Hollandois, à la faveur de cette circulation artificielle, foutenue des efpeces proportionnelles fonnantes, & à la faveur de l'œconomié, peuvent procurer à leurs voifins les denrées les uns aux autres à meilleur marché que s'ils les faifoient venir eux-mêmes en droiture. Aucune Nation n'a encore réuffi à faler les harengs ni fi bien, ni à fi bon marché. Je préfume que leurs voifins profiteroient davantage à leur en fournir le

fel, qu'à en faire eux-mêmes la falaifon.
Ce qui prouve un des principes que j'ai mis
en avant au commencement de ma lettre.

Dans l'harmonie du tableau politique de
l'Europe commerçante, on trouvera qu'il
n'eft nullement incompatible à l'intérêt commun, des Puiffances, que l'Efpagne poffede
les mines du Pérou, le Portugal celles du
Bréfil, la Hollande les Epiceries & la pêche
des harengs, la France les fucres & l'indigo, & autres productions de St. Domingue,
de la Martinique, & de la Guadeloupe,
ainfi qu'une partie des grandes pêcheries;
& que l'Angleterre peut & doit en même
tems conferver une prépondérance univerfelle fur tout le commerce, dont la Bafe eft
l'Amérique Septentrionale, la Jamaïque, les
grandes Indes, excepté les Moluques, &
Ceylan: celui de ce Royaume avec le Portugal fouffriroit peut-être, fi les principales
Colonies à fucre étoient aux Anglois. Je
crois que les Anglois favorifent par leur
commerce les denrées du Bréfil; & ils en
font bien récompenfés par le tribut qu'ils
en tirent. Mais on ne fauroit nier qu'il ne
foit de l'intérêt de toute l'Europe que les
principales colonies à fucre foient à la France, pour fournir à la confommation de l'Allemagne & au commerce de la Hollande.
Premiérement parce qu'elle peut le fournir
à meilleur marché. D'abord toute l'Allemagne, la Hollande, le Nord en profitent.
Secondement, fi l'Angleterre avoit toutes

les poſſeſſions à ſucre, celles du Bréſil ſeroient inutiles pour le Portugal: ce Royaume en ſouffriroit, & l'Angleterre perdroit
dans ſon commerce avec ce Royaume une
grande partie du profit exceſſif & illuſoire,
qu'elle gagneroit d'un autre côté au préjudice de toute l'Europe. Si j'étois plus au
fait du détail du commerce, je ſuis perſuadé qu'il y auroit d'autres exemples qui
viendroient encore à l'appui de mes principes. L'Angleterre eſt unie avec le Portugal par des intérêts mutuels. Ce commerce
réciproque eſt néceſſaire aux deux Nations.
L'une conſomme les produits de l'autre,
& cela ne fait pas grand tort aux autres
Puiſſances, qui jouiſſent d'autres compen-
ſations.

Qu'on n'aille pas croire que je veuille
introduire l'Optimiſme de Leibnitz en politique. Je ne prétends pas que tout ſoit
exactement bien; il y a des arrangemens
qui pourroient être meilleurs. Mais je ſoutiens que toutes les Puiſſances commerçantes peuvent ſubſiſter d'une façon proſpere
ſur le pied actuel en tems de paix; & s'il
y a quelque branche de commerce qui ne
ſoit pas à ſa place, & dont on croie avoir
beſoin, il vaut mieux s'en paſſer que de
s'engager, pour l'acquérir, dans une guerre, qui détruit toutes les autres branches :
tout comme il vaut mieux ſouffrir une lé-
gère incommodité, que de détruire ſa conſtitution par des remedes violens.

JE citerai un trait qu'on lit dans l'hiftoire du Siecle de Louis XIV par M. de
Voltaire. „ Les Nations, dit-il, dans les
„ Monarchies Chrétiennes, n'ont prefque ja-
„ mais d'intérêt aux guerres de leurs Sou-
„ verains. Des Armées mercenaires, le-
„ vées par ordre d'un Miniftre, & condui-
„ tes par un Général qui obéit en aveugle
„ à ce Miniftre, font plufieurs Campagnes
„ ruïneufes, fans que les Rois, au nom def-
„ quels elles combattent, aient l'efpéran-
„ ce, ou même le deffein de ravir le
„ patrimoine l'un de l'autre. Le peuple
„ vainqueur ne profite jamais des dépouil-
„ les du peuple vaincu, & paie tout ; il
„ fouffre dans la profpérité des armes,
„ comme dans l'adverfité, & la paix lui
„ eft prefque auffi néceffaire, après la plus
„ grande victoire, que quand les ennemis
„ ont pris fes places frontieres. Cela eft
„ prefque toujours vrai, & les exceptions
„ en font rares."

J. J. Rouffeau confirme mes principes
dans fon Projet de paix perpétuelle. Ecoutons ce grand Ecrivain. „ Si tous les Rois,
„ dit-il, ne font pas revenus encore de la
„ folie des conquétes, il femble au moins
„ que les plus fages commencent à en-
„ trevoir qu'elles coutent quelquefois plus
„ qu'elles ne valent. Sans entrer à cet
„ égard dans mille diftinctions, qui nous
„ meneroient trop loin, on peut dire en
„ général qu'un Prince, qui, pour reculer

„ ſes frontieres, perd autant de ſes anciens
„ ſujets qu'il en acquiert de nouveaux,
„ s'affoiblit en s'agrandiſſant ; parce qu'a-
„ vec un plus grand eſpace à défendre, il
„ n'a pas plus de défenſeurs. Or on ne
„ peut ignorer, que par la maniere dont
„ la guerre ſe fait aujourd'hui, la moindre
„ dépopulation qu'elle produit eſt celle qui
„ ſe fait dans les armées: c'eſt bien-là la
„ perte apparente & ſenſible ; mais il s'en
„ fait en même tems dans tout l'Etat une
„ plus grave & plus irréparable que celle
„ des hommes qui meurent, par ceux qui
„ ne naiſſent pas, par l'augmentation des
„ impôts, par l'interruption du commerce,
„ par la déſertion des campagnes, par l'a-
„ bandon de l'agriculture ; ce mal qu'on
„ n'apperçoit point d'abord, ſe fait ſentir
„ cruellement dans la ſuite : & c'eſt alors
„ qu'on eſt étonné d'être ſi foible, pour
„ s'être rendu ſi puiſſant. Ce qui rend en-
„ core les conquêtes moins intéreſſantes,
„ c'eſt qu'on ſait maintenant par quels mo-
„ yens on peut doubler & tripler ſa puiſ-
„ ſance, non ſeulement ſans étendre ſon
„ territoire, mais quelquefois en le reſſer-
„ rant, comme fit très ſagement l'Empe-
„ reur Adrien. On ſait que ce ſont les
„ hommes ſeuls qui font la force des Rois ;
„ & c'eſt une propoſition qui découle de
„ ce que je viens de dire, que de deux
„ Etats qui nourriſſent le même nombre
„ d'habitans, celui qui occupe une moin-

„ dre étendue de terre, eft réellement le
„ plus puiffant. C'eft donc par de bonnes
„ Loix, par une fage police, par de gran-
„ des vues économiques, qu'un Souverain
„ judicieux eft fûr d'augmenter fes forces,
„ fans rien donner au hafard. Les vérita-
„ bles conquêtes qu'il fait fur fes voifins,
„ font les établiffemens plus utiles qu'il
„ forme dans fes Etats; & tous les fujets de
„ plus qui lui naiffent, font autant d'enne-
„ mis qu'il tue."

Le corollaire qui réfulte de ces obfervations confirme de plus en plus mes principes, & vient à l'appui de mon fyftême. La
dévaftation de la Baviere en 1743 s'eft fait
fentir à tout le commerce de l'Europe. Elle fe reffentira longtems de celle que plufieurs pays de l'Allemagne ont éprouvée
dans cette derniere guerre. Les Puiffances
qui font le commerce avec la Pologne,
s'apperçoivent que leur profit diminue d'année en année. Ce Royaume n'ayant que
du grain en échange de tant de chofes,
s'appauvrit; les fources de fon commerce
tariffent. Ces anciens Sarmates n'en deviendront que plus redoutables. Les Nations
pauvres du Nord ont autrefois ravagé &
conquis toute l'Europe, & les maîtres du
Mexique & du Pérou ont perdu une grande
partie de leurs Etats. Les Nations de l'Europe feroient moins blâmables fi elles fe
tournoient du côté de l'Afrique, au lieu de
fe déchirer réciproquement. Les Puiffances

Barbaresques les insultent perpétuellement ;
il y auroit un plus grand avantage à civiliser ces Barbares, & à faire renaître en
Afrique le tems des Cartaginois, des Sy-
phax, des Massinissas. Un objet encore
moins injuste & plus facile, ce seroit de
tourner ses regards du côté de l'Amérique,
non pour des actes hostiles, mais pour des
établissemens de commerce. C'est-là que
les Puissances commerçantes ont de l'ouvrage pour quelques siecles. Plus on rendroit
par de bons procédés, par la douceur &
par l'humanité, les Américains sensuels,
voluptueux, plus ils auroient de luxe, plus
on feroit fleurir le commerce de l'Europe,
en les mettant dans notre dépendance, &
plus nous rendrions peut-être d'un autre
côté ces Nations malheureuses. Mais il faut
un objet à l'homme pour occuper son ambition. Civiliser les sauvages en les subju-
guant, paroit un bien mêlé de mal. Il feroit difficile de décider lequel l'emporte.
C'est un Problême. Rousseau le Poëte dit,
que c'est la raison qui nous égare, & l'in-
stinct qui conduit le Sauvage.

> La Nature, en trésors fertile,
> Lui fait abondamment trouver
> Tout ce qui lui peut être utile,
> Soigneuse de le conserver.
> Content du partage modeste
> Qu'il tient de la bonté céleste,
> Il vit sans trouble & sans ennui ;

Et si son climat lui refuse
Quelques biens dont l'Europe abuse ;
Ce ne sont pas des biens pour lui.

Couché dans un antre rustique
Du Nord il brave la rigueur ;
Et notre luxe Asiatique
N'a point énervé sa vigueur.
Il ne regrette point la perte
De ces arts dont la découverte
A l'homme a couté tant de soins ;
Et qui, devenus nécessaires,
N'ont fait qu'augmenter nos miseres
En multipliant nos besoins.

Tout le monde sait ces vers par cœur, & le cœur de personne n'en est pénétré. C'est que l'homme factice & artificiel est toujours en contradiction avec l'homme originel & naturel (38). Nous cherchons toujours à exister au dehors ; rarement entrons-nous en nous-mêmes pour nous réduire à nos vraies dimensions ; en nous éloignant toujours de nous-mêmes, nous ne nous retrouvons plus. Ce qui arrive à l'individu arrive à une Nation entiere. Une Nation Européenne croit multiplier son être & étendre son existence en augmentant ses besoins, & en s'établissant en même tems, en Amérique, en Afrique, & en Asie. Delà les résultats contradictoires entre la spéculation, & l'expérience, entre la théorie & la pratique. Tout est contradiction dans

(38) J. J. Rousseau.

l'homme. L'Evêque de Cloyne, après avoir fait l'énumération de la quantité prodigieuse de bœuf, de porc, de beurre, de fromage que l'Irlande exporte tous les ans, demande comment un étranger pourra concevoir, que la moitié des habitans meure de faim dans un pays si abondant en vivres. Ce font encore de ces contradictions qui font dans l'homme, & qu'on ne doit pas chercher ailleurs. Les riches mines d'étain du pays de Cornouailles n'enrichissent pas ce Comté, qui est pauvre; c'est que les riches Négocians de Londres en font faire l'exploitation, & ne siegent pas dans la Province. L'homme n'est presque jamais où il paroît être, & notre empressement inconsidéré à devenir heureux, nous empêche de l'être. Voilà ce qui est vrai dans l'homme; voilà ce qui est vrai à l'égard des Nations. Les Puissances de l'Europe trouveroient presque toujours, dans le maintien de la paix, les avantages qu'on cherche inutilement dans les fréquentes guerres.

Il y a encore de nos jours une contradiction plus fatale, c'est que presque tous les Princes qui occupent les Trônes, remplis de sagesse & d'humanité, aiment la paix, & par une triste fatalité ont été souvent entraînés dans des guerres ruïneuses; il est à souhaiter que cela n'arrive plus si souvent. Ceux qui pensent, dit M. de Voltaire, que les Rois & leurs Ministres facrifient fans cesse & sans mesure à l'ambition, ne se trom-

trompent pas moins que celui qui penferoit
qu'ils facrifient toujours au bonheur du monde. Je ne fais fi l'on ne peut pas fe flatter, que le genre humain, en vieilliffant,
ne devienne un jour plus fage fur des articles
qui regardent fon bonheur & fon bien-être.
L'art de la guerre, fi généralement connu,
eft porté à un point, qu'on eft prefque partout
à l'abri de ces invafions fubites qui boule-
verfent des Royaumes : les fraix d'une Campagne deviennent fi grands, le fruit des
fuccès fi mince, par les reffources que la partie adverfe trouve après une défaite, que
l'ambition la plus forte trouve un contrepoids dans l'avarice qui la balance, ou plutôt dans l'impuiffance de fournir aux dépenfes foutenues que la guerre exige. Un Monarque contemporain, non inférieur à
Alexandre, ni à Céfar, a été obligé d'é-
puifer comme eux toutes les reffources de
l'art & des travaux militaires, pour conferver une Province dont la conquête fut d'a-
bord aifée à la faveur de certaines circonftances. Encore ce fuccès eft un phénomene, qui a furpris & étonné l'Europe. Les
dépenfes de la Grande-Bretagne, qui lui
ont procuré de fi grands fuccès, ne fauroient
être fouvent répétées. Cette balance de l'Europe, qui a coûté tant de fang à nos peres,
eft très bien établie, pour ne point craindre
de longtems une Puiffance affez prépondéran-
te pour inquiéter le refte de l'Europe. Le
commerce eft devenu la pomme de difcor-
de; mais quand on fera réflexion que la

S

paix est son élément, & la guerre son des-
tructeur, il est à espérer qu'on sera plus circons-
pect à rompre l'une pour renouveller l'autre.

La raison & l'intérêt viendront à l'appui de l'impuissance, où l'on se trouvera de
plus en plus, de faire de longues guerres.
Autrefois la guerre se faisoit par des taxes
annuelles, qui suffisoient à sa dépense ; cela
est devenu impossible, & de forts emprunts
suffisent à peine pour remplir cet objet. On
sentira une bonne fois, qu'agrandir le Royaume, ou le terrain du Royaume, n'est pas
souvent agrandir la puissance du Monarque,
qui consiste dans le grand nombre de sujets
aisés. L'expérience fait voir les ressources
que la partie adverse trouve après les plus
grandes pertes, & que c'est toujours à recommencer sur de nouveaux frais. La famine de 1709, & la ruïne générale en France, fournit à Louis XIV une funeste mais
utile ressource pour le moment. Les campagnes demeurant en friche, la pauvreté du
peuple facilita les recrues, au point que la
France parut avec des Armées encore plus
nombreuses que celles de ses ennemis toujours vainqueurs ; elle gagna du tems ; &
des accidens, qui arrivent toujours quand
on a du tems, sauverent la France. Mais
aucun Monarque ne voudroit assurément se
mettre dans le cas d'une pareille crise,
quoiqu'elle se trouve dans l'ordre des événemens. Nous avons vu de nos jours plus
d'une esquisse de ce tableau. En un mot,
les lumieres qui se répandent de plus en

plus, l'humanité, l'expérience, la fageſſe appuyée de l'intérêt & de la néceſſité, pourront un jour établir une paix ſolide & durable en Europe, & le genre humain pourra devenir plus heureux. Les vœux de tous les gens raiſonnables & humains doivent ſe réunir ſur cet article, & ils doivent tous employer leur eſprit, leur crédit & leurs lumieres, pour inſpirer par-tout les mêmes ſentimens, & établir le même ſyſtême.

Il me reſte encore à dire quelque choſe en faveur des Anglois, qu'on pourroit m'accuſer de déprimer dans ce Syſtême. Non, Monſieur, je ſuis Coſmopolite, non pas froid & indifférent, mais zélé & humain. J'aime toutes les Nations, parce qu'il y a dans toutes les Nations des perſonnes aimables, & qu'elles appartiennent toutes à l'humanité. J'ai en horreur les haines Nationales, parce qu'il n'y a rien de ſi injuſte. C'eſt la cauſe de l'humanité que je plaide. Je dis donc que la Nation Angloiſe, qui eſt au comble de ſa gloire, ſi, par une bonne adminiſtration, elle n'en abuſe pas, a beſoin de grandes précautions pour veiller à ſa conſervation. Il n'eſt donc pas étonnant qu'elle ſoit plus jalouſe des avantages qu'on convient étre plus précaires. La France, par ſon étendue, par le nombre de ſes habitans, par la bonté de ſon ſol, par la frugalité & l'induſtrie de ſes peuples, par ſa ſituation, ſera toujours un Royaume puiſſant, quand elle n'auroit preſque point de commerce étendu, ni de Colonies. Son

vafte Etat fi bien englobé, fes doubles frontieres, l'affurent contre une fubite invafion.
Mais l'Angleterre, par fa pofition phyfique,
n'ayant que fes murailles de bois & la prépondérance de fon commerce, doit tâcher de
conferver une Marine fupérieure vis-à-vis
une Puiffance qui en toute autre chofe l'emporte fur elle. Elle paroît s'allarmer avec
raifon ; fes craintes ne font pas tout-à-fait
chimériques : & c'eft le point fatal, qui
feul peut troubler cette heureufe harmonie
& proportion que je cherche pour le bien
de l'Europe, de l'humanité, & de deux Nations les plus puiffantes, les plus aimables
de l'Univers. J'invite tous les honnêtes
gens à trouver cette combinaifon, & à développer cet amas indigefte de propofitions,
que j'expofe avec confiance dans l'état in-
forme où elles font.

Il y a des Anglois qui prétendent, que fans
les préparatifs & l'augmentation de la Marine
de France en 1751 & 1752, jamais la guerre n'eût éclaté, & que les différens en
Amérique & en Afie fe feroient accommodés
à l'amiable : qu'ils avoient tout fujet de
craindre leur ruïne, s'ils avoient attendu
que cette Marine eût acquis toute fa confiftance : que les intérêts de leur confervá-
tion & de leur fureté exigeoient de la prévenir. Je n'examine pas la validité de ce
raifonnement ; mais pour peu qu'en bon citoyen on en examine les fuites, on verra
combien il importe à l'humanité de les prévenir à l'avenir. La France n'eft pas moins

fondée à prétendre avoir une Marine respectable pour le soutien de ses Colonies, dont
la possession est précaire sans cela. La France
ce cependant paroît n'en avoir besoin que
pour la conservation d'un accessoire important; l'Angleterre, pour l'essentiel de son
existence. Je conjure les Puissances de faire
attention, puisqu'elles aspirent presque toutes aux avantages du commerce, combien
la longue paix, qui a suivi la guerre de la
succession, a été avantageuse à tous, &
combien la guerre a été nuisible à la population, & à plusieurs branches de commerce, même pour ceux à qui des succès étonnants avoient appris le secret de leurs forces. Si des succès prodigieux peuvent à
peine compenser les dommages que ce fléau
cause, pourquoi en courir si souvent le ha-
sard? De trois fléaux de la Nature, la Providence n'a mis dans nos mains que celui
de la guerre, & il est le plus commun.
Que seroit-ce si nous étions les maîtres de
faire venir la peste & la famine? Mais si
une Puissance voisine, disent les Anglois,
dont nous ne pouvons pas reculer les côtes,
qui a plus du double de monde que nous,
trois fois plus d'étendue, plus de ressources, venoit à avoir une Marine supérieure
ou même égale à la nôtre, nous nous trou-
verions dans le péril imminent d'être enva-
his, détruits, ou ruïnés. Ce n'est donc pas
la jalousie de son commerce, mais la juste
crainte de ses forces qui nous fait agir; &
la France n'a perdu une partie de ses Co-

lonies que par la crainte de les perdre. Je
ne fuis pas en état de décider jufqu'à quel
point la France peut porter fa Marine pour
protéger fes Colonies, fans allarmer un voifin qui craint toujours pour fes côtes & pour
fon commerce.

Non noftrûm inter vos tantas componere lites.

Mais je fuis perfuadé que fi l'amitié & la
confiance pouvoient être bien établies, &
fondées fur un intérêt & une convenance
réciproque bien entendue, bien démontrée
conformément à mes principes, ce point ne
feroit pas impoffible à trouver, fans cependant régler rien de pofitif ni de déterminé.
Perfonne ne peut difconvenir qu'une Marine formidable ne foit néceffaire à une grande Ifle, qui n'a d'autre défenfe contre une
invafion que fes flottes ; elle eft néceffaire
pour défendre des Colonies, & des poffef-
fions lointaines, & même pour faire la
conquête, quoiqu'à grands fraix, des Colonies éloignées fur des Puiffances dont la
Marine eft foible ou inférieure. C'eft dans
ce fens-là feul qu'on peut encore dire que
qui eft le maître de la mer, l'eft de la terre, & que

Le Trident de Neptune eft le Sceptre du Monde.

Mais je prie tous ceux qui examineront cette thefe, de faire attention aux reftrictions
de ce principe.

CHAQUE Etat étant différent de l'autre par sa situation locale, par son étendue, par son climat, par la nature de son sol, par sa Religion, par ses relations au-dehors, par la nature de son Gouvernement, il doit avoir aussi une constitution politique différente. La Marine des Athéniens, des Carthaginois, des Romains, étoit d'une autre nature que la nôtre, même pour la partie qui fait la force navale de l'Etat. Il faut pour un moment faire abstraction du Commerce, qui étoit encore dans l'enfance. Alors les flottes rivales se cherchoient toujours; aujourd'hui souvent elles s'évitent. A Salamine, à Platée, à Actium, les Vaisseaux ou plutôt les Galeres, les Galiottes, paroissoient planchayer la superficie immobile de la Mer: ils s'approchoient infailliblement à la faveur de la rame, s'entrechoquoient toujours, s'entre-détruisoient les uns les autres par le fer & par la flamme. La victoire laissoit le vainqueur maître de la mer & de la terre; une bataille ou deux sur terre avoient les mêmes suites. Aujourd'hui, que les frontieres sont bordées de places fortes, le vainqueur est arrété à chaque pas. Turenne, Condé, Marlborough, Villars, Eugene, le Maréchal de Saxe, ont gagné plus de batailles qu'Alexandre & César. Il n'y a cependant aucune proportion entre les conquêtes des héros anciens, & celles des modernes. Qu'on approfondisse les causes de ces grands & étonnans changemens, & l'on trouvera dans la diversité des circonſtances la néceſſité de changer les maximes politiques qui paroiſſent les plus fondamentales. Quand les moyens ne ſont plus proportionnés aux effets qu'ils doivent produire, on doit les rectifier, les corriger, ou les abandonner.

Pour juger du peu d'influence des forces maritimes en Europe ſur les conquêtes en terre ferme, qu'on jette les yeux ſur les ſuccès qu'ont eu les grands armemens dans ces derniers ſiecles. Je laiſſe-là la flotte invincible de Philippe II. Rapprochons-nous de notre ſiecle. Les grandes & nombreuſes flottes de l'Angleterre, de la Hollande & de la France, ont-elles jamais produit des effets proportionnés à leurs forces & à la dépenſe énorme qu'ont cauſé ces Armemens? Les Anglois dans cette derniere guerre n'ont-ils pas échoué ſur les côtes de France? Louis XIV, avec une formidable Marine, a-t-il ſeulement conquis l'Irlande, où le parti du Roi Jâques favoriſoit ſes deſſeins? Autrefois les Saxons, les Danois, les Normands, avec moins de forces, conquéroient l'Angleterre. Convenons-en; ſi le tems, dont parle le Prophete, des *Cieux nouveaux*, & *d'une terre nouvelle*, n'eſt pas encore arrivé, du moins la forme en eſt changée quant à la partie militaire; on peut bien dire que c'eſt réellement un nouveau monde, très différent de l'ancien. L'invention de la poudre, l'Art du Génie, les recherches des Vauban, des Coehorn, les marches ſavantes perfectionnées par les Turenne, les Condé, les Montecuculi, &c. ont prolongé la défense en multipliant les ressources. L'expérience a fait voir que les grandes actions des Ruiter, des Du Quesne, des Blake, étoient plus propres à exciter l'admiration qu'à procurer des avantages réels. C'est dans les conquêtes lointaines des Colonies, des Isles, que les Anglois ont brillé & ont eu des succès prodigieux. On a presque renoncé aux combats navals. Il n'est presque plus question d'abordage; & je doute fort qu'on retire, au moins en France, des grands Armemens tout le fruit qu'on doit attendre d'une aussi prodigieuse dépense.

Je ne prétends pas pour cela qu'on néglige entiérement la Marine; mais je souhaiterois qu'on examinât mûrement jusqu'à quel point elle est nécessaire & utile, ainsi que le tems & les moyens de la former. Je souhaiterois qu'on comparât les pertes réelles & les imaginaires; ce que l'on sauve par la Marine, & ce qu'elle coûte; qu'on calculât quelles forces navales conviennent à une Puissance qui en tems de paix a deux cent mille hommes sur pied; si elle ne se peut dispenser d'entretenir une Marine également formidable; si les dépenses immenses qu'exige cet entretien ne pourroient pas produire de plus grands avantages dans d'autres branches de l'administration; que l'on reconnût bien ce qui distingue essentiellement cette Nation de celles qu'on nomme *Puissances Maritimes*, pour ne s'expofer pas à des defaftres préfens pour des craintes futures. Je fais que j'attaque un principe reçu, un préjugé univerfel ; mais encore je voudrois qu'on examinât une bonne fois, fi la France ne peut pas trouver dans le fein du Royaume, dans fon fol & dans fes entrailles, dans le travail & dans la multiplication de fes habitans, des richeffes plus folides, moins précaires, que celles qu'on cherche au loin avec tant de peine, tant de périls, & tant de dépenfes; fi dans un pays où il y a tant de caufes qui augmentent la dépopulation, tant de luxe, tant de Célibataires, une trop grande Navigation n'eft pas nuifible, & contraire à fa conftitution, ainfi qu'un trop grand nombre de Colonies éloignées en terre ferme. Tout commerce n'eft pas également bon pour tout pays. Tel commerce qui enrichit quelques particuliers, eft nuifible à l'Etat ; & tel autre qui convient à une Nation, eft dangereux pour une autre. La plus brillante branche de commerce coûte fouvent plus de fang & de tréfors pour la conferver par la guerre, qu'elle ne rapporte dans les treves ; car malheureufement la paix n'eft ordinairement qu'un intervalle où les hoftilités manifeftes ceffent pour recommencer avec plus de vigueur. Chaque fiecle a eu fon Syftême de politique, comme de philofophie. Aux Croifades ont fuccédé les nouvelles découvertes en Amérique & en Afie, puis les guerres de Religion, puis un prétendu Syftême d'Equili-

bre ; & depuis quelque tems il n'eſt plus
queſtion que de commerce, de Navigation
de Marine. Les progrès les plus éclatans
de Louïs le Grand ont été faits avant que
la grande Marine fût formée. Elle ne peut
s'établir qu'aux dépens des forces de terre,
Il paroît qu'il n'eſt que trop vrai qu'on ne
ſauroit ſervir deux maîtres à la fois. Les
progrès qu'un amas de pêcheurs ont faits
par le commerce, & par leur Compagnie
des Indes, ont ébloüi l'Europe, & ont tourné tous les yeux vers le commerce. Mais
qu'on faſſe attention que les circonſtances
ſont très différentes. La ſituation de ce
peuple dans un pays que la mer inonde,
la néceſſité de tirer parti d'un élément qui
le menace ſans ceſſe, l'impoſſibilité de faire
mieux, ſon économie laborieuſe, l'ont enrichi dans un commerce longtems excluſif.
Mais les choſes ont bien changé depuis que
toutes les Nations ont partagé ce gain. La
maſſe d'or a perdu en profondeur ce qu'elle
a gagné en ſuperficie.

La France a dans ſon ſein un commerce
lucratif & ſupérieur, auquel rien ne peut
donner atteinte, ſi l'on conſerve la main
d'œuvre à un taux plus bas que celui des
autres Nations. Elle trouve dans le goût
& dans la frugalité de ſes artiſans un fond
inépuiſable pour enfanter de nouvelles manufactures, pour imaginer de précieuſes ba-
gatelles, des commodités recherchées, des
modes de toute eſpece. L'Europe entiere,
avide des modes Françoiſes, paie un tribut

à la mode, cette fille légere du caprice & de l'inconstance, qui, en dominant toutes les autres Nations, se laisse dominer par la France. Les vignobles sont encore un vrai Pérou pour la France. La Pêche de la Morue est un objet important, moins parce qu'elle est une pepiniere de Marins, que parce qu'elle est un art nourricier. Mais l'agriculture & les manufactures paroissent devoir être le premier de tous les ressorts d'une bonne administration dans un pays tel que la France.

On ne sauroit assez faire attention à une chose que j'ai tant prêchée autrefois, savoir qu'une des causes, & peut-être la premiere, de la grandeur & de l'accroissement de la puissance des Anglois, est due à leurs soins pour augmenter la culture des terres. Le grain a été une nouvelle mine, à laquelle le Gouvernement a d'abord sacrifié des droits illusoires. C'est la prime d'Exportation qui y a le plus contribué. En donnant de l'argent au laboureur citoyen pour l'exportation des bleds, tout le sol a été mis en valeur ; ç'a été l'aliment de sa puissance. La moitié des trésors qu'un Etat est si souvent obligé de prodiguer dans la Marine, ou dans une guerre qu'on pourroit différer, employée à cet objet, produiroit en dix ans de quoi former & entretenir une Marine sur des principes solides. D'où je conclus que les Puissances commerçantes feroient infiniment mieux de laisser la décision de leurs différends, quand elles ont le

malheur d'en avoir, au fort d'une efpece de
lotterie, qu'au fort des armes. Les guerres
toujours affreufes n'offrent d'ordinaire qu'u-
ne alternative fatale entre des malheurs hu-
miliants, ou des fuccès difpendieux. On n'a
pas exagéré quand on a avancé, que tous
les vices de tous les âges & de tous les lieux
n'égaleront jamais les maux que produit une
feule campagne; & que le fléau, le crime
de la guerre contient tous les crimes. C'eft
une rage deftruɛ̃tive, qui fait de la terre
un féjour de brigandage, un horrible & vafte tombeau.

DE toutes ces réflexions vagues, de tous
ces principes, on pourroit peut-être tirer
des conféquences qui meneroient à trouver
le terme moyen, pour qu'une Puiffance eût
une Marine affez confidérable pour l'objet
de fon Commerce & de fes Colonies, fans
cependant faire ombrage à l'autre. La confervation & la défenfe n'exigent pas un effort aufli confidérable. Dès que les projets
hoftiles font éloignés, on peut épargner
beaucoup de peines & de dépenfes de part
& d'autre, & garder cependant une proportion réciproque. Une confédération intime
avec les Puiffances commerçantes, une garantie folemnelle & réciproque des Colonies, Pof-
feffions & Privileges du Commerce, fondée
fur l'intérêt commun & le bien général,
pourroit établir la confiance, & un fyftême
nouveau, qui feroit le bonheur du genre humain, & la gloire du fiecle. Ces Puiffances agiffant toujours de concert & de bonne

foi, pourroient contribuer à pacifier les autres, & à prévenir toute rupture; & vingt
années feulement de paix rendroient toutes
les Nations heureufes.

LE tableau actuel de l'Europe eft tel,
que quand il fera bien entendu, chaque Puiffance pourra y trouver fa confervation &
fa profpérité, pourvu qu'on ne veuille pas
fe croifer à propos d'intérêts chimériques.
Chaque Puiffance commerçante a au moins
de la befogne pour vingt ans, pour rétablir & améliorer l'intérieur de fon adminiftration, & le commerce, qui eft dans la
fphere de fa force; & avant que tous ces
objets foient remplis, & qu'on en ait tiré
tout le parti poffible, les objets éloignés,
qui par leur étendue paffent prefque toujours cette fphere, font étrangers & nuifibles à l'objet du commerce, & à l'intérêt
réel des Nations. Les réfultats de prefque
toutes les guerres prouvent cette vérité. On
ne commenceroit guere d'hoftilités, fi on
faifoit attention à tant d'objets importans
auxquels on ne fauroit fonger que dans une
longue & profonde paix. J'indiquerai fommairement, & par maniere de récapitula-
tion, ces objets.

C'EST dans la paix feule qu'on peut par
une bonne adminiftration protéger les Provinces qui dépériffent, pour entretenir l'o-
pulence de la Capitale. Plus la tête eft
grande & difproportionnée au refte des membres, plus le corps politique, comme le

phyfique, repréfente l'enfance, & le manque de vigueur de cet âge. L'agriculture,
les manufactures, & le commerce, peuvent
rétablir cette proportion dérangée entre la
tête & les autres membres. Ceux qui ont
reproché à Colbert d'avoir trop protégé les
manufactures, n'ont pas fait attention au
ton du fiecle. Le luxe étant devenu un
mal néceffaire ou inévitable, il en faut tirer
tout le parti poffible. Il faut pefer & calculer les circonftances exiftantes, & non pas
les fuppofitions poffibles. On convient que
les manufactures forment un corps ambulant
& précaire, qui peut fe tranfplanter au
moindre événement. C'eft pourquoi je lui
donne dans mon tableau politique le fecond
rang après l'agriculture, qui, dans l'ordre
œconomique d'un Etat, tient le premier,
comme indeftructible, comme fourniffant la
matiere premiere, comme tenant à la nature & au fol. Mais les arts & les métiers
fuivent de bien près l'agriculture. Qu'on regarde, fi l'on veut, les manufactures comme
un remede à un mal; mais ce mal exifte, &
il féroit mortel fans ce remede. Aux manufactures fuccede le commerce extérieur prochain; à cet objet le commerce excentrique,
c'eft-à-dire éloigné, des Colonies, qui n'eft
néceffaire que lorfqu'une trop grande abondance d'hommes & de denrées exige les débouchés, & de plus, qu'un retour abondant
foit exporté chez l'étranger, pour procurer
un nouvel arrofement à l'Etat. Toutes les

guerres qu'on a faites pour cet objet éloigné, dont la nécessité existoit à peine, ont été faites aux dépens d'objets plus importans, plus instans, plus prochains, plus utiles, plus nécessaires, & plus faciles, & qu'une longue paix seule pouvoit amener à sa perfection. Quand la France & l'Angleterre auront donc mis tout leur sol en valeur, quand toutes leurs Provinces auront toute la population que le terrein comporte, quand on aura établi une circulation & proportion politique entre la Capitale & les Provinces, quand la théorie des impôts aura rencontré l'équilibre entre les besoins & les moyens, quand leurs manufactures auront tous les débouchés intérieurs & extérieurs, pour fournir à la Nation, à l'étranger & aux Colonies réciproques que ces deux peuples possedent actuellement ; Quand tous ces objets seront remplis, ce sera alors l'époque où il deviendra problématique si de nouvelles prétentions pourroient être utiles. Mais une paix de cinquante ans suffiroit à peine pour parvenir à ce point. Rien ne me paroit plus évident que ces principes. Je défie qui que ce soit d'en infirmer les preuves. J'en ai assez dit pour ceux qui voudront m'entendre, & peut-être trop pour ceux qui ne voudront jamais adopter ce Systême. On ne sauroit au moins le condamner ; tout y respire l'humanité & le bien public.

J'ai l'honneur d'être, &c.

TA-

TABLEAU

Ou Exposé de ce qu'on appelle le *Com-merce*, ou plûtôt le *Jeu d'Actions*, en *Hollande*.

T

TABLEAU

*Ou Exposé de ce qu'on appelle le Commerce,
ou plutôt le Jeu d'Actions, en Hollande.*

L E Commerce ou jeu d'actions en Hollande est comme un espece de gageure qui se fait de trois en trois mois, sans débourser l'argent que lors du rescontre, c'est-à-dire du terme pour lequel on a acheté ou vendu les actions ou fonds d'Angleterre.

On appelle *rescontre* l'époque ou le terme pour lequel on achete ou vend les fonds, & pour lequel on donne des primes à délivrer ou à recevoir dans les dits fonds ou actions.

Il y a quatre termes ou Epoques dans l'année où l'on fait ce qu'on appelle rescontre; ce qui est comme un revirement de parties pour régler, liquider & payer réciproquement les variations, ou le surplus du prix auquel on a vendu ou acheté.

Ordinairement on regle les variantes sans s'embarrasser du montant de la valeur du fonds, à moins qu'on ne veuille placer son argent réellement dans ces fonds, ou vendre définitivement un fonds qu'on possede. Celui qui a acheté, paie donc au vendeur autant de pour $\frac{o}{o}$ que le fonds a baissé dans cet intervalle, ou bien il reçoit du vendeur autant de pour $\frac{o}{o}$ que le fonds a haussé dans cet intervalle. Et pour lors on a recours à de nouveaux procédés pour éteindre, ou pour continuer l'opération jusqu'au rescontre suivant.

LES quatre refcontres dont nous venons de parler, font celui de Février, celui de Mai, celui d'Août, & celui de Novembre. La variante du prix étant réglée, on paie & liquide au refcontre, où l'on procede à prolonger & continuer l'achat, ou la vente, pour le refcontre prochain. Cette opération s'appelle prolongation ou continuation.

CELUI qui a acheté accorde d'ordinaire au vendeur un pour $\frac{0}{5}$ ou davantage dans les annuïtés de 4, pour prolonger fon achat au prochain refcontre, au moyen de quoi il a la chance de l'augmentation ou hauffe qui peut arriver dans cet intervalle dans ce fonds, fans y placer effectivement fon argent; il n'eft fujet qu'à payer au refcontre la variante de ce que le fonds pourroit baiffer en attendant.

CETTE opération, qu'on appelle prolongation, ou continuation, n'eft pas à pure perte: car elle eft fondée fur l'intérêt ou le dividende du fonds, qui eft toujours au profit de l'acheteur. Mais quand il y a beaucoup de fpéculateurs pour la hauffe, la prolongation enchérit au-delà de la proportion; ce qui eft un grand avantage pour le vendeur, & *vice verfa*. La prolongation eft quelquefois au-deffous du pair quand il y a eu trop de vendeurs; & c'eft pour lors un grand avantage pour l'acheteur.

CES achats & ventes à terme, que l'on continue fi l'on veut par des prolongations, s'appellent marchés fermes, pour les diftinguer du commerce des primes dont nous parlerons tantôt. Il réfulte de tout ceci, qu'une perfonne, qui au mois d'Août achete mille livres Sterling dans les annuïtés pour le mois de Novembre, a trois mois par devers foi pour revendre les mille livres avec avantage, ou perte, n'importe. La partie fe trouve alors refcontrée, foit pour les recevoir effectivement fur fon compte & nom, en y plaçant fon argent, foit en cherchant des arrangemens pour engager ces mille livres vers le tems du refcontre, ou enfin, ce qui eft plus commun & plus ordinaire, en les prolongeant ou continuant pour le refcontre fuivant, comme on a vu ci-deffus.

On ne doit point oublier, qu'au moyen de la prolongation on n'a qu'à régler fimplement à chaque refcontre les variantes, c'eft-à-dire qu'on reçoit le furplus, ou l'excédent de ce que le fonds a monté, hauffé ou gagné fur le prix de l'achat dans cet intervalle, ou bien on paie ce qu'il a baiffé, diminué, ou perdu depuis l'époque de l'achat jufqu'au refcontre.

Venons à-préfent aux primes à délivrer, & à recevoir. On appelle prime à délivrer, une prime que Paul donne à Pierre pour qu'il s'oblige de lui délivrer pour le prochain refcontre mille livres Sterling dans un fonds d'Angleterre à un prix donné. Si la fpéculation du donneur de prime ne réuffit pas, il perd fa prime, & tout eft dit; & s'il arrive dans cet intervalle une grande hauffe au-delà du prix convenu, il jouït, au moyen de fa prime, de tout ce bénéfice, fans avoir rifqué que fa prime.

ON appellé prime à recevoir, quand Paul donne à Pierre une Prime pour que Pierre s'oblige de lui recevoir au refcontre mille livres d'annuïtés ou d'autres fonds à un prix donné: au moyen de quoi Pierre devient comme l'affureur de Paul, & s'oblige à lui bonifier tout ce que ce fonds pourra diminuer, baiffer, ou perdre dans cet intervalle au-delà du prix convenu.

QUAND le refcontre approche, on prolonge auffi les primes pour limiter fa perte. Cette prolongation ou continuation coute toujours davantage que celle du marché ferme; parce qu'en jouïffant de la chance fur laquelle on fpécule, on a l'agrément de limiter fa perte au moyen de la prime.

VOILÀ toutes les opérations fimples du jeu d'actions, dont les diverfes combinaifons produifent des calculs curieux & intéreffans pour les agioteurs & pour les rentiers. J'expoferai un détail des opérations dont je viens de parler, pour l'ufage de ceux qui font curieux de s'inftruire dans cette partie. Propofons un exemple.

SUPPOSONS que Pierre a combiné en Juin 1762 (39), que la paix fe feroit avant l'hiver. Il favoit que cela feroit hauffer beaucoup les fonds en Angleterre; mais il n'avoit pas affez d'argent comptant pour pla-

(39) Ceci a été écrit en 1763.

cer dans ces fonds. Il donne ordre à fon correfpondant d'acheter à terme 1000 Liv. d'annuïtés de 4 pour % pour le refcontre d'Août; ce qu'il a exécuté, fuppofons à 82. Au refcontre d'Août l'annuïté étoit effectivement montée à 88 fur des bruits de paix. Pierre perfiftant toujours dans fes idées quant à la paix, s'arrange avec celui qui a vendu, ou bien avec un autre vendeur (car cela eft égal), & lui donne une prolongation, c'eftà-dire 1. 2. ou 3 pour % pour n'être obligé de recevoir ces 1000 Liv. qu'au mois de Novembre. Cette prolongation eft plus ou moins forte, felon que l'opinion ou le nombre des fpéculateurs pour la hauffe eft plus ou moins grand, & que l'argent eft plus ou moins rare. En des tems calmes, la prolongation a une valeur intrinfeque fondée fur l'intérêt que rapporte le fonds. Par exemple, la prolongation des annuïtés de 4 pour % doit valoir 1 pour % chaque refcontre; ce qui fait les 4 dans l'année: les Indes, qui donnent 6 pour % (40), doivent valoir $1\frac{1}{2}$ chaque refcontre; ce qui fait 6 dans l'année, parce que le vendeur bonifie le dividende à l'acheteur; mais lorfque l'opinion eft grande, comme dans ce momentci, on paie le tems & l'efpérance; & c'eft pour cela qu'on a donné des prolongations exorbitantes, de 2 & 3 pour %, de ce qui intrinféquement n'en valoit qu'un.

(40) A préfent en 1770, les Indes donnent 12 pour %.

Il eſt bon d'obſerver que ceux, qui depuis 3 ans ont placé leur argent dans les
fonds, ſans en courir le riſque autrement
qu'en les vendant, ce qu'on appelle en prolongation de reſcontre en reſcontre aux ſpécu-
lans, ont fait des 10 & 12 pour $\frac{o}{o}$ de leur argent ſans être nullement taxés d'uſure, ni en-
courir la moindre cenſure. Les gens les plus
auſteres & les plus rigides ont fait & peuvent
faire ce Commerce. Ceux qui ont reçu les
fonds par voie d'engagement, & qui ne
payoïent que 4 pour $\frac{o}{o}$ de l'argent qu'ils a-
voient pris ſur le dit fonds, profitoient ſur
le ſurplus 10 & 12 pour $\frac{o}{o}$ & au-delà. Il y a
eu nombre de perſonnes qui depuis 3 ans,
& dans la guerre de mil ſept cent quaran-
te-quatre, ont gagné de groſſes ſommes uniquement en prenant des prolongations.

Pour revenir aux joueurs, on voit qu'un
homme qui a ſeulement des reſſources pour
faire face aux variations qui peuvent ſur-
venir dans le prix des fonds de trois en
trois mois, peut acheter ou vendre pour
des milliers ſans avoir dans la circulation
que 10 ou 15 pour $\frac{o}{o}$, qui eſt la variation
la plus forte qu'il y ait ordinairement dans
un reſcontre; à moins qu'il ne ſurvienne
quelque grand événement, comme paix ou
guerre, changement de dividende ou autre
révolution décidée, qui occaſionne ſouvent
des caſcades de 30 pour $\frac{o}{o}$ & au-delà.

Récapitulons maintenant encore une
fois tous les partis qu'il y a à prendre pour

celui qui a acheté les 1000 Liv. en queftion des annuïtés à 82, & que nous fuppofons montées à 88. 1°. Il peut les payer en
les recevant fur fon nom & fur fon compte, s'il a en deniers comptant 844 Liv. Ster
lings. 2°. Il peut les engager à Amfterdam
ou à Londres; il fuffit qu'il ait feulement
200 Liv. Sterlings pour le furplus: car on
ne donne jamais toute la valeur du fonds
qu'on nantit ou qu'on hypotheque, lorfqu'on l'engage. On tire pour lors un gros
intérêt du furplus. Cette opération eft très
facile en des tems calmes, mais plus difficile depuis trois ans (41), l'argent étant
devenu plus rare par les forts engagemens
qu'on a faits; & tout le monde préfere d'a-
cheter dans ce moment-ci pour fon propre
compte, plutôt, que de donner fur le fonds
à gage. Cette opération d'engager des
fonds eft très dangereufe, quand on ne la
fait pas avec prudence, & qu'on s'engage
au-delà de fes facultés, furtout en des tems
critiques, ou lors d'un événement imprévu;
mais elle eft toujours fûre & lucrative,
quand on la fait pour tirer des prolongations fans courir le hafard du prix des fonds,
pourvu qu'on ait affaire à des gens folides.
La 3me. opération qu'il y a à faire, c'eft de
vendre les 1000 Liv. qu'on a achetées, &
liquider fon refcontre foit avec gain, foit
avec perte, payant ou recevant les variations; & tout eft dit. Enfin la 4me. & der-

(41) Il faut toujours fe rappeller que ceci a été écrit en 1763.

T 5

niere opération, qui est la plus commune, c'est, comme on a vu, de prolonger ses 1000 Liv. pour le rescontre ou terme suivant, en réglant la variante, & en tâchant d'obtenir cette prolongation au prix le plus gracieux. Cet objet est d'autant plus important, qu'il se répete quatre fois l'année, si la spéculation est de longue haleine.

Il faut encore observer que le prix de la prolongation est arbitraire, & sujet à bien des variations, & où l'agiotage a grande part. Nous ferons ci-aprés une analyse historique & plus ample de la nature de la prolongation (qu'on ne sauroit trop expliquer), & de ce qui s'est passé en 1748, 55 & 62.

J'ai dit qu'on appelloit les achats & les ventes à terme des *marchés fermes*, pour les distinguer des primes. Mais avant de quitter le détail de cette opération appellée par les actionistes *marché ferme*, il est bon d'observer, que tout comme on peut acheter à terme pour la valeur des fonds qui excedent de beaucoup nos facultés actuelles & potentielles, par là ressource des prolongations, n'ayant au rescontre à payer que les variations; de même celui qui vend ce qu'il n'a pas, ou pour plus qu'il ne possede, a de son côté la même ressource; & si la combinaison pour la baisse manque, & qu'il veuille pousser sa (42) *contremine* en avant, il

____

(42) On appelle *Contremine*, quand on vend des fonds

prend la prolongation de refcontre en refcontre, ce qu'il fait avec avantage fi la prolongation eft chére, & avec défavantage fi
elle eft mince. Il peut auffi, en rachetant
fa partie, liquider fon affaire; & ce font les
deux feuls partis qu'il puiffe prendre; au
lieu que l'amateur ou acheteur en a quatre,
comme on a fait voir, favoir, de le revendre, de le recevoir, de l'engager, & de le
prolonger.

Nous avons dit qu'il y a des primes à
recevoir & des primes à délivrer qu'on donne
de refcontre en refcontre; c'eft-à-dire pour
les termes refpectifs du 1. Février, du
1. Mai, du 1. Août, & du 1. Novembre.

On a vu ce que c'eft qu'une prime pour
la hauffe, qui s'appelle à délivrer: Paul croit
que les actions des Indes d'Angleterre qui
valent actuellement 147 pour le refcontre de
Novembre, augmenteront beaucoup par la
paix qu'il croit prochaine, ou par quelque
autre événement prêt à éclorre; mais il n'o-
fe cependant acheter, parce qu'il n'eft pas
fûr de fon fait, ou bien parce qu'il n'a pas
affez de crédit pour acheter à *marché ferme*. Il rifque donc une prime de deux ou
de 2½ pour °⁄₀, qu'il donne à Pierre, qui,
au moyen de cette prime, s'oblige de lui
délivrer 1000. des Indes d'Angleterre au
1. Novembre à 150, s'il l'exige; de forte
qu'il n'y a que celui qui tire la prime qui

qu'on n'a pas, & qu'on donne des primes pour la bauffe,
c'eft-à-dire des primes *à recevoir*.

s'engage. Celui qui la donne, a l'option, le jour du 1. Novembre, de fommer ou de ne pas fommer celui qui a pris fa prime, de lui délivrer les 1000. Liv. au refcontre; & celui qui reçoit la prime fait un contrat, par lequel il s'oblige de délivrer 1000. Liv. dans les Indes au donneur de la dite prime dans le terme convenu.

ANALYSONS préfentement le fort de cette prime dans tous les cas poffibles. Il faut d'abord obferver, que fi le tems avance au terme du refcontre, & que l'action ne monte pas, la valeur de la prime tombe, & au lieu de $2\frac{1}{2}$ pour $\frac{0}{0}$ qu'elle a coûté, elle n'en vaudra plus qu'un, & quelquefois moins; pour lors fi la fpéculation du donneur ceffe, il peut encore retirer fa prime avec perte. Il y a encore une autre opération, qui eft la plus curieufe; c'eft de convertir cette prime *à délivrer*, qui étoit pour la hauffe, en une prime *à recevoir* pour la baiffe; & voici comment. On a d'abord cru que l'action monteroit beaucoup; on a donné $2\frac{1}{2}$ à délivrer à 150: l'action a effectivement pris faveur; mais on a des avis que les caufes qui devoient produire la hauffe n'auroient pas lieu, ou que quelque événement fecret feroit paroli à la bonne nouvelle: on n'a qu'à vendre en marché ferme à la faveur de cette prime pour le même refcontre 1000. Liv. à 150 pour $\frac{0}{0}$, & l'on convertit par ce procédé la prime, qui étoit *à délivrer*, en prime *à recevoir*; attendu que, malgré la vente effective, on ne fauroit jamais perdre que la prime, & on a cependant la chance de gagner 10, 20, & 30, fi l'action venoit à faire une pareille chûte dans l'intervalle du refcontre. Il y a plus, dans un tems de fermentation on peut opérer l'alternative de ce procédé 3 ou 4 fois dans l'intervalle d'un refcontre fur la même prime, tantôt en vendant, tantôt en achetant; ne rifquant jamais que la primitive prime; profitant toujours par des opérations toujours gagnantes. Les agioteurs experts, qui, à la fin de chaque refcontre, donnent de petites primes *à délivrer* ou *à recevoir* pour le refcontre fuivant, glanent toujours, & font fouvent d'abondantes moiffons à la faveur de ces petites primes, avec un avantage plus ou moins grand, felon les variations & les événemens qui arrivent dans cet intervalle. Ceux qui font à l'affût des joueurs, peuvent toujours pelotter en attendant partie. Il y a encore d'autres arbitrages, & d'autres combinaifons lucratives, indépendantes du jeu & des événemens, favoir en faifant deux ou trois opérations fimultanées, en prenant ou en donnant des primes, & en achetant ou en vendant fur ces primes. Ceux qui connoiffent ces calculs, y trouvent fouvent un avantage de $\frac{1}{4}$, de $\frac{1}{2}$ & de 1 pour $\frac{0}{0}$, & fouvent une chance *à recevoir*, ou *à délivrer* pour rien. La multiplicité de ces opérations, fouvent répétées, va plus loin qu'on ne penfe. C'eft-là le plus grand art de l'expert agioteur, ou plutôt actioniste, (car on auroit tort de prendre ce mot tout-à-fait dans l'acception ordinaire & odieuse.)

REVENONS à notre donneur de primes par spéculation, & non pas en agioteur. Si avant le 1. Novembre l'action a monté au-delà de 150, par exemple à 155, il peut fondre ou retirer sa prime de deux façons différentes. Cela mérite encore beaucoup d'attention. La premiere est la plus simple façon; c'est de vendre purement & simplement son contrat pour de l'argent comptant à raison de 5½ & peut-être de 6 pour %. Si l'on demande pourquoi cet excédent de 5 à 6 pour %, je réponds, que c'est parce que la prime pour la baisse *à recevoir* à 150, vaut quelque chose, nommément si le rescontre est encore éloigné, & que les événemens soient incertains: ce qui fait que la prime à la faveur de laquelle on fait toutes ces opérations, gagne au-delà de la valeur de l'action en réalisant sa valeur de 5 pour %, & en sus la prime *à recevoir*. Ce simple énoncé nous indique la seconde façon de réaliser la prime en question, en faisant ce que l'acheteur du contrat pourroit faire; c'est-à-dire, en vendant 1000 Liv. sur sa prime à 155. Qu'arrivera-t-il? L'action retombe-t-elle à 150? il a toujours gagné les 5 pour %. Monte-t-elle considérablement? Cela ne le regarde pas; car il somme celui qui a pris la prime de lui délivrer, selon son contrat, 1000 Liv. à 150, & il les délivre à celui à qui il a lui-

même vendu à 150: mais si l'action venoit
à baisser à 140; pour lors il n'est plus question de sa prime, qui étoit comme une an-
cre pour le mettre à l'abri de l'orage, il se
trouve donc qu'il gagne 15 pour $\frac{0}{0}$ sur sa
prime primitive, au lieu de 5 ou 6 qu'il
pouvoit d'abord avoir gagné lors de la 1ere.
opération. Telle est la marche de la conversion des primes. On a vu très souvent,
avec une prime d'un ou deux pour $\frac{0}{0}$, gagner 20 ou 30 dans un rescontre, & cela
sans aucun risque, à la faveur de la même
prime que l'on convertit tantôt pour la haus-
se, & tantôt pour la baisse.

La même marche de gradation se trouve
vice versâ dans les primes *à recevoir;* car si
l'on a donné d'abord une prime *à recevoir* à
145, & que les actions viennent d'abord à
tomber à 140, par une terreur panique, ce
qui est très commun dans le pays des actions, & qu'à la faveur de cette prime on
vienne à acheter pour la réalisation, &
qu'ensuite, comme il arrive souvent, les
actions viennent à monter à 160, on gagne
20 pour $\frac{0}{0}$ & les 5 de la prime, sans avoir
rien à risquer que la prime, qu'on a conver-
tie de la façon qu'on vient d'expliquer. La
prime *à recevoir* est encore une prime d'assurance pour ceux qui ont des fonds réels,
& qui craignent quelqu'événement, & qui
ne voulant pas se défaire de leurs fonds, se
mettent à l'abri de l'orage dans le tems de
la crise qu'ils craignent. Dans des tems cal-

mes , ceux qui donnent des primes , foit à *recevoir*, foit *à délivrer*, par fpéculation, les perdent ordinairement. Ceux qui ont des fonds réels, prennent quelquefois des primes *à délivrer* à un prix beaucoup plus haut que la valeur actuelle de leurs fonds, & profitent par ce procédé, tous les refcontres, d'un intérêt double de leur fonds, & fi le fonds monte , ils fe trouvent l'avoir vendu à un prix avantageux. Pour lors s'ils ne veulent pas s'en défaire en le tranfportant, ils changent de batterie; ils tirent des prolongations, & en attendant le moment d'une baiffe, ils prennent des primes *à recevoir* fur leur partie ; ce qui, joint à la prolongation, fait un bon intérêt. Toutes ces reffources font très avantageufes, & invitent tout le monde à s'intéreffer dans ces fonds, comme l'expérience le démontre. Les avantages & les reffources que les particuliers y trouvent, tant pour placer folidement leur argent à un bon intérêt, que pour fatisfaire la paffion du jeu, favorifent beaucoup l'Etat & le Gouvernement, qui trouve fes fonds lorfqu'il en a befoin.

DÉVELOPPEMENT *des Incidens & Caufes qui peuvent faire hauffer ou baiffer les Actions dans la crife du refcontre, indépendamment de tout événement réel & politique.*

CES variations, quoique momentanées, font quelquefois affez confidérables, & dignes

gnes d'attention. Pour avoir une idée clai-
re du rescontre, il faut analyser d'abord la
nature diverse des procédés qu'on y regle,
en se rappellant tout ce qu'on a dit ci-
deffus. Nous avons observé, qu'il y a des
gens qui vendent réellement leur fonds, &
le transportent dans le terme prescrit au rescontre; tout de même qu'il y a des gens qui
achetent, pour placer réellement leur argent, soit en gardant les fonds effectivement, soit en les revendant en prolongation, comme un moyen de faire valoir leur
argent. Il y en a même un grand nombre
qui ne placent leur argent dans les fonds,
que pour jouïr des prolongations avantageufes, en se soumettant tous les rescontres,
vis-à-vis des agioteurs, à liquider les variations, soit en déboursant ce que le fonds a
bonifié, soit en recevant ce qu'il a perdu;
quoique cela ne les regarde nullement, puisqu'ils ne perdent ni ne gagnent dans les variantes; cela n'influe que sur l'intérêt plus
ou moins grand de leur débours. Excepté
donc ceux qui reçoivent & qui transportent
réellement les fonds, le reste, qui compose
la foule des actionistes & des joueurs, n'a-
chete & ne vend que ce qu'on appelle en
termes d'art, *du vent;* & ces opérations se
réduisent à des especes de gageures, dont
on se tire de la façon qu'on a vu ci-
deffus. Or qu'arrive-t-il au rescontre? Le
15 du mois de chaque rescontre, tous les
rescontrans s'assemblent dans une salle autour

d'une grande table : il y a tel refcontrant qui fait le refcontre de 10 ou 12 perfonnes, & tout cela eft réglé comme papier de mufique.

Voici le procédé. Le refcontrant dit : Un tel a vendu 1000 Liv. à un tel qui répond pour lui. Celui qui eft chargé du refcontre de l'acheteur, en rend compte : s'il le reçoit lui-même, tout eft dit, ou s'il a pris la prolongation ; car la prolongation fuppofe un achat & une vente fimultanés. Celui qui tire la prolongation, eft cenfé avoir racheté fa partie au comptant, & vendu à terme, le vendeur *vice verfa*, ainfi cette partie eft éteinte : mais comme le premier acheteur peut avoir revendu cette partie à un autre, & cet autre à un autre, & ainfi par cafcade jufqu'à ce que le vendeur ou l'acheteur trouve une opération finale, c'eft-à-dire une réception ou tranfport réel, ou factice ; c'eft ce revirement de partie qu'on appelle en refcontre marier le vendeur au dernier reffort à l'acheteur. C'eft une navette, ou un vrai cercle.

Or voici où gît le myftere du jeu des actioniftes. S'il arrive dans un refcontre que parmi des vendeurs il s'en trouve un grand nombre qui aient vendu réellement leur fonds, qui le tranfportent, qui ne veulent pas tirer de prolongations, cela s'appelle en termes d'art, il y a des reftes, & cela caufe une baiffe. Quand c'eft le contraire, & qu'il y en a plus qui reçoivent qu'il n'y en a qui tranfportent, cela s'appelle qu'il y a faute, difette ou manque d'action, & elles augmentent; ceux qui ont vendu font obligés d'acheter à tout prix. Mais quand il n'y a point de receveurs à proportion manque d'argent; pour lors la prolongation augmente beaucoup, & les actions baiffent, fans autre motif que le grand nombre des tranfports, & l'impuiffance où font les acheteurs d'en recevoir à proportion: ce qui les oblige de vendre à tout prix pour liquider leur refcontre (43); pour lors des receveurs, ou de nouveaux acheteurs paroiffent, alléchés par le prix bas du fonds, ou par celui de l'exorbitante prolongation. Si au contraire il y a beaucoup de receveurs réels, avec de l'argent & peu de tranfporteurs effectifs, la prolongation baiffe, & les vendeurs ne trouvant perfonne qui leur donne des prolongations, font obligés d'en acheter à tout prix; & comme cette crife eft fouvent prévue par les actioniftes, ils font ce qu'on appelle un jeu aux acheteurs ou aux vendeurs pour faire, dans la liquidation du refcontre, augmenter ou diminuer le fonds; fans autre caufe que la pofition du refcontre, & les facultés des vendeurs vis-à-vis des acheteurs. Les experts jugent l'afpect du refcontre, à l'air du bureau, & aux obfervations fur les opérations faites, qui

(43) Un pareil accident a été une des principales caufes de la grande baiffe dans les actions des Indes d'Angleterre en 1769.

ordinairement font affez connues ; on fe trompe cependant très fouvent fur les apparences les mieux combinées. Un refcontre ou
deux avant la paix de 1748, tout le monde étoit acheteur & par conféquent donneur de prolongation ; auffi a-t-on payé des
prolongations exorbitantes, qui ont cependant été très compenfées par la hauffe que
la fignature des préliminaires a caufée. Ceux
qui fe font contentés de jouïr des prolongations en vendant leur fonds réel ou engagé, ont profité d'un grand intérêt ; mais les
vendeurs en l'air, ou de vent, qu'on appelle auffi contremineurs, ont perdu gros,
malgré l'avantage immenfe de la forte &
ufuriere prolongation.

Au commencement de la guerre de 1755,
il eft arrivé une efpece de phénomene dans
le jeu des actions ; & l'on a inventé en Angleterre un nouveau terme pour l'exprimer.
Nous ferons auffi obligés d'en former un.
Voici le fait. La contremine étoit fi grande, c'eft-à-dire le nombre des vendeurs,
principalement dans les actions des Indes,
qu'on avoit peut-être vendu plus d'actions
qu'il n'y en a, ou au moins qu'il ne s'en
eft trouvé dans la circulation du jeu ; ce
qui a fait qu'au lieu que l'acheteur donnoit
des prolongations, qu'on appelle à Londres
continuation, il en recevoit une du vendeur pour reculer fon achat au refcontre prochain ; ce qu'on appelle *Backwardation*, comme qui diroit *rétrogradation* ; fi bien que l'a-

cheteur a eu un avantage dans les Indes de
7 à 8 pour $\frac{o}{o}$ & au-delà, toute chofe égale, pendant deux ans, & au grand préjudice des contremineurs, ou vendeurs, qui ont
toujours un défavantage vis-à-vis de l'amateur. Celui-ci, avec de l'argent ou du crédit, peut foutenir la gageure, garder fon
fonds, en tirer un intérêt, & attendre un
moment favorable; au lieu que celui qui a
vendu un fonds qu'il n'a pas, fi le fuccès
ne répond pas d'abord, fe mine lui-même,
& avec tout l'argent du monde, ne fauroit
délivrer ce qu'il n'a pas fans l'acheter. Les
contremineurs dans les Indes en 1755, 1756,
& 1757, ont été obligés d'emprunter des
actions de ceux qui en avoient, en payant
de gros intérêts, pour foutenir & pouffer
leur contremine en avant, le tout fur la crainte de l'expédition de M. de Lally; & ceux
qui ont profité de la baiffe lors de la prife
du Fort S. David, n'ont encore rien gagné, ayant été abîmés par les *Backwarda-
tions* ou rétrogradations; je veux parler des
anciennes opérations, car les plus proches du
refcontre, ont rendu beaucoup, attendu que
des primes *à recevoir*, qui n'avoient coûté
qu'un & demi pour $\frac{o}{o}$, ont valu 10, 12 &
15 pour $\frac{o}{o}$. Il eft au contraire arrivé depuis
deux ans, que l'argent étant devenu plus
rare, a fait augmenter les prolongations,
qui ont encore augmenté par l'efpérance de
la prochaine paix; car cette efpérance fait
qu'il y a plus d'amateurs, c'eft-à-dire de

V 3

donneurs de prolongations que de contremineurs.

IL faut encore ajouter que le prix de courtage de chaque mille livres d'un fonds d'Angleterre quelconque, ſoit dans les annuïtés
des différens emprunts de 3, 3½ & 4 pour
%, dans les Indes, dans la Banque, dans le
Sud, eſt toujours 15 florins tant pour l'a-
chat que pour la vente, ainſi que pour les
prolongations & pour les primes qui paſſent
2 pour %. Quand la prime qu'on donne &
qu'on reçoit eſt au deſſous de 2 pour %,
on ne paie que 3 florins 10 ſols. Les Courtiers ne font guere avec d'autres Courtiers:
ils cherchent toujours les actioniſtes, qui
ſont des ponts de communication, & les en-
trepôts de toutes les tranſactions; c'eſt qu'ils
ont pour lors le courtage de deux côtés; au
lieu qu'en faiſant avec le courtier, ils n'ont
que le ſimple courtage; & c'eſt un grand
déſavantage pour la foule des joueurs, qui
enrichiſſent les actioniſtes encore plus que les
Courtiers

IL eſt bon d'obſerver, qu'autrefois preſque toutes les opérations ou tranſactions dans
les fonds d'Angleterre, que nous appellons
jeu d'actions, ſe faiſoient dans les actions de
la Banque du Sud, & ſurtout dans les Indes.
Il eſt vrai que pour lors le jeu dans les actions de la Compagnie des Indes Orientales &
Occidentales d'Hollande étoit plus vif; à peine étoit-il queſtion d'annuïtés. Mais depuis
la derniere guerre l'eſprit du jeu s'étant plus

étendu, l'argent étant encore devenu plus abondant, on a trouvé ce cercle trop étroit, & l'on s'eft jetté dans le vafte Océan des annuïtés, où les joueurs font moins gênés dans les refcontres. Le jeu dans les annuïtés eft devenu effentiel & néceffaire, dès que le Gouvernement, au lieu de faire des emprunts de trois millions Sterlings, en a fait d'abord de fix, puis de huit, & enfin de douze: l'effet eft devenu la caufe, & le jeu eft venu au fecours de la maffe qui l'a fait naître; comme je l'ai développé ci-deffus. C'eft pourquoi je crois, que fi la paix continue quelques années, l'abondance d'argent & l'efprit du jeu poufferont les actions des Indes à un prix exorbitant. Car les annuïtés étant une fois à leur taux, après qu'il ne fera plus queftion de nouveaux emprunts, elles ne feront guere un objet journalier de jeu; tous les joueurs tomberont forcément fur les Indes, par l'efpérance de l'augmentation du dividende, & des accidens variés qu'on peut attendre d'une Compagnie Commerçante (44): le volume du fonds fe trouvera trop mince pour le nombre des joueurs; car il y a beaucoup d'actions en main forte & en main morte, qui ne circulent pas dans la place; ce qui

---

(44) Cela eft effectivement arrivé en 1766. Les Actions des Indes font montées jufqu'à 230. L'Auteur avoit prédit longtems auparavant cette hauffe, fur les progrès qu'il prévoyoit que la Compagnie devoit faire dans l'Indoftan.

donne beau jeu à ceux qui feront pour la
hauffe, d'autant plus que les progrès que
cette Compagnie eft à même de faire font
immenfes. Voilà les principaux élémens
d'un jeu, qui me paroît influer fur le Syftême politique de l'Europe.

MÉTHODE.

*Dont on se sert en Hollande pour faire la per-
ception des taxes, & des impôts sur les biens
fonds ; & comment on en verse le provenu
dans la Caisse de l'Etat.*

La perception de la taxe sur les maisons
se fait en Hollande d'une façon très simple
& à peu de fraix.

Chaque ville a un Etat de toutes les
maisons de son district, ban-lieue ou juris-
diction. On appelle cela le cahier des maisons. Les maisons sont taxées par les E-
tats des Provinces pour un certain nombre
d'années, à proportion du louage que les
maisons font ou pourroient faire si elles é-
toient louées.

Les Propriétaires doivent porter les deniers à la maison de Ville. Voilà ce qui
se pratique à Amsterdam : dans les autres
Villes, ou districts, on porte les deniers à
un Receveur préposé, qui les verse tout
simplement dans la Caisse de l'Etat.

L'Impôt ordinaire sur les maisons (&
sur les terres) s'appelle *verponding*. Comme
qui diroit autant par livre. Et l'impôt extraordinaire s'appelle centieme, & deux-
centieme denier. On accorde une Prime de
4 p. C. de rabais sur la taxe à ceux qui
paient le centieme & le deux-centieme denier dans le premier terme prescrit.

V 5

A Amsterdam ceux qui restent en défaut pour le paiement sont assignés deux ou trois fois; après quoi on commence par leur ôter la porte de la maison, puis on vend la maison par défaut de paiement des Droits; ce qu'on appelle exécution, & qui arrive rarement.

L'Impôt sur les terres se perçoit à-peu-près de la même façon; c'est-à-dire, qu'il y a des Tableaux, ou Cahiers, où toutes les terres se trouvent taxées, par une évaluation faite par les Etats à l'instar des maisons; c'est-à-dire sur le fermage ou rapport qu'on appelle en Hollande *Louage*: mais les fraix de perception sont plus forts que ceux des maisons dans les Villes. Pour faire les recouvremens dans le plat pays, il faut un certain nombre de préposés que le Receveur emploie. C'est toujours le Receveur qui verse les deniers dans la Caisse de l'Etat.

Les grains de toute espece, & autres matieres de consommation, sont des objets plus compliqués, dont la perception se fait par collecte ou régie. Le froment paie tant par sac lorsqu'on en fait moudre. Ces objets, qui sont très considérables, étoient autrefois affermés; on a substitué des collecteurs aux fermiers. Cette régie est un peu plus lucrative, moins odieuse, & moins sujette à des manigances; mais le nombre d'employés n'a pas beaucoup diminué depuis ce changement. Les articles dont l'impôt est levé par voie de Collecte, sont les grains de toute espece, le vin, la biere, en un mot, tout le comestible, toute matiere de consommation. Il y a cependant quelques petites exceptions. Par exemple, le droit sur le sel & celui sur le savon, autrefois affermés, se perçoivent actuellement par des Collecteurs pour le compte de l'Etat. Mais indépendamment de cet impôt universel, chaque famille est encore taxée ou cotisée sur le nombre de Domestiques pour une consommation idéale de ces deux articles, qui ont déja payé sourdement plusieurs droits, sans compter un surcroit d'impôt dans les Villes, qui ont encore les droits municipaux. On paie une pareille taxe pour le Caffé & le Thé. On paie encore une taxe pour les carosses & autres voitures, pour chaque cheval & autre bétail. Cela s'appelle le denier de l'oreille & de la corne. La perception de tous ces articles se fait à peu de fraix : il n'y a qu'un Receveur dans chaque district, & un très petit nombre de préposés pour faire le recouvrement des deniers.

C'est pour faire la Collecte des matieres de consommation, qu'on est obligé d'employer un très grand nombre de préposés. Il y a un Collecteur général pour chaque district, qui a un grand nombre de subalternes; & c'est le collecteur général qui verse les deniers dans la Caisse de l'Etat.

Tout ceci n'a lieu que dans la Province de Hollande & de Westfrise; les autres

Provinces ont leurs méthodes particulieres. Il y a même des Provinces où les Fermes subsistent encore sur le même pied qu'autrefois.

On peut voir le Placart général & particulier pour la régie des Collectes.

Quant aux droits de la Douane, qu'on appelle en Hollande Droits de l'Amirauté, on n'a qu'à consulter le Placart du 31. Juillet 1725, qu'on trouve chez Scheltus.

Chaque Douane des Provinces a sa Caisse particuliere. La perception des Droits à l'Amirauté est coûteuse, difficile & très compliquée. Comme chaque Province agit à sa tête avec plus ou moins de rigueur, il en résulte de grands inconvéniens; les fraix de perception sont toujours inévitables dans les grands articles; on travaille inutilement depuis longtems à en corriger les abus, & à en simplifier la régie. Mais on trouvera toujours, que le même homme ne peut pas être en deux lieux à la fois; que presque tous cherchent à escamoter les droits qu'on doit payer; que le nombre des vrais honnêtes gens est très petit, tant parmi ceux qui paient, que parmi ceux qui perçoivent les paiemens. Ces abus ne se corrigéront jamais entiérement; & un grand nombre d'employés est absolument inévitable.

Les Propriétaires des actions de la Compagnie des Indes Orientales ne reçoivent les dividendes, qu'au préalable ils n'aient payé l'impôt, ou la charge de florins 190 sur chaque action à l'Etat ; les actions de la Compagnie Occidentale font moins chargées.

LES Contracts qu'on nomme obligations à la charge de l'Etat, ont été foumis à une efpece de retenue, fous la nomination de centieme & deux centieme denier. Ce papier a été regardé comme un bien fonds, & traité fur le même pied, il y a plus de cent ans que cette taxe à pris fon origine. On ignoroit pour lors les vrais principes du crédit ; les fonds publics ne doivent jamais être chargés ; c'eft contre la bonne foi & le crédit, qui eft la bafe de la puiffance d'un Etat.

TOUT Impôt qui anéantit une maffe de valeur en diminuant le numéraire, eft deftructif & contraire à la finance : c'eft attaquer les racines des plantes qu'on a intérêt de cultiver & de conferver : c'eft déplumer les aîles des oifeaux que l'on deftine à voler : en un mot, c'eft couper, comme on dit, l'arbre par le tronc pour en cueillir le fruit. Tel eft, par exemple, le *Belafting* ou Impôt, dont je viens de parler, de 190 florins fur les Actions de la Compagnie des Indes en Hollande. Cet Impôt diminue forcément la valeur de chaque Action au-delà de 200 pour 100 (l'intérêt des Actions ayant toujours été confidéré fur le taux de 3 pour cent). Or 200 pour 100 fur chaque Action, fait une valeur de 13 millions de florins de numéraire anéantie, que les Actionnaires rentiers, commerçants, & autres fujets de la

République ont de moins: les étrangers n'y ont aucun intérêt. Cette force active affoiblie diminue à proportion toutes les facultés de cette claſſe. Les malheurs & les pertes que la Compagnie a eſſuyées, ont été plus ſenſibles, & même funeſtes à la fortune des Actionaires, par cette charge accablante, qu'on n'avoit pas tant ſentie en des tems plus proſperes. Le Capital & les Intérêts étant ſi prodigieuſement diminués, cela a cauſé la ruïne d'un grand nombre de particuliers, en a fait expatrier d'autres, a beaucoup influé ſur des claſſes ſubalternes: par conſéquent il eſt clair comme le jour, que le Revenu de l'Etat doit ſe reſſentir de tant de conſommations diminuées & ſupprimées, puiſque celles-ci ſont les ſources de la finance.

Le provenu de ce *Belaſting*, ou Impôt, ſe monte, il eſt vrai, à 400 m. florins; mais il attaque une partie intégrante d'un Revenu ou Rente réelle d'une Claſſe. On a pris le change en prenant les Actions pour un Bien-fonds: elles ſont d'une nature très différente. On ne peut pas regarder non plus ce *Belaſting* comme ces Impôts inſenſibles, que l'on confond avec les prix des choſes: celui-ci attaque le nerf, la valeur du fonds, & par conſéquent une des ſources des Impôts-mêmes, les tarit, & en double & triple les dommages, en ralentiſſant la circulation. D'abord, ſi ces 400 m. florins entroient dans les mains des poſſeſſeurs des

Actions, il est sans contredit, qu'une grande partie de cette somme primordiale arroseroit annuellement la Caisse de l'Etat par les objets de consommation, de luxe, & de dépense: elle augmenteroit encore le Revenu de l'Etat par la Circulation de classes subalternes, par où cet argent passeroit: enfin elle augmenteroit le Revenu du Fisc par le progrès actif & vivifiant que le numéraire (je veux dire, la plus grande valeur du prix des Actions, les Intérêts englobés) produiroit dans le Commerce, & dans les autres objets que renferme la sphere de l'activité des Actionaires.

Ce n'est pas ici le lieu d'examiner, combien il est dur pour les Actionaires, après tant de pertes, de payer le même Impôt, n'ayant qu'un petit dividende, que lorsqu'il étoit du double, & au-delà: il est à souhaiter qu'on répare cette disproportion, également nuisible à l'Etat & aux Particuliers; & il est vraisemblable qu'on la réparera, dès qu'on sera parvenu à en faire sentir les inconvéniens. Un Tarif proportionné entre l'Impôt & le Revenu, est une chose si juste, si équitable, qu'on ne pourroit rien y objecter: mais il vaudroit encore beaucoup mieux le supprimer tout-à-fait, par les raisons susdites; & s'il falloit absolument quelque équivalent pour remplacer le *Belasting*, il seroit bien plus convenable de le prendre sur la consommation intérieure des Epiceries, & sur l'exportation de la même denrée. Il

feroit très difficile d'imaginer un Impôt
moins onéreux que celui-là : la dépenfe que
chaque particulier fait dans fon ménage en
Epiceries eft fi peu de chofe , qu'un pour
Cent plus ou moins fur la valeur du prix ,
eft abfolument imperceptible. La même raifon milite chez l'étranger : c'eft une denrée exclufive ; & je fuis perfuadé que cela
ne feroit aucun tort au Commerce, & rapporteroit quafi l'équivalent de cette charge,
auffi oppreffive que peu équitable.

ESSAI

SUR LE

LUXE

Publié à Amsterdam en 1762.

AVERTISSEMENT.

L'Auteur de cet Essai ayant été interrogé par une personne de considération, sur la cause de la décadence du Commerce dans un certain pays, il a rapporté, entr'autres raisons, celle du Luxe : sur quoi on lui a fait sentir, que des génies du premier ordre étoient persuadés que le Luxe étoit nécessaire & même utile, sur-tout dans un grand Royaume. L'Auteur ne pouvant pas admettre ce système sans de grandes restrictions, a été engagé de mettre ses idées par écrit, sans consulter ni analyser méthodiquement les raisons de ceux qui ont écrit pour & contre ce système. Mais comme sa mémoire lui peut avoir fourni des expressions analogues à son objet, sans être en état d'en citer exactement les sources, on marquera ces expressions par des caractères *italiques*. Au surplus, quoiqu'ordinairement les idées se rencontrent quand on traite le même sujet, on trouvera cependant qu'on a mis la matiere dans un nouveau jour, & qu'il y a dans cet Essai des reflets & une perspective de pratique fondée sur l'expérience des faits, qui donnent à ces assertions une évidence palpable, que les raisonnemens abstraits & de pure spéculation ne produisent presque jamais. L'Auteur connoît trop sa foiblesse, pour prétendre entrer en lice avec les grands hommes qui paroissent être d'un sentiment contraire ; il les reconnoît

pour ſes Maîtres en toutes choſes, mais
il a en même-tems la franche intrépidité
de s'écarter de leur ſyſtême ſur un point
eſſentiel aux intérêts du genre humain.
Il dit ſon ſentiment en Philoſophe, ſans
prétendre faire le cenſeur. Il auroit mau-
vaiſe grace d'y pretendre. Il eſt auſſi ſé-
vere à lui-même qu'indulgent pour les autres. Par exemple, ſi en parlant d'après
ſes obſervations & ſon expérience, il fait
voir le préjudice que les ſuperbes maiſons de campagne ont apporté, dans un
pays commerçant, aux affaires de leurs poſſeſſeurs, ce n'eſt pas qu'il condamne ce
goût; il n'épilogue perſonne. Depuis Cicéron, jamais peut-être perſonne n'a plus
aimé la vie champêtre que l'Auteur de
cet Eſſai; il en connoît tous les agrémens, c'eſt ſon goût favori, ſa paſſion
dominante; mais il convient des défauts
de ſa maîtreſſe. Il a vu les ravages que
ce goût, différent de celui dont Cicéron
fait l'éloge, a fait dans un pays commerçant (la Hollande.) Il ne blâme pas pour
cela ce penchant dans ceux qui ne ſont
pas dans le cas dont il eſt queſtion; d'ailleurs ſon intention n'a jamais été de rendre cet Eſſai public. Mais une perſonne reſ-
pectable, à qui l'Auteur ne ſauroit rien refu-
ſer, ayant témoigné que cela lui feroit plaiſir,
il n'a pas voulu s'y oppoſer, d'autant plus
que s'il ne ſe trompe point dans ſes idées, il
eſt très-important pour le Public d'en être in-
ſtruit. *Homo ſum: humani nihil à me alienum puto.*

ESSAI

SUR LE

LUXE.

DE toutes les recherches qui exercent les
esprits de ce siecle éclairé, peut-être aucune n'est si importante, pour le bien public & pour l'intérêt de l'humanité, que
celle qui concerne le LUXE. Il est regardé
par les uns comme un des plus grands fléaux,
& par d'autres comme la source de l'opulence & de l'industrie.

ON a dit, & on a répété depuis longtemps, que l'on dispute souvent faute de
s'entendre, & que chacun donne un sens différent aux mots dont on se sert, parce
qu'on ne les définit pas également. Cela est
vrai quelquefois ; mais cela n'empêche pas
qu'il n'y ait des cas, où en prenant tous
les mots d'une proposition exactement dans
une même acception, il y a néanmoins plusieurs personnes qui raisonnent différemm-
ment, & le résultat de leur combinaison se
trouve diamétralement opposé. Il est cependant bon de commencer d'abord par dé-
finir les mots qui font l'état de la question,
nommément quand le sens en est complexe.
Tel est le mot LUXE, qui présente un sens
vague & indéterminé ; ce qui assurément a
contribué à la diversité des sentimens oppo-

fés qu'il y a fur cette importante matiere, lorfqu'il eft queftion d'examiner s'il eft utile ou nuifible à un Etat.

DE tout tems on avoit regardé le LUXE comme la caufe de la corruption des mœurs, & la ruïne des Royaumes; & c'étoit, pour ainfi dire, un axiome irréfragable (45); mais dans ce dernier fiecle, des efprits éclairés ont fait à l'envi l'Apologie du LUXE, & ont prétendu qu'il étoit néceffaire pour faire fleurir un grand Royaume, pour favorifer le commerce, la circulation, l'induftrie, les manufactures; & que le LUXE feul redreffoit, pour ainfi dire, l'inégalité des conditions, en mettant à contribution le fuperflu des uns pour fubvenir à la néceffité des autres. C'eft lui, dit-on, qui enfante tous les rafinemens du bon goût, & développe les talens de tant d'Artiftes dont l'art & le génie font encouragés par la profufion & la prodigalité que le LUXE introduit. Voilà le beau côté de la médaille. Mais comme fouvent *ce qu'on voit dans un objet n'eft pas tout ce qu'on peut y voir*, & qu'une vérité, en nous interceptant la vue d'autres vérités, nous conduit fouvent à l'erreur, il fe pourroit faire qu'en approfondiffant plus la matiere, l'on trouvât que quoique prefque tout ce qu'on vient de dire foit vrai jufqu'à un certain point, le mal que le LUXE exceffif caufe d'un autre côté

(45) M. Melon, M. de Voltaire, & M. Hume.

eſt infiniment plus dangereux ; & la ſpéculation confirmera ce que l'expérience de
tous les ſiecles nous a démontré. C'eſt une
vérité hiſtorique & conſtante, que le trop
grand Luxe a toujours été l'avant - coureur
de la deſtruction d'un Etat : diſons plus, il
en a été preſque toujours la cauſe. Le travail & l'économie ſont les principes de la
vraie proſpérité ; & l'éclat du faſte & de la
magnificence ne ſont ſans cela qu'une fauſſe
ſplendeur, qui cache la miſere.

Mais c'eſt ici qu'il faut nous arrêter un
moment avant de paſſer plus loin, pour a-
voir une idée préciſe de ce qu'on entend
par le mot Luxe. Si l'on veut déſigner
par Luxe tout ce qui excede le néceſſaire
phyſique, je ferois l'apologie des Sauvages,
en ramenant, pour ainſi dire, les loix de
Licurgue, ce qui n'eſt pas mon intention. Je
conviens encore que ce qui étoit Luxe dans un
tems, ne l'eſt plus dans un autre : mais c'eſt
dans cette gradation, dont le progrès va à
l'infini, qu'il faut avec ſagacité ſaiſir le degré
de l'échelon où il dégénere en vice ; j'entends
un vice politique, qui, loin d'être utile, devient nuiſible à l'Etat. Cette diſtinction eſt
encore locale, individuelle, & ſujette à différens temps & époques. Ce qui eſt un
Luxe ruïneux dans un pays, ſeroit peut-être utile ou indifférent dans un autre. Un
Luxe deſtructif & indécent dans un ordre
de la ſociété, eſt honorable, indiſpenſable
& utile dans un autre : & enfin dans le mê-

me pays, où un certain Luxe eſt néceſſaire,
il peut y avoir des temps où des loix ſomp-
tuaires ſeroient utiles.

Si l'on veut prendre la peine de me ſuivre dans l'analyſe de ces principes, on verra que quoique abſtractivement le Luxe pa-
roiſſe produire certains avantages, l'abus
eſt la cauſe des plus grands déſordres. Si
la dépenſe, ou le Luxe de chaque particulier, étoit le thermometre de ſa fortune,
le degré du Luxe ſeroit aſſurément le ſymp-
tôme de la puiſſance, de la richeſſe, de
l'induſtrie & de l'opulence d'un Etat, mais
n'en ſeroit pas pour cela la cauſe, & en ar-
rêteroit les progrès. Mais qu'en arrive-t-il
lorſque la vanité & l'amour-propre, excité par l'opinion, par la coutume, & par
l'orgueil, quelquefois par la néceſſité, fait
qu'on veut paroître établi pour s'établir,
qu'on aſpire à une conſidération au-delà de
ſon état, & qu'on ſe met par ſa dépenſe,
pour un temps, au-deſſus de cet état, en
ſapant les fondemens d'un édifice commode
& néceſſaire, pour en bâtir un plus grand
qu'on ne ſera jamais en état d'élever? L'E-
tat perd la maiſon, & ne gagne pas le palais. Dans un pays où le Luxe regne, cet
exemple eſt répété des milliers de fois dans
tous les ordres de l'Etat. Le Luxe dont
je parle eſt donc celui, qui excite pluſieurs
à faire une dépenſe au-delà de ce que leurs
facultés ne comportent, par la conſidération attachée à ce Luxe, par le mépris où

tombent ceux qui ne font pas en état de
la faire, par l'univerfalité de fon ufage, par
l'opinion d'autrui; ce qui fait que le fuperflu, l'inutile, le frivole, eft prefque devenu néceffaire & indifpenfable. C'eft dans
cet afpect qu'on peut avoir eu raifon de dire, *que la félicité & la puiffance apparente que
le* LUXE *communique durant quelques inftans à
une nation, eft comparable à ces fievres violen-
tes, qui prêtent durant le tranfport une force
incroyable aux malades qu'elles dévorent, &
femblent ne multiplier les forces d'un homme que
pour le priver, au déclin de l'accès, & de ces
forces-mêmes, & de la vie.* Ce font des branches gourmandes qui deffechent le tronc &
épuifent les racines. Un habile jardinier
les retranche. On peut à force d'engrais,
de fumier & de ferres chaudes, avoir une
récolte précoce & brillante; mais cette fécondité, qui étonne, s'épuife par l'abus de
fes forces; la langueur & la ftérilité s'en-
fuivent.

IL eft encore phyfiquement vrai, qu'un
LUXE exceffif amollit le corps & affoiblit le
courage; la molleffe énerve les uns, & les
befoins exténuent les autres. Les befoins
multipliés fe tournent en habitude; cette habitude, en diminuant les agrémens de la
poffeffion, ne diminue pas toujours le défef-
poir de la privation. Il n'eft que trop vrai
que *l'on eft fouvent malheureux de perdre des
chofes qu'on n'eft pas heureux de poffeder.* Qu'on
ne dife pas que c'eft un mal individuel,

X 5

qui ne regarde pas le public. Quand plufieurs particuliers fouffrent , le public s'en
reffent toujours. S'il étoit vrai que les biens
de ceux qui fe ruïnent fe trouvaffent épars
dans les autres individus de l'Etat, la ruïne
des malheureux feroit encore nuifible à l'E-
tat , parce que c'eft la multitude des aifés
qui en fait l'opulence : mais il eft abfolument faux que ces biens fe retrouvent fur
la maffe du public. Si les biens de chaque
particulier étoient un état d'argent numéraire , cela pourroit être : mais les biens,
pour la plupart , font des biens de convention , factices, artificiels; l'induftrie, le crédit , l'opinion , tous êtres de raifon , forment, foutiennent, étaient une grande partie des richeffes , qui s'évanouïffent, difparoiffent , & s'anéantiffent avec la ruïne de
de leurs premiers poffeffeurs , & font perdues pour l'Etat; les biens-fonds même, qui
font les plus folides, dont l'exiftence femble
ne pouvoir s'anéantir , & dont par conféquent les poffeffeurs paroiffent indifférens à
l'Etat , ne le font pas encore , attendu que
le dérangement des premiers poffeffeurs en
fait négliger la culture & la valeur , & que
l'Etat s'en reffent. D'ailleurs , jamais les
terres ne font mieux cultivées, que lorfqu'elles font partagées en plufieurs mains. Avec
cela , qu'on faffe attention que cent bourgeois aifés font infiniment plus utiles à un
Etat que cent pauvres, ou dix puiffamment
riches. Cette affertion eft fi évidente, qu'il

n'eft pas néceffaire de la prouver : c'eft la quantité des ménages qui fait à la longue une dépenfe honnête, foutenue & permanente, qui augmente la circulation, l'induftrie, la confommation, le commerce, les manufactures, & tous les Arts utiles, *qui font les aînés des Arts agréables.* Mais quand un Luxe exceffif fait que *les Arts font lucratifs en raifon inverfe de leur utilité, les plus néceffaires deviennent pour lors les plus négligés, & l'Etat fe dépeuple par la multiplication des fujets qui lui font à charge ;* c'eft alors que l'on tombe précifément dans l'inconvénient des Sauvages du Canada, *qui coupent l'arbre par le tronc pour en ôter le fruit.* Ce qui affoiblit chaque membre d'un corps, doit néceffairement affoiblir tout le corps : or le Luxe exceffif affoiblit fans contredit prefque tous les ordres d'un corps politique dans l'état phyfique & dans l'état moral ; par conféquent il doit miner & détruire la conftitution de ce corps. Un autre inconvénient qui réfulte du Luxe, c'eft que, felon l'ordre naturel, la propagation de l'efpece doit augmenter dans un pays, fi un vice inhérent, phyfique ou moral, ne l'empêche. Nous avons vu, dans des temps où le Luxe ne régnoit que chez les Grands, des effains fortir d'un pays fans le dépeupler pour s'établir ailleurs ; mais le Luxe des peres, dont l'exemple fâcheux eft fouvent tout l'héritage des enfans, les jette forcément dans l'état célibataire en arrêtant les fources de la

vie & de la propagation. Il eſt clair que par
la ſubdiviſion des biens d'un pere à ſes enfans,
ces enfans ne ſauroient vivre ſur le même ton
que leur pere a vécu, que par une induſtrie
économique.   Des peres économes, dans un
commerce ou dans un trafic lucratif, épar-
gnoient autrefois dequoi établir, faire ſubſiſter chacun dé leurs enfans ſur un pied
auſſi ſolide qu'étoit le leur, & laiſſoient en
mourant à l'Etat le double, le triple, &
ſouvent le quadruple de ce qu'il perdoit;
ils ne quittoient la ſcene qu'en laiſſant un
ou pluſieurs ſubſtituts de la même force
qu'eux. L'économie, l'épargne, j'oſe le dire, l'avarice d'un homme qui théſauriſe, n'eſt
jamais perdue pour l'Etat, dont l'exiſtence
ne doit jamais être conſidérée abſtractivement dans le moment préſent; mais la poſtérité en fait une partie. Les avares & les
économes ne renferment pas leur argent dans
les coffres, ils le font circuler à l'avantage
du contemporain, & de la poſtérité; avec
cela des gens économes, ſans autre Luxe
qu'une aiſance & une commodité bourgeoiſe, peuvent ſubſiſter d'un commerce & d'un
trafic honnête & facile: au lieu que par le
ravage que le Luxe fait, le moindre revers,
la moindre perte, culbutent la fortune d'un
homme; & les moyens ordinaires ne ſuffiſent pas, ils ſont obligés de recourir à des
moyens violens & haſardeux. Le commerce & le trafic dégénerent ſouvent en jeu de
haſard : le remede eſt pire que le mal; &

l'on fe ruïne plutôt (46). Je paffe fous
filence, combien cette dure néceffité, d'être
& de paroître, corrompt les mœurs, en *ré-*
duifant toutes nos paffions à la foif de l'or, &
cela par l'honneur qui en réfulte. L'effet
fe tourne contre la caufe. Semblable à ces
malheureufes victimes de l'amour, qui, par
un fentiment d'honneur, étouffent les fruits
de leurs paffions illégitimes & les cris de la
Nature, victime de l'honneur on le devient
de la honte. Tout confpire dans le Luxe
à corrompre les mœurs: il éclipfe, il étouffe les vertus, ou plutôt les déprave; il ne
connoît que les plaifirs, qui font auffi illu-
foires que les honneurs que le Luxe attire.
L'efpérance fait illufion, & flatte fur l'avenir, l'efprit eft la dupe du cœur. On veut
arracher de la confidération, jouïr du moment préfent, éviter le mépris actuel; toute autre confidération s'éclipfe; on s'étour-
dit fur les fuites, on ferme les yeux pour
ne pas voir, comme ces oifeaux, qui, pour-
fuivis par les chaffeurs, enfoncent la tête
dans le fable, & fe croient à l'abri du péril dès qu'ils ne le voient plus.

Pour voir par des exemples de fait le
tort que le Luxe fait au commerce, l'on n'a

(46) Celui qui confume peu & lentement, dit un Auteur
moderne, fe contente de petits profits & peut les attendre,
Multi pochi fanno un Affai, a dit la plus économe des nations; mais au contraire celui qui confomme rapidement &
avec profufion, veut acquérir & recouvrer de même. Si les
proverbes n'étoient pas profcrits, on pourroit citer le prover-
be François, auffi énergique que l'Italien, *les petits ruiffeaux*
font les grandes rivieres.

qu'à jetter les yeux fur l'état de celui de certain port de mer fur la Méditerranée, où tout confpire pour l'avantage de ceux qui s'en mêlent: Qu'on faffe après cela l'énumération de ceux qui s'y font ruïnés; & je défie qui que ce foit d'en trouver d'autre caufe que le Luxe exceffif. Si l'on avoit fait dans ce port le commerce avec l'efprit du commerce, cette ville auroit été une pépiniere de richards, où la capitale eût trouvé des recrues pour ceux qui doivent s'y ruïner. Les troncs y refteroient toujours & s'y multiplieroient. Il y a bien d'autres racines que le Luxe deffeche & empêche de fe ramifier en plufieurs branches. Il y a 70 ans que les plus grands négocians d'une ville, qui a été, & qui eft encore une des plus commerçantes de l'Europe, (Amfterdam) n'avoient ni jardins, ni maifons de campagne comparables à celles que leurs commis poffedent aujourd'hui. La conftruction & la dépenfe immenfe de l'entretien de ces palais de Fées, ou plutôt de ces gouffres, n'eft pas le plus grand mal ; mais la diftraction & la négligence que ce Luxe caufe, portent fouvent un grand préjudice dans les affaires & dans le commerce. D'abord l'on n'y va que les Dimanches & les jours de Fêtes; puis on s'y plaît, on s'y accoûtume, on y fait un plus long féjour, on fe repofe fur les commis des foins de fes affaires, on en perd le fil, l'on ne voit plus par fes propres yeux; & dès-lors on eft prefque ruïné.

LES commis fuivent l'exemple du maître;
le défordre s'en mêle, & renaît dans la fuite des efforts-mêmes qu'on fait pour le réparer. Qu'on faffe encore attention, que
plus on occupe le temps à gagner de l'argent, moins on a celui de le dépenfer.
Mais le Commerçant économe ne le fait
pas moins circuler au profit de l'Etat dans
le même commerce. Vingt commis, dans un
grand comptoir, font plus utiles à la fociété
que l'entretien de vingt laquais. Un grand
négociant, par la geftion de fon commerce,
procure le pain à un plus grand nombre de
gens, que ne fait le fafte d'un grand fei-
gneur. Ce n'eft pas aux frêlons à fe nourrir aux dépens des laborieufes abeilles. C'eft
par le commerce & par l'économie que les
fortunes des uns fe font fans préjudice de
celles des autres; les fources n'en font point
fufpectes. On ne fait que trop, que ces fortunes rapides & immenfes qu'on fait par
d'autres moyens, font regardées comme non
utiles au Public; c'eft, dit-on, une hydro-
pifie, ce n'eft pas de l'embonpoint. Des
efprits du premier ordre regardent ces fortunes prodigieufes & immenfes comme le
véhicule & le foyer du LUXE. Ce font les
modeles dont les copies fe multiplient pour
un temps & difparoiffent pour toujours. Le
LUXE des grands n'excite point l'envie ni
l'émulation: mais l'on ne peut fouffrir une
difparité auffi prodigieufe parmi fes égaux:
delà les efforts d'imitation. Mais comme

il y a plus de grenouilles que de bœufs,
le nombre de ceux qui crevent eſt grand.
Mais laiſſons-là cette diſcuſſion, & arrê-
tons-nous à faire voir, que le défaut d'é-
conomie, ou plutôt l'abus du Luxe, eſt la
cauſe de l'expatriation de bien du monde,
& attaque la propagation de tout côté. Un
pere, qui a trois ou quatre enfans, & qui
conſume-tout ſon revenu, qui a élevé & ac-
coûtumé ſes enfans à ce Luxe, les rend
malheureux. On veut continuer le même
train de vie ſans avoir les mêmes moyens ;
ce qui eſt la ſource de tant de déſordres.
On s'expatrie ; on devient célibataire, on
tombe dans l'indigence, on augmente le mo-
nachiſme, on ſe jette dans le militaire ; &
c'eſt peut-être le ſeul bien qui en réſulte :
mais c'eſt toujours *un corps qui dévore ſes*
propres membres.

Si le Luxe étoit plus modéré, & qu'il y
eût plus de citoyens aiſés, l'on vendroit à
Lyon, par exemple, un tiers plus d'étoffes
communes ; on y emploieroit plus de monde ; on gagneroit davantage ſur le nombre
d'étoffes modeſtes, qu'on ne gagnoit ſur les
parantes ſuperbes en or & en argent. Il en
eſt de même des autres branches de l'induſtrie. La main-d'œuvre, qui ſeroit à meilleur marché ſi le Luxe n'avoit enchéri les
choſes de premiere néceſſité, favoriſeroit
toutes les manufactures & toutes les fabriques, & augmenteroit beaucoup le commerce au dehors ; l'agriculture même s'en reſ-
fen-

fentiroit. La culture des terres n'eft jamais
négligée par un peuple laborieux, fobre,
tempérant & économe; elle fuit la population, & la caufe à fon tour. Le LUXE feul
fait négliger ce grand objet. L'on ne fauroit jamais exagérer combien la culture des
terres & la population font les premiers objets de l'adminiftration, & la fource de la
grandeur & de l'opulence d'un Etat. Quand
cette vérité deviendroit faftidieufe à force
d'être répétée, elle ne feroit pas moins importante : c'eft le fort de toutes les vérités
qui deviennent des lieux communs. Mais je
demande, quand toute la Halle, les Sa-
voyards & les Fiacres de Paris, répéteroient
vingt fois le jour deux & deux font quatre,
fi cela altere la vérité de cette affertion?
Il en eft de même de ces vérités injuftement appellées triviales ; prefque tous les
proverbes font dans ce cas-là. Eft-ce que
la vérité vieillit & devient ignoble ? Les
proverbes la rendent-elle roturiere, pour
l'avoir mife dans la bouche du peuple? Ainfi, quand on le répétera encore autant de
fois que cela a été dit, il ne fera pas moins
vrai que le LUXE exceffif eft la caufe de la
décadence des Etats; il étouffe l'efprit patriotique, fait éclipfer les vertus, fubftitue
une fauffe gloire à la véritable. C'eft lui
qui fait qu'il y a tant de Bourgeois, & fi
peu de citoyens. Chacun excédé de fes propres befoins, que l'opinion & l'habitude ont
multipliés, ne fait pas attention à ceux de

l'Etat. Tous les efforts font épuifés dans le détail du ménage que le LUXE a enfanté; les refforts des reffources font prefque ufés dans le particulier; le public les trouve épuifés. Delà ces emprunts immenfes que l'Etat eft néceffité de faire, & dont une puiffance voifine paroît abufer; emprunts inconnus à nos ancêtres, qui mafquent la foibleffe réelle par des forces apparentes, qui reculent le mal, le pallient, mais ne le guériffent pas. Cette méthode des emprunts auroit de grands avantages fi l'on n'en abufoit pas. Mais le LUXE détruit les moyens qui pourroient le rendre falutaire. La création des fonds publics, quand on les fait à propos, & qu'elle n'excede point la fphere de la puiffance, eft une Alchymie réalifée, dont fouvent ceux-mêmes qui l'operent n'entendent pas tout le myftere. Mais un degré trop violent de feu, peut réduire en fumée l'or qui eft dans le creufet.

L'ANALYSE de tous ces principes, ou plutôt toutes ces vérités, amplifiées avec des citations d'*Horace*, de *Perfe*, de *Salufte*, de *Cicéron*, illuftrées de faits hiftoriques; tout cela délayé dans des differtations particulieres, formeroit un grand volume. Mais je me contenterai de cette efquiffe. J'indiquerai feulement quelques moyens de ralentir le LUXE relatif (47). Les loix fomptuaires ne

(47) Un Auteur célebre, (*M. de Mirabeau*) regarde comme une des caufes du LUXE, l'admiffion de la jeuneffe dans la fociété, & le relâchement de la difcipline domeftique. Les inconvéniens de cet ufage y font développés fupérieurement; & l'on ne fauroit trop lire cet excellent morceau.

feroient pas affez efficaces ; elles doivent quelquefois fe reftreindre à un certain temps,
comme les Romains firent dans la feconde
guerre Punique : avec cela elles ne répon-
dent pas toujours au but qu'on fe propofe ;
on les élude en rafinant fur un LUXE modefte, on le rend auffi coûteux qu'un LUXE
faftueux. C'eft à la légiflation à prevenir
cet abus ; mais le moyen le plus fpécifique
feroit celui qui ôteroit, par une fage Légiflation, cette ridicule confidération à un
extérieur frivole, & l'attacheroit à un mérite réel, & qui détruiroit ce mépris injufte où la fimplicité modefte eft tombée par
une dépravation de goût & de raifonnement.
Celui, dis-je, qui, par une fage légiflation,
trouveroit le fecret de détruire ce preftige,
rendroit un grand fervice à l'humanité ; la
vertu & l'émulation renaîtroient, le vice &
la fatuité fe cacheroient. Après la promul-
gation des loix fomptuaires, divifées en plufieurs claffes felon les différens ordres de
l'Etat, on pourroit encore tâcher de diftinguer la vertu & le mérite par quelque marque équivalente à la fuppreffion de l'éclat
extérieur, pour pouvoir du moins afpirer à
ce qu'on tâche tant de mériter. Par exemple, tout Négociant, tout Commerçant en
détail, tout Trafiquant, tout Manufacturier,
tout Artifte, tout Laboureur, qui feroit voir
au Gouvernement qu'il auroit augmenté fon
bien-fonds & fon patrimoine de la moitié
ou d'un quart par des voies honnêtes & lé-

gitimes, auroit une diſtinction honorable ;
par exemple, un ORDRE DU MÉRITE, qui lui
concilieroit l'eſtime du Prince qui donne le
ton, & par-conſéquent la conſidération du
contemporain. Tout homme qui, à ſa mort,
n'auroit point laiſſé à ſes enfans ou à ſes
héritiers le patrimoine & les biens de ſon
pere, perdroit le titre diſtinctif, & recevroit quelque légere flétriſſure, à moins que
des accidens inévitables n'en fuſſent la çau-
ſe. Perſonne preſque ne ſe ruïneroit ; mais
cette loi tiendroit de la tyrannie, & elle
ne ſauroit s'établir ſans de grandes reſtrictions. On pourroit établir des loix qui ſer-
viſſent d'obſtacles à la folle dépenſe des particuliers, & au LUXE relatif de ceux qui ſe
ruïnent pour ne point le paroître. On pourroit établir des ſecours réels, par des banques d'emprunts, pour étayer & relever à
temps ceux qui commencent à décheoir, en
les mettant à l'abri des Uſuriers & des moyens
violens qui les écraſent. Leur crédit étant
ſoutenu, leur fortune s'en releveroit, ſi en
même temps on attachoit des diſtinctions ho-
norables pour ceux qui ont eſſuyé des pertes & des malheurs accidentels, & qui au-
toient recours à temps à ces expédiens pour
rétablir leur fortune, en faiſant en même
temps main-baſſe ſur toute dépenſe inutile
& frivole : au moyen de quoi une maiſon,
qui ſe réduiroit à temps, recevroit les moyens
de ſe rétablir d'une façon auſſi honorable
qu'utile. Ces expédiens ſeroient peut-être

plus faciles dans la pratique qu'on ne ſe
l'imagine, & d'une utilité prodigieuſe; mais
cela ſeroit l'objet d'un traité particulier. On
a démontré que l'on eſt univerſellement mar-
tyr de l'opinion; & c'eſt en courant après
les honneurs qu'on les perd: c'eſt une idole qu'on encenſe, au haſard d'en devenir la
victime. On prend l'ombre pour le corps.
Il y a moins de prodigues qu'on ne penſe:
on ne ſe ruïne guere que par la crainte d'ê-
tre ruïné, & de manquer de conſidération
dans le Public. Ce ſont là les motifs qui
jettent enfin tant de gens dans des entrepriſes haſardeuſes; comme ces valétudinaires,
qui, pour jouïr d'une vigueur que leur conſtitution ne comporte pas, s'abandonnent aux
Charlatans, qui en peu de temps détruiſent
& leur reſte de ſanté & leur vie; au lieu
qu'un bon régime les auroit fait aller juſqu'au bout de leur courſe avec agrément &
ſans incommodité. C'eſt-là le grand ſecret
de la décadence de tant de familles nobles,
bourgeoiſes, commerçantes, trafiquantes;
c'eſt là ce qui a ſemé la miſere ſi près de l'o-
pulence.

> Coutume, opinion, reine de notre ſort,
> Vous réglez des mortels & la vie & la mort.

Chacun fait des efforts pour paroître au-
deſſus de ſon état, pour obtenir une conſidération ſupérieure à cet état. Les prudens
ſont ceux *qui vivent en pauvres pour paroître*

riches; tant il eſt vrai qu'on préfere ſouvent le moral de l'opinion au bien-être phyſique; c'eſt peut-être le plus grand effort de la ver-tu & du vice. C'eſt donc dans l'opinion & dans la morale qu'on doit chercher la ſource de ce vice. Les états en étant moins confon-dus, le Luxe ſe trouveroit plus à ſon aiſe & à ſa place, & le bon goût ſeroit plus délicat, étant moins commun. Aucune branche de l'induſtrie ne ſeroit ſupprimée, mais les fleurs ne prendroient pas la place des fruits. Le Luxe rectifié pourroit même être reſtreint en temps de guerre ſelon les circonſtances; en faiſant ceder l'intérêt particulier au bien public, & en eſſuyant de petits inconvé-niens pour en éviter de grands.

Qu'on n'oublie pas que je ſuis convenu, que ce qui eſt Luxe dans un temps, & pour un ordre ou claſſe de gens, ne l'eſt pas pour l'autre: ce ſeroit confondre le Luxe avec la dépenſe. Le Luxe qui détruit une petite Ré-publique, ne détruiroit peut-être pas un grand Royaume: mais il y a un degré de Luxe nuiſible à la monarchie la plus opulente. L'uſage univerſel du vin eſt un Luxe ruïneux pour l'Angleterre, & ne l'eſt nullement en France. Il y a pluſieurs objets de cette na-ture. Le détail & l'analyſe de toutes ces diſ-tinctions eſt peut-être l'objet le plus impor-tant pour l'humanité. Je ſuis perſuadé que le bien public, le repos des familles, en dépend, ainſi que la gloire des Souverains, le bien-être de notre ſiecle, & celui de la poſtérité.

LET-

LETTRE

DE

L'AUTEUR À Mr. D.

SUR LE

JEU DES CARTES.

Imprimée à Londres en 1768.

LETTRE

DE

L'AUTEUR À Mr. D.

A La Haie 19 *Mai* 1767.

CROYEZ-VOUS, que la Tolérance s'établira à la fin en Europe? Que les mœurs deviendront plus douces; les hommes moins méchans & moins malheureux? Tantôt je m'en flatte, & puis j'en désefpere. Cependant, à tout prendre, il me paroît que le Genre humain (je parle de la petite portion qui occupe notre Europe) s'eft un peu amélioré. Mais, ce qui peut-être vous furprendra, c'eft que parmi plufieurs caufes auxquelles mon imagination attribue cette révolution dans les mœurs, je regarde le goût univerfel du jeu des cartes comme l'un des refforts les plus actifs, qui a, pour ainfi dire, refondu le genre humain en Europe. N'allez pas vous imaginer que je n'apperçois pas tout le mal que la fureur du jeu fait dans l'un & dans l'autre fexe: mais il en eft réfulté des avantages qui pourroient le balancer, & l'emporter fur le total.

D'ABORD, voici mon raifonnement. Avant cette époque les deux fexes étoient moins unis; je veux dire, qu'ils étoient moins en-

Y 5

femble, en fociété, en compagnie: les hommes l'étoient davantage; il y avoit des cotteries; on alloit à la taverne; il y avoit plus d'ivrognes, & par conféquent plus de liaifons, plus d'amitié. L'ennui, une des plus grandes caufes du développement de la perfectibilité humaine, excitoit les hommes à cultiver leurs talens, à s'occuper, à étudier, à travailler, à cabaler, à faire des confpirations. La Politique étoit le fujet des converfations, que le loifir & l'ennui enfantoient: on contrôloit le gouvernement, on s'en plaignoit, on confpiroit, & l'on trouvoit des amis à qui fe fier: les grandes vertus & les grands vices étoient plus ordinaires. D'un autre côté, les regards des hommes ne fe raffafiant pas des appas des femmes vis-à-vis un tapis verd au moyen du talifman des cartes, l'amitié & l'amour étoient des paffions. A préfent, graces aux Cartes, on n'eft guere que galant; on a beaucoup de connoiffances, & pas un ami; nombre de maîtreffes, & pas une amante. Un Mahométan, qui contempleroit avec des yeux Afiatiques nos grandes Affemblées, auroit la malice de croire que les Bachas Européens ont leur Serrail en commun. Vous trouverez donc que le jeu, qui mêle, & confond les hommes & les femmes dans la fociété encore plus que les cartes, doit forcément ralentir l'énergie de l'amour. Ajoutez à cela que les efforts pour fuir l'ennui fe trouvent ralentis par cet amufement. Du relâchement de ces trois refforts combinez - en les effets, & calculez - en les réfultats. La vie plus fédentaire à laquelle cet éternel amufement réduit les deux fexes, amollit le Corps; d'où réfulte en Phyfique & en Morale un fyftême nouveau de mœurs, de tempérament, & de conftitution. La magie du jeu des Cartes forme un foyer commun de prefque toutes les paffions en mignature : elles y trouvent, pour ainfi dire, toutes leur aliment. Il eft vrai que prefque tout y eft microfcopique, & plus illufoire encore que l'illufion commune. L'idée confufe de bonheur & de malheur s'y trouve; la vanité méme y eft intéreffée : le jeu paroît établir une égalité illufoire entre les joueurs ; c'eft le véhicule qui raffemble dans la fociété les individus les plus difcordants ; l'avarice & l'ambition en font les mobiles; le goût univerfel du plaifir fe flatte de fe fatisfaire par cet amufement. Les Dames étant de la partie, l'amour doit en être. La fphere de nos paffions fe trouve rétrécie, concentrée, & confinée à une petite orbite. Toutes les paffions s'enchaînent pour ainfi dire elles-mêmes, s'évaporent & s'épuifent loin de leur fource & de leur but. L'ennui, le loifir, la pareffe, l'avarice, l'ambition, & l'oifiveté, dévorent en commun une nourriture creufe, qui énerve leur force & leur activité ; & comme de la fermentation de ces grandes paffions il réfulte d'ordinaire plus de mal que de bien, le genre humain a plus

gagné que perdu. Il n'y a plus de grandes
vertus; mais auſſi l'on ceſſe de voir de grands
crimes: les aſſaſſinats, les empoiſonnemens,
& toutes les horreurs des guerres civiles ſont
incompatibles dans une nation, où les hommes, & les femmes perdent une ſi grande
partie de leur tems au Jeu des Cartes.

ON ſe plaint avec raiſon que l'on ne
voit plus de ces génies créateurs & dévorants, non plus que de ces individus héroï-
ques, dont le patriotiſme & la vertu en-
nobliſſoient l'eſpece l'humaine. Mais que
ces préſens du ciel ont toujours été rares!
Au lieu que cette complication de forfaits,
& d'horreurs, qui déshonorent la nature humaine, étoit ſi commune autrefois, qu'elle
n'étonnoit preſque plus. *Un méchant, un en-*
nemi, dit Zoroaſtre, *trouve cent fois par jour*
l'occaſion de nuire; & un homme vertueux ne
trouvera quelquefois pas dans une année l'occa-
ſion de faire du bien à ſon ami. La foule du
genre humain ſe croit diſpenſée d'imiter &
de ſuivre les grands modeles, dont elle ſe
ſent incapable; mais elle n'a que trop de
propenſion à ſe laiſſer entraîner au torrent
des mauvais exemples. Vous ſentez, Monſieur (quelque éloignés que ces principes paroiſſent de ma theſe) combien on peut les
appliquer pour appuyer mon ſyſtême. L'i-
vreſſe d'un amuſement frivole, qui trompe
& qui élude l'effet des paſſions, affoiblit
l'enthouſiaſme du cœur & de l'eſprit. Les
vertus ſont par-là ſouvent élaguées; mais

les vices, & furtout les crimes, qui font
en plus grand nombre, le font davantage.
Ainfi je ne contredis nullement ce que j'ai
appris de mes maîtres : je fai encore par
cœur une tirade de Mr. Diderot fur les paffions ; voici fes propres paroles.

„ On déclame fans fin contre les paffions:
„ on leur impute toutes les peines de l'hom-
„ me; & l'on oublie qu'elles font auffi la
„ fource de tous fes plaifirs. Il n'y a que
„ les paffions, & les grandes paffions, qui
„ puiffent élever l'ame aux grandes chofes:
„ fans elles, plus de fublime, foit dans les
„ mœurs, foit dans les ouvrages. Les beaux
„ arts retournent en enfance, & la vertu
„ devient minutieufe. Les paffions fobres
„ font les hommes communs. L'amitié n'eft
„ que circonfpecte, fi les périls d'un ami
„ me laiffent les yeux ouverts fur les miens.
„ Les paffions amorties dégradent les hom-
„ mes extraordinaires. La contrainte a-
„ néantit la grandeur & l'énergie de la na-
„ ture.

En admettant & en adoptant ces fublimes idées, je crois pouvoir avancer, que
les Cartes ont cependant préparé l'efprit &
le cœur humain, à recevoir les impreffions
que les progrès des connoiffances & des lumieres devoient opérer fur le gouvernement
& les mœurs. Peut-être, avec le tems, pour-
ra-t-on fe paffer de cet échafaudage, & pour
lors la vertu & la raifon pourront prendre
un plus grand effor. Ce paradoxe ne me

paroît pas indigne de vos réflexions. Je voudrois qu'on en fît un Programme Académique, favoir: *Si l'invention du Jeu des Cartes, le progrès de cet amufement, & fon univerfalité, ont contribué à changer les mœurs en Europe.* Une plume favante & érudite pourroit differter amplement fur les Jeux des anciens, leur nature, leurs effets, & leurs différences effentielles des Jeux qui occupent actuellement les fociétés; puis, en arrivant à l'époque de Charles VI, lorfqu'on inventa le jeu des Cartes, fuivre fes progrés, & obferver les nuances infenfibles des mœurs qui ont fuivi, pour ainfi dire, ces progrès. Dites-moi, je vous prie, votre fentiment là-deffus; & foyez perfuadé que je fuis votre admirateur, ainfi que v. t. h. & t. o. f.

P. S. Comme mon Programme raifonné pourroit tomber un jour en des mains moins indulgentes que les vôtres, permettez, Monfieur, que j'ajoute quelque éclairciffement à ce nouveau Syftême; ce qui le rendra moins paradoxe. Je mets en fait, qu'il a fallu la concurrence de plufieurs caufes pour polir l'Europe, & adoucir les mœurs au point actuel: mais je préfume que parmi les caufes faillantes, connues, & avouées, il peut fe trouver une caufe obfcure, fubalterne, imperceptible, qui, agiffant plus univerfellement, & fans ceffe, peut avoir fervi tantôt d'éperon, & tantôt de frein aux autres. Cette caufe pourroit bien être le Jeu des

Cartes. Je n'admets pas moins pour cela les caufes fuivantes, pour avoir fait beaucoup de bien à l'Europe.

I. L'ABOLITION du Gouvernement féodal. Cela a tiré du cahos les principes du Gouvernement.

II. LA découverte de l'Amérique, en augmentant le commerce, l'or, l'argent & l'induftrie, a prodigieufement multiplié en Europe le nombre des aifés & des riches, & a, par un effet des caufes fecondes, contribué à rétablir une plus grande égalité parmi les hommes; ce qui n'a pas peu concouru à faire éclorre cette liberté qui s'eft élevée de tous côtés fur les débris du Defpotifme & de la Barbarie: & cela a compenfé tout le mal que cette découverte a d'ailleurs caufé au genre humain; fi quelque chofe peut compenfer la dépopulation qu'on a apporté du nouveau monde jufque dans la fource du plaifir & de l'exiftence. Les mœurs atroces fe font humanifées. J'ai encore prouvé cette thefe ailleurs, dans un Ecrit qui n'eft pas imprimé (47).

III. L'IMPRIMERIE, le progrès des arts & des fciences, en répandant les lumieres & les connoiffances, ne pouvoient qu'adoucir les mœurs.

IV. LA trifte expérience commence à détromper les Princes, & les Sujets, du Machiavellifme fpirituel, qui ne trouve plus

(47) Dans l'Ouvrage même que l'on publie ici.

tant de sectateurs. On est trop éclairé pour se battre pour des Syllogismes & pour des questions abstraites. Il est à croire, que lorsqu'on aura épuisé toutes les erreurs politiques & morales, on s'approchera davantage d'un état plus parfait. Les hommes reconnoîtront un jour, qu'ils se donnent trop de peine pour être méchants & malheureux, & qu'il est beaucoup plus facile d'être vertueux & heureux, autant que notre nature le comporte. Les Princes reviennent de plus en plus du Machiavellisme. Je crois avoir démontré quelque part (48), que les Intérêts des Princes, bien entendus, ne se croisent pas ; & je suis persuadé qu'il en est de-même des particuliers. Ces principes une fois bien développés, & servant de base à l'éducation publique & universelle, pourroient un jour nous faire plaindre par une postérité plus heureuse ; & *l'œtas parentum* d'Horace seroit vrai en raison inverse.

(48) Dans la *Lettre sur la Jalousie du Commerce.*

F I N.

TABLE
DES
MATIERES.

Z

F I N.

ETAT des Finances en Angleterre à la fin de la ſeſſion du Parlement en 1770. Traduit de l'Anglois.

CHAQUE année depuis la paix, le Parlement de la Grande-Bretagne, après avoir pourvu à un ſubſide ſuffiſant pour la dépenſe de l'année, a fait quelque choſe de conſidérable par rapport à la diminution de la Dette Nationale. On commença par payer ce que l'on appelloit la Dette non fondée, c'eſt-à-dire, telles dettes dont les Intérêts à payer n'étoient pas aſſignés ſur un fonds ſpécial. L'année qui ſuivit la paix, cette ſorte de dettes ſe trouva monter à plus de neuf millions Sterling ; & cet article fut chargé dans la ſuite de pluſieurs autres demandes. Telles parties de cette dette, qui, par leur nature, pouvoient & devoient être acquittées, l'ont été depuis : quant à la dette de la Marine, qui en fait partie, elle ne peut jamais être entiérement acquittée, par des raiſons qu'il n'eſt pas néceſſaire de détailler ici ; cependant elle eſt réduite maintenant plus qu'elle ne l'a jamais été depuis la derniere paix. L'objet qui attira immédiatement après celui-ci l'attention du Parlement, fut l'acquit, ou du moins la réduction à 3 pour cent, de toute la Dette de 4 pour cent, rachetable. Cette eſpece de Dettes montoit immédiatement après la paix à près de 7 millions. Le Parlement procéda par degrés dans cette opération, ſans uſer de la moindre contrainte à l'égard des Créanciers, & ſans enfreindre le moins du monde la bonne foi nationale. On a payé de cette Dette 1, 841, 776, *Livres* & par le moyen des Lotteries le reſte a été réduit de 4 à 3 pour cent. Pendant ces Opérations la Liſte civile de ſa Majeſté s'étoit endettée de plus de 500,000 *Livres*, ce que l'on doit imputer principalement aux dépenſes extraordinaires qu'occaſionne toujours le commencement d'un regne. L'année paſſée le Parlement fit les fonds pour payer auſſi cette Dette.

H *

TEL eſt en raccourci l'état des opérations de Finances dans ce pays depuis la concluſion de la paix juſqu'en 1770. L'année préſente ſe trouve la plus heureuſe & la plus importante de toutes, non ſeulement par rapport au produit du Revenu public, mais ſurtout eu égard à l'uſage que l'on en a fait. Le produit du revenu a été ſi grand, que le Parlement s'eſt vu en état, après avoir pourvu, plus amplement que de coutume, au ſubſide annuel, d'employer juſqu'à 1,600,000 Livres au rembourſement du Capital de la Dette publique. Il arriva fort à propos pour l'application de cette ſomme, que 1,500,000 Livres à 3 ½ pour cent devinrent rachetables en Février dernier: l'on vota donc une ſomme ſuffiſante pour leur acquit, & les 100,000 Livres reſtantes ſervirent à diminuer d'autant la Dette de la Marine. Tout cela s'eſt fait ſans le ſecours d'une Lotterie, eſpece de ſubſide auquel on n'a eu recours que depuis peu d'années dans ce pays, avec le même ſuccès qu'il a eu dans les autres. Le Parlement crut donc devoir continuer de s'en prévaloir, & de s'en ſervir en particulier à engager, s'il étoit poſſible, ceux à qui le Parlement répondoit de 4 pour cent un certain nombre d'années, à conſentir que cet intérêt fût réduit au 3 pour cent. Les Billets de Lotterie, que le Gouvernement avoit coutume de vendre avec un profit de 1 L. 10 ſ. par Billet, ſe vendirent l'année paſſée avec un profit de 3 Livres par Billet, & cette année ce profit eſt monté juſqu'à 4 Livres. Le nombre de ces Billets a été de 50,000: ainſi la Lotterie a valu cette année au Gouvernement 200,000 Livres. On jugea donc à propos avant tout, d'employer cette ſomme à réduire ce qu'il falloit de cette dette de 4, à 3 pour cent, pour que cela valût au Gouvernement une Annuité de 25,000 Livres; & comme il y avoit un profit additionnel à faire ſur ces Billets, indépendamment de celui qui en revenoit au Gouvernement, on crut qu'il étoit honnête de préſenter cet avantage aux propriétaires des 4 pour cent.

pour les engager à donner les mains à la réduction fusdite : avantage que les Ministres de cet Etat, dans les années précedentes, avoient distribué à leurs amis. Ce plan néanmoins ne réussit qu'en partie. Beaucoup de ces propriétaires des 4 pour cent n'envisagerent pas l'avantage offert comme assez grand pour leur faire accepter la proposition ; & la souscription ne fut remplie que jusqu'à la moitié de la somme requise. Cela n'empêcha pas les Billets restants de se vendre à raison de 4 *Livres* de profit pour le Gouvernement ; & voici quel fut le résultat de toute l'opération. Le Parlement remboursa 1,500,000 *Livres* du Capital de la Dette ; & par-là on gagna une annuïté de 53,343 *Livres* : il paya pour 100,000 *Livres* de Billets de la Marine, à 4 pour cent ; moyennant quoi l'on gagna une annuïté de 4000 *Livres* : il réduisit 1,250,000 *Livres* de 4 à 3 pour cent ; & cela rendit une Annuïté de 12,500 *Livres* : enfin l'on vendit les Billets restants pour 100,000 *Livres* ; & cette somme est réservée pour le subside de l'année prochaine.

LE Parlement de la Grande-Bretagne a effectué tout cela sans charger le Peuple d'aucune nouvelle imposition. — Ce n'est pas tout. Si la Grande Bretagne avoit été obligée, pour diminuer sa dette, de rogner ses dépenses, de réformer son Etat, on eût pu dire avec assez de raison que ce décroissement de la dette ne prouvoit point l'accroissement du pouvoir. Mais nous sommes réellement dans le cas de ce surplus de force. La Grande Bretagne a dépensé par an 500,000 *Livres* de plus pour sa Marine durant la paix présente que pendant la derniere paix : la même somme annuelle de plus pendant cette paix que durant la précédente a été employée pour l'Armée : son subside annuel a excédé de plus d'un million le subside d'une année quelconque de la précédente paix ; & l'on pourroit faire voir, s'il étoit nécessaire, que ces dépenses additionelles n'ont point été faites en vain, mais que les forces de cet Etat ont augmenté à proportion des dépenses. Il n'y a pas de raison non plus de craindre quelque diminution de ces avantages dont nous avons joui jusqu'ici : les Revenus de l'Angleterre paroissent aller en augmentant; & comme ils rendent plus cette année qué dans aucune des précédentes, on peut à-peu-près être sûr que le produit de l'année prochaine surpassera celui de la présente année, & que, tant que la paix durera, le Parlement de la Grande Bretagne sera en état de rembourser chaque année au moins 1,500,000 *Livres* du Capital de sa Dette ; ce qui fera entrer 45,000 *Livres* par an dans le Sinkingfond.

VOILÀ le Tableau fidele de notre état présent.

SUBSIDE pour l'année 1770.

	Livres.	fols.	d.
16,000 Hommes pour le fervice de mer, inclus 4287 Mariniers. . . L.	832,000	--	--
Ordinaires de la Flotte, inclus les demi Paies des Officiers de mer. . .	406,380	1	11
Extraordinaires dito, conftructions, ré-conftructions & réparations de vaiffeaux.	283,687	--	--
17,666 Hommes pour le fervice de Terre, inclus 1522 Invalides. . .	624,992	--	2
Troupes & Garnifons dans les Plantations, l'Afrique inclufe, Minorque & Gibraltar, & Provifions pour les Troupes dans l'Amérique Sept. Nouvelle Ecoffe, Terre-Neuve, Gibraltar, Ifles cédées en Afrique. . .	383,248	1	11
Différence de la Paie entre les Etabliffemens Brittaniques & Irlandois de 5 Bataillons & 5 Campagnies d'Infanterie fervant dans l'Ifle de Man, à Gibraltar, Minorque, & aux Ifles cédées.	4,533	12	8
Penfionaires externes de l'Hôpital de Chelfea.	112,423	4	7
Dépenfes extraordinaires de l'Armée. .	235,264	10	$9\frac{3}{4}$
Officiers Généraux & de l'Etat Major dans la Grande Bretagne. . . .	12,203	18	$6\frac{1}{2}$
Paie entiere pour l'année 1770 des Officiers réformés avec les 103 Compagnies de divers Bataillons réduits de 10 à 9 Comp. demeurant à demi-paie, 24. Dec. 1765. . .	4,513	16	8
Penfions aux Veuves des Officiers réformés, morts avec demi-paie, & mariés avant le 25 Dec. 1756. .	664	--	--
Officiers réformés des Troupes de Terre & de mer de Sa Maj. . .	123,233	2	6
Officiers & Particuliers des deux Compagnies de Gardes à cheval réformées; & Particuliers furannés des 4 Compagnies dito. . . .	1,289	1	8
Dépenfe du Bureau d'Ordonnance, fervice de Terre.	166,984	11	5
Service de l'Ordonnance, auquel il ne fut point pourvu en 1769. . .	40,933	10	8

Livres 3,232,350, 13, - $\frac{1}{4}$

	Livres.	fols.	d.
Monter & suite de cy-derriere.	3,232,350,13,	- :	$\frac{1}{4}$
Pour acquitter d'autant la Dette de la Marine. L.	100,000 :	-- :	--
Aux Barbades pour rendre le Port plus sûr.	5,000 :	-- :	--
Pour les Forts Britanniques sur les Côtes d'Afrique.	13,000 :	-- :	--
Pour rembourser les sommes débour-sées sur des adresses.	13,000 :	-- :	--
Le Muséum Britannique.	2,000 ;	-- :	--
Pour finir le passage à la Chambre des Communes.	2,000 :	-- :	--
Pour acquitter les dettes à la charge des Terres confisquées en Ecosse.	72,000 :	-- :	--
Pour bonifier les non-valeurs des 5 Millions empruntés la 31e. année de George II. pour l'année 1758.	46,463 :	12 :	8
Non-valeur des Subsides de 1769.	55,011 :	7 :	$5\frac{1}{2}$
Pour payer des Billets de l'échiquier.	1,800,000 :	-- :	--
Liste civile du Senegal.	5,550 :	-- :	--
de la Nouvelle Ecosse.	4,239 :	-- :	5
de la Floride Occidentale.	4,800 :	-- :	--
de la Floride Orientale.	4,750 :	-- :	--
de la Géorgie.	3,086 :	-- :	--
Arpentage général en Amérique.	1,885 :	-- :	--
Pour payer les 3$\frac{1}{2}$ pour cent de 1756.	1,500,000 :	-- :	--
Pour acquitter d'autant la dette de la Marine.	100,000 :	-- :	--
Hôpital des Enfants trouvés.	13,000 :	-- :	--
Depense pour les Routes de communi-cation, & pour batir des Ponts aux pays d'enhaut.	6,998 :	-- :	--
Compensation à François Dalby Mar-chand de Londres.	6,195 :	8 :	11
A diverses Personnes en Hampshire, pour pertes essuyées en conséquence des ordres du Conseil pour prévenir les progrès de la maladie des bêtes à cornes.	797 :	7 :	6

Livres 6,992,226,14 : - $\frac{3}{4}$

MOYENS de 1770.

	Livres.	fols.	d.
Taxe des Terres à 3 Sh. par Livre. L.	1,500,000 :	-- :	--
Taxe du Malt.	750,000 :	-- :	--
Billets de l'Echiquier.	1,800,000 :	-- :	--
Compagnie des Indes Orientales. . .	400,090 :	-- :	--
Par le furplus du Sinkingfond du 5e. Janv. 1770.	299,375 :	6 :	$6\frac{1}{4}$
Par le furplus du dit 5e. Avril. .	773,240 :	16 :	$\frac{1}{2}$
Item, furplus du dit jufqu'en Avril. .	1,700,000 :	-- :	--
Par une fomme reftant au Bureau de la Tréforerie.	55,495 :	15 :	$8\frac{1}{4}$
Des Revenus Américains.	20,000 :	-- :	--
Par une fomme reftant à l'Echiquier 5e. Avril dernier, outre & par-deffus le furplus du Sinkingfond. . . .	13,596 :	5 :	$10\frac{1}{2}$
Balance du Comte de Kinoul dernier Tréforier des Troupes.	3,948 :	3 :	7
Par Lotterie de 50,000 Billets à 4 Livres par Billet.	200,000 :	-- :	--

Livres 7,515,656 : 7 : $8\frac{1}{2}$

NB. On a eu égard dans les fommes fusdites aux non-valeurs des Terres & du Malt ; & les 200,000 Livres levées par Lotterie ne font point appropriées, fi ce n'eft pour le Projet propofé par la Tréforerie de réduire les 4 pour cent à 3 pour cent.

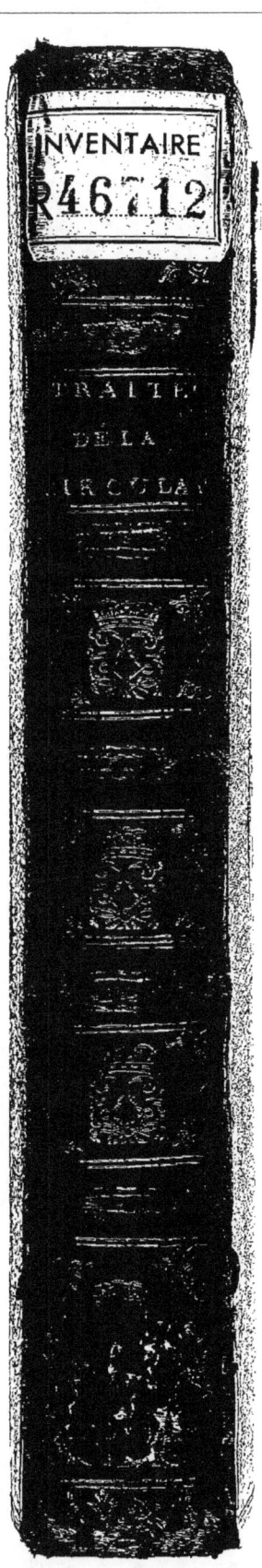

TRAITE

DE LA

IRCULA

www.ingramcontent.com/pod-product-compliance
Lightning Source LLC
Chambersburg PA
CBHW050753030726
47505CB00002B/520